Sophia Cronberg

Sturm nacht

Sophia Cronberg

Sturm nacht

cbj

cbj ist der Kinder- und Jugendbuchverlag
in der Verlagsgruppe Random House

FSC
www.fsc.org
MIX
Papier aus verantwortungsvollen Quellen
FSC® C014496

Verlagsgruppe Random House FSC® N001967
Das für dieses Buch verwendete FSC®-zertifizierte Papier
Super Snowbright liefert Hellefoss AS, Hokksund, Norwegen.

Gesetzt nach den Regeln der Rechtschreibreform

1. Auflage 2014

Umschlagfotos: Trevillion Images (Elisabeth Ansley);
Getty Images (Craig Roberts);
Shutterstock (Patryk Kosmider)
Umschlaggestaltung: Geviert Grafik & Typografie, München
MI · Herstellung: mh
Satz: Uhl + Massopust, Aalen
Druck: GGP Media GmbH, Pößneck
ISBN: 978-3-570-15772-5
Printed in Germany

www.cbj-verlag.de

Es ist besser, Liebe empfunden
und Verlust erlitten zu haben,
als niemals geliebt zu haben.

Alfred Lord Tennyson,
englischer Dichter

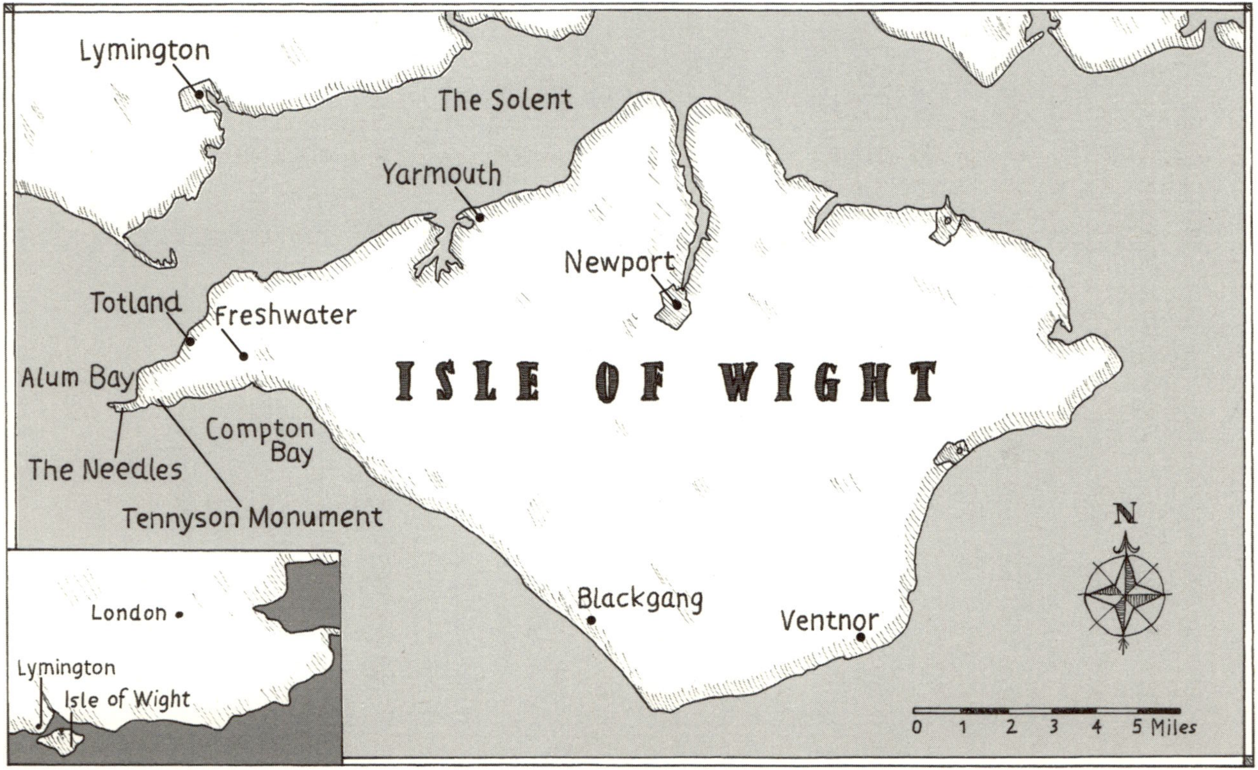
Lymington
The Solent
Yarmouth
Newport
Totland
Freshwater
Alum Bay
ISLE OF WIGHT
Compton Bay
The Needles
Tennyson Monument
N
London
Lymington
Isle of Wight
Blackgang
Ventnor
0 1 2 3 4 5 Miles

Prolog

1962

Die Kiesel knirschten unter ihren Füßen, als sie den Wald hinter sich ließ und über einen schmalen, gewundenen Weg zum steinigen Strand hinabstieg. Jetzt, bei Flut, war er nur wenige Schritte breit, und als ie auf das Wasser zuging, leckten die schäumenden Wellen an ihren Füßen. Das Meer war nicht strahlend blau wie noch vor einer Stunde, sondern spiegelte die dunklen Wolkentürme. Wie eine Wand schob der Wind sie vor sich her und immer näher auf die Küste zu, doch noch gelang es einzelnen Sonnenstrahlen dem drohenden Unwetter zu trotzen. Durch ein winziges Loch stahlen sie sich durch das Grau, um einen silbernen Glanz auf die unruhige See zu zaubern und das Gesicht der jungen Frau kurz im sachten Rot erglühen zu lassen. Im Schatten der Bäume hatte sie gefroren, und es hatte ihr gar nicht schnell genug gehen können, endlich das Ziel zu erreichen, doch nun blieb sie stehen, hielt das Gesicht in das spärliche Abendlicht und schloss die Augen. Sie genoss die Wärme und noch mehr die Erinnerungen, die diese heraufbeschwor, schien sie doch ebenso ihr Gesicht zu streicheln wie vor Kurzem noch seine Hände und seine Lippen …

Seine Lippen waren so weich. Bevor er sie zum ersten Mal geküsst hatte, hatte sie sich oft ausgemalt, wie es sich anfühlen würde, wenn sie an den ihren knabberten. Mit pochendem Herzen war sie nachts wach gelegen, und wenn sie gegen Morgen eingeschlafen war, hatte sie von den Küssen geträumt. Doch die Träume … sie vermochten nicht zu verraten, wie er roch, wie er schmeckte, wie intensiv sie seine Berührung empfinden würde.

Sie seufzte. So deutlich konnte sie es spüren: wie er über ihr Haar gestrichen, sein muskulöser Körper sich an ihren gepresst hatte und seine Bartstoppeln über ihre Wangen gerieben hatten. Dass diese später brannten, war nur ein geringes Opfer für dieses süße, köstliche Gefühl, als sich ihre Münder getroffen hatten …

Plötzlich erschauderte sie: Der Wolkenturm schob sich vor die letzten Sonnenstrahlen, das Licht wurde fahl und der Wind immer beißender. So sehr hatte sie sich auf diesen Moment gefreut, da sie ihm in die Arme fallen und ein neues Leben mit ihm beginnen würde, doch nun kreischten Möwen unheilvoll über ihren Kopf hinweg. Der Sturm zerrte an ihrem Kleid, ließ sie schlottern und nichts von dieser fiebrigen Aufregung, diesem heißen Glücksgefühl zurück. Verzagt fühlte sie sich, verloren, einsam.

Was für ein Unsinn!, schalt sie sich selbst.

Warum sah sie ausgerechnet jetzt im Sturm ein bedrohliches Zeichen? Seit Tagen hatte sie schließlich ungeduldig darauf gewartet, dass ein Unwetter aufzog und sie unbemerkt das Haus verlassen konnte. Und nicht nur deswegen war es dumm gewesen, sich vorzustellen, wie sie sich im sanften Abendlicht in die Arme fallen würden – überdies waren sie schließlich in einer Höhle verabredet.

Die junge Frau wandte sich vom Meer ab. Es war etwas schwierig, den Eingang zur Höhle zu finden. Vom Strand aus war er kaum zu sehen, weil er hinter einem Felsvorsprung verborgen lag, und als sie endlich jenes schwarze Loche erspähte, musste sie aufpassen, dass sie auf den glitschigen Steinen nicht ausrutschte. Nur langsam kam sie voran, hatte schließlich ihr Ziel aber erreicht.

Auch der Boden der Höhle war rutschig. Wenn die Flut noch höher stieg, stand das Wasser hier wahrscheinlich kniehoch, und schon jetzt war der Felsen von Schlick überzogen, der im diesigen Licht nicht grün glänzte, sondern grau wie Schimmel wirkte. Ein salzig-modriger Geruch lag in der Luft und von den Wänden und Decken tropfte es.

Anstatt sich weiter in die Dunkelheit vorzuwagen, blieb die junge Frau stehen. Laut rief sie den Namen ihres Geliebten und ihr Ruf hallte dumpf von den Wänden. Ansonsten erhielt sie jedoch keine Antwort.

Obwohl sie hier vom Sturm geschützt war, erschauderte sie noch mehr.

Er musste doch längst hier sein, warum kam er nicht auf sie zugestürzt, um sie zu umarmen, und warum hatte sie nicht daran gedacht, eine Taschenlampe mitzubringen? So konnte sie kaum mehr als Konturen erkennen!

Sie schluckte ihr Unbehagen, stieg tiefer in die Höhle hinein, rief wieder seinen Namen.

Obwohl die Hoffnung, dass er antworten würde, nicht groß war, schwappte eine Welle der Trostlosigkeit über sie, als es weiterhin stumm blieb. Das Stöhnen des Windes war verklungen, aber die Tropfen, die auf den Boden und ihren Nacken platschten, klangen für ihre überreizten Sinne wie Trommelschläge.

Aus ihrem Unbehagen wurde Angst und schließlich nackte Panik, als sie wieder und wieder seinen Namen rief und mit jedem Mal deutlicher erkannte: Etwas Schreckliches war geschehen, er würde nicht kommen, sie war alleine, ganz alleine …

Feuchtigkeit perlte von ihrer Stirn. Es fühlte sich so klebrig an, dass sie kurz glaubte, es wäre Blut.

Nun mach dich nicht verrückt!, schimpfte sie mit sich. Natürlich ist es nur Meerwasser, warum bist du so ein Angsthase, stell dich nicht so an!

Doch sie konnte nicht verhindern, dass ihr Atem immer hektischer ging, der Herzschlag in ihrem Kopf dröhnte. Noch lauter als beides waren plötzlich Schritte.

Nicht *seine* Schritte – das wusste sie sofort. Er wäre auf sie zugelaufen, hätte sie an sich gezogen und geküsst, doch jene Schritte fielen zögerlich aus, schleichend. Sie fuhr herum und sah eine Gestalt, doch ehe sie ihr Gesicht erkannte, wurde sie von einem Lichtschein geblendet, der sich direkt auf sie richtete. Unwillkürlich kniff sie die Augen zusammen, hob schützend die Hände. Noch näher kamen die Schritte, doch als sie sich zwang, die Augen wieder zu öffnen, sah sie immer noch nicht, wer die Lampe hielt. Sie sah nur, dass sie in einer Pfütze stand … nicht gräulich grün wie das schlickige Meerwasser, sondern aus einem kräftigen Rot …

Eine Blutlache!

Sie schrie und schrie, viel lauter, spitzer, ängstlicher als vorhin seinen Namen. Ewigkeiten lang schien der Schrei von den Wänden zu hallen, und als er endlich verklungen war, war ihre Angst zu groß, zu erdrückend, zu absolut, um noch etwas zu fühlen.

Ganz nüchtern dachte sie: Ich sterbe. Der letzte Tag meines Lebens liegt hinter mir. Nie wieder werde ich die Sonne auf meiner Haut spüren. Nie wieder werde ich ihn küssen.

Wie vorhin glaubte sie, seine zärtlichen Hände zu fühlen, seine weichen Lippen, seinen warmen Atem, doch was sie eben noch zutiefst beglückt hatte, löste jetzt nur tiefe Trauer aus.

Wenn ich hier und heute sterbe, wird sich niemand an meine Liebe erinnern …

Erstes Kapitel

Die Scones waren schrecklich zäh, und die Himbeermarmelade war voller Kerne, die zwischen meinen Zähnen kleben blieben. Außerdem waren die Früchte nicht ordentlich passiert worden, sodass es aussah, als wären Fliegen in der Marmelade verendet. Schon nach einem Bissen legte ich den Scone zurück auf den Teller und leckte mir verstohlen die Finger ab.

»Ich möchte jetzt gerne mein Zimmer sehen.«

Onkel Julian blickte verwirrt hoch. Eben erst hatte Molly den Nachmittagsimbiss aufgetragen, damit ich mich, wie Onkel Julian sagte, nach der langen Fahrt stärken konnte. Er tat glatt so, als hätte ich eine Weltreise hinter mir, obwohl ich die Strecke von London nach Lymington in zwei Stunden zurückgelegt hatte. Die Fähre wiederum, die mich vom Festland auf die Isle of Wight gebracht hatte, war nur fünfzehn Minuten unterwegs gewesen, und ähnlich lange hatte es gedauert, mit dem Auto das Clifton-Resort zu erreichen – das Hotel in der Nähe von Totland, das mein Onkel führte.

»Du hast doch fast gar nichts gegessen«, sagte Onkel Julian sichtlich betreten.

Neben die Scones hatte Molly einen Teller mit Rostbeefsandwiches hingestellt, doch allein bei diesem Anblick schnürte sich mir die Kehle zu. Unmöglich, dass ich auch nur einen Bissen davon hinunterbringen würde!

»Ich habe auf der Fähre ein Hotdog gegessen«, log ich schnell.

»Trink doch wenigstens eine Tasse Tee«, ermunterte mich Molly.

Ich ging nicht auf die Worte ein, sondern erhob mich entschlossen. Sofort wurde mir schwindlig. Als ich auf die vielen kleinen Blumen auf dem Tischtuch starrte, deren hellblauer Farbton dem der Tapete glich, hatte ich das Gefühl, dass sie wie winzige Insekten auf mich zukrabbelten. Und wie heiß es in diesem Raum war, den mein Onkel den Blauen Salon genannt hatte, unerträglich heiß! Bei der Ankunft am Fährhafen hatte uns Nieselregen erwartet, und ich hatte am ganzen Leib geschlottert, doch nun brach mir der Schweiß aus sämtlichen Poren.

»Bitte! Ich möchte jetzt mein Zimmer sehen!«

Mollys Lächeln wurde mitleidig, während Onkel Julian einfach nur auf den Boden starrte. Offenbar war er erleichtert, dass er nicht mit mir Tee trinken musste, und diese Erleichterung war ihm wiederum peinlich. Er zögerte, aber seufzte schließlich. »Also gut, Molly wird dich dorthin bringen, aber das bedeutet, dass du noch mal raus in den Regen musst.«

»Kein Problem.«

Obwohl wir erst vor Kurzem angekommen waren, hatte ich bereits herausgefunden, dass mein neues Zuhause – oder nein: Es würde nie ein echtes Zuhause werden, ich wollte ja gar nicht hier sein! – aus mehreren Gebäuden bestand. Im einstigen Herrenhaus, wo meine Vorfahren residiert hatten, befanden sich die Rezeption und die meisten Gästezimmer, außerdem der großzügige Wellnessbereich und mehrere Speisezimmer und Teesalons.

In einem von diesen hatte mich Onkel Julian empfangen, sein Büro befand sich gleich gegenüber. Etwa drei Minuten entfernt vom Haupthaus lag das ehemalige Dienstbotengebäude. Die Apartments im Erdgeschoss wurden manchmal an Familien vermietet und waren billiger als die übrigen Unterkünfte, und im ersten Stock befanden sich die privaten Räume, so auch mein künftiges Schlafzimmer.

Auf der Fahrt hierher hatte Onkel Julian regelrecht von seinem Hotel geschwärmt. »Schön, dass du es endlich mal kennenlernst. Du wirst begeistert sein. Von hier aus ist es nicht weit bis zu den Needles, den berühmten Klippen der Isle of Wight. Und von deinem Zimmer aus hast du eine tolle Aussicht über den Solent.«

Er hatte so geklungen, als würde er den Inhalt einer Werbebroschüre runterrattern, doch heute war nichts vom Meer oder von weißen Klippen zu sehen, ja nicht einmal die tropischen Palmen, die im weit angelegten Garten zwischen Hotel und Strand wuchsen, sondern nur eine graue Wand.

Auf dem Weg zum ehemaligen Dienstbotenhaus begegneten wir etlichen Gästen, die dem schlechten Wetter mit Regenmänteln und Schirmen trotzten. Ich selbst wurde nach wenigen Schritten nass, aber ich dachte nicht daran, schneller zu gehen. Der graue Kasten, auf den wir zugingen, war so gar nicht einladend. Die Fassade war zwar neu gestrichen worden, aber das einst rote, mittlerweile ziemlich verwitterte Dach hatte beim letzten Sturm einige Dachziegel eingebüßt. Auch die Fenster waren uralt und schlossen offenbar nicht ordentlich, denn sobald wir einen Fuß in den Vorraum setzten, erfasste mich Zugluft.

Na prima. Im Herbst und Winter würde es hier saukalt sein. Und auch wenn ich dann schon nicht mehr im Clifton-Resort leben, sondern aufs Internat gehen würde, konnte ich mir auch an regnerischen Sommertagen ein gemütlicheres Zuhause vorstellen.

Molly hingegen ließ sich ihre Laune nicht vom schlechten Wetter vermiesen. Während ich meinen Koffer genommen hatte, trug sie die zwei Taschen. »Erzähl mir doch von London!«, rief sie aufgeregt. »Ich bin schon seit Ewigkeiten nicht mehr dort gewesen.«

Unsere Schritte hallten auf dem kalten Steinboden.

Auf die Idee, hier mal einen flauschigen Teppich auszulegen, war offenbar noch niemand gekommen. Die alte Holztreppe knarzte wie erwartet bei jedem Schritt, und die Luft war so abgestanden wie in allen alten Häusern, in denen zu wenig gelüftet wird.

»Was soll ich denn erzählen?«, fragte ich gedehnt.

»Wo genau habt ihr denn gewohnt?«

»In Mayfair.«

»Oh, da bin ich auch mal gewesen. Dort gibt's 'nen tollen Schuhladen, super ausgeflippt, aber trotzdem bezahlbar.«

Ich warf einen Seitenblick auf Molly. Sie trug wie alle weiblichen Angestellten vom Clifton-Resort eine dunkelrote Bluse, einen schwarzen Rock und flache Schuhe und ihre Haare waren streng zurückfrisiert. Sie war das glatte Gegenteil von ausgeflippt und ich konnte sie mir unmöglich in hippen Tretern vorstellen. Vielleicht täuschte ich mich aber auch. Immerhin hatte ich sie auf den ersten Blick für mindestens dreißig gehalten, während mir jetzt durch den Kopf ging, dass sie gar nicht mal so viel älter war als ich, vielleicht Anfang zwanzig.

»Wo bist du denn am liebsten shoppen gegangen?«, fragte sie neugierig.

»Mal hier, mal dort«, entgegnete ich knapp.

Die einsilbige Antwort entmutigte sie überhaupt nicht. Ausufernd berichtete sie von ihrem letzten London-Trip, während wir den ersten Stock erreichten und einen Gang durchquerten. Hier lag zumindest ein Teppich, und die Fenster schlossen besser, aber der Blick hinaus war einfach nur trist.

Eine meiner Lehrerinnen hatte so von der Isle of Wight geschwärmt, auf der sie regelmäßig Urlaub machte. »Ich bin mir sicher, dass du dort zu neuen Kräften kommen wirst.«

Was für eine Lüge! Schon jetzt, kurz nach meiner Ankunft, hatte ich das Gefühl, regelrecht einzugehen.

»Ich habe dein Zimmer eingeheizt, damit du es kuschelig warm hast ... Hier ist es.«

Die Tapete war altrosa, die Vorhänge in einem noch dunkleren Farbton, die Bettwäsche schlicht weiß. Wie verlockend es war, daraufzusinken, die Augen zu schließen und alles zu vergessen!

»Soll ich dir helfen, deine Koffer und Taschen auszupacken?«

Ich nickte, machte selber keine Anstalten, meinen Beitrag zu leisten, sondern lümmelte mich auf ein giftgrünes Sofa. Molly zog Jeans und T-Shirts aus meinem Koffer und betrachtete sie wie Heiligtümer, da die Klamotten schließlich aus der Hauptstadt stammten. »Dein Onkel möchte am liebsten, dass wir hier rumlaufen, als wären wir in den 50er-Jahren stecken geblieben. Er behauptet, dass die Gäste das auch so wollen und den Flair des ehemaligen Herrenhauses genießen. Die sind schließlich alle schon ältere Semester.« Molly verdrehte die Augen.

Ich ging nicht darauf ein, aber plötzlich kam mir eine Idee, und ich setzte mich ruckartig auf.

»Und *sie?*«, fragte ich. »Wo hat sie gewohnt? Kann ich auch … ihr Zimmer sehen?«

Molly wusste gleich, wen ich meinte, und erstmals breitete sich auch in ihrer Miene Verlegenheit aus. »Ich bin mir nicht sicher, ob dein Onkel …«

»Bitte! Ich will es sehen!« Meine Stimme klang sehr dunkel. In den letzten Wochen hatte ich herausgefunden, dass ich mit diesem Tonfall mehr erreichte als mit Rumgeflenne.

»Also gut …«, gab sie nach.

Ich folgte Molly über den Gang. Vor der letzten Tür blieb sie unschlüssig stehen.

»Als sie ein Kind war, haben die Cliftons noch im Herrenhaus gelebt«, sagte sie, »aber nachdem es zum Hotel umgebaut wurde, hat die Familie die Räume hier bezogen.«

Eine dicke Staubschicht bedeckte die Klinke, wahrscheinlich war das Zimmer seit Ewigkeiten nicht betreten worden. Und genauso roch es auch, als ich die Tür öffnete und die Schwelle überschritt: Die Luft stand zum Schneiden dick. Neben dem modrigen Geruch, der im ganzen Haus hockte, kam hier eine neue Note dazu: Mums Duft. Das bildete ich mir zumindest ein.

Ich schloss die Augen.

»Ich … ich möchte kurz allein sein.« Meine Stimme

war nicht mehr tief, sondern zitterte, aber sie verfehlte weiterhin ihre Wirkung nicht. Molly nickte. »Dann packe ich einstweilen deine Sachen aus. Sag mir, wenn du noch was brauchst.«

Hastig schloss ich die Tür hinter ihr. Und dann war ich in Mums ehemaligem Zimmer allein.

Das Schwindelgefühl von vorhin verstärkte sich, aber ich gab ihm nicht nach. Kurz überlegte ich, das Fenster zu öffnen, um frische Luft zu schnappen, aber ich wollte nicht riskieren, Mums Duft zu vertreiben. Suchend blickte ich mich um, denn ich war mir nicht sicher, woher er kam. Die Bettwäsche, die genauso weiß wie die in meinem Zimmer war, roch lediglich nach Waschmittel. Ich setzte mich kurz darauf, aber sie fühlte sich klamm an. Entschlossen erhob ich mich, öffnete den Schrank … und wurde enttäuscht. Er war gähnend leer. Als Mum damals völlig überstürzt die Isle of Wight verlassen hatte, um nach London zu ziehen, hatte sie wohl all ihre Kleidung mitgenommen. Sie war kein einziges Mal in ihre alte Heimat zurückgekehrt, obwohl die Fahrt mit Fähre und Zug maximal einen halben Tag dauerte, und ich hatte keine Ahnung, warum nicht. Bis vor wenigen Wochen war mir das eigentlich egal gewesen, aber jetzt … jetzt wollte ich unbedingt einen Beweis finden, dass sie wirklich hier gelebt hatte.

Tränen schossen in meine Augen und schnell zog

ich die Schubladen vom Schreibtisch auf. Wenn ich es mir nicht nur einbildete, sondern es noch nach ihr roch, musste sich doch irgendetwas Persönliches in diesem Zimmer befinden, vielleicht eine Kette, die sie als Kind stolz getragen hatte, Muscheln, die sie am Strand gesammelt hatte, eine Puppe mit einer selbst gestrickten Weste, eine vertrocknete Scheibe Pausenbrot… na ja, das würde nicht nach ihr riechen, sondern stinken, weil es nach all den Jahren verschimmelt wäre.

Aber nichts, alle Laden waren leer. Ich ging zum Fenster, auf dessen Scheiben schwere Tropfen platschten. Von wegen Postkartenidyll. Schön trist.

Hier war auch Mum einst gestanden… hatte sich ihre Zukunft ausgemalt… sich nach der Großstadt gesehnt… vorausgesetzt, dass das der Grund war, warum sie überstürzt nach London aufgebrochen war. Allerdings erklärte das noch nicht, warum sie keinerlei Kontakt mehr zu ihren Eltern oder ihrem jüngeren Bruder Julian gehabt hatte. Letzteren hatte ich erst vor einigen Wochen kennengelernt.

Ich trat zu einer Kommode. Zwischen dem Boden und der untersten Schublade war ein riesiges Spinnennetz gespannt. Na hoffentlich war das Vieh längst abgehauen, ich hasse Spinnen!

Die oberste Schublade quietschte, als ich sie aufzog. Anders als der Schrank war sie nicht leer, sondern randvoll mit alten Kleidern. Ich zog eine Bluse hervor, versenkte mein Gesicht darin und zog den süßlichen Geruch ein. Ja, das war ihr Duft. Offenbar hatte sie diese Bluse oft getragen.

Aber Moment mal, die Bluse war mit diesem Spitzenkragen und den Puffärmeln gelinde gesagt einfach nur grässlich, und Mum hatte doch immer so einen guten Geschmack gehabt! Und man konnte sie nicht mal als Geschmacksverirrung der Achtzigerjahre abtun! Das war eher so ein Oma-Style, den man vor dem Krieg getragen hatte.

Ich zog weitere Klamotten aus den Schubladen. Röcke, Unterwäsche, noch mehr Blusen … alles unmodern, irgendwie freudlos und für die Generation sechzig plus gemacht, wenn nicht gar älter. Und wenn ich mich täuschte und das gar nicht Mums Klamotten waren?

Ich wollte die Kleidung schon wieder zurücklegen und die Schublade schließen, als ich ganz hinten und unter einem Paar Strumpfhosen versteckt ein kleines Kästchen entdeckte. Ich beugte mich vor und nahm es an mich. Das rote Leder, mit dem es eingebunden war, war speckig geworden, und an den Ecken trat Futter hervor. Unwillkürlich barg ich es an der Brust.

Ach, Mum, warum hast du mich allein gelassen, warum hast du mir nie etwas von deiner Vergangenheit erzählt … und warum hast du mich ausgerechnet Onkel Julian anvertraut?

Tränenblind öffnete ich das Kästchen: Da waren

ein altes Nähset, das Mum als Schülerin wohl für den Handarbeitsunterricht gebraucht hatte, Spielkarten, dessen Ecken vom häufigen Gebrauch umgebogen waren, ein Paar alte Ohrringe, die mit Grünspan überzogen waren – und ein Foto …

Toby.

Auf der Rückseite des Fotos stand nur dieser Name.

Es zeigte einen jungen Mann, siebzehn, vielleicht achtzehn Jahre alt, der eine Badehose trug und bis zu den Knien im Wasser stand. Sein Oberkörper war ziemlich muskulös und das Haar vom Bad in den Wellen ganz nass. Die braun gebrannte Haut ließ seine Augen noch blauer strahlen und er hatte eine Hand gehoben und zum Victoryzeichen geformt. Vielleicht hatte er ein Wettschwimmen gewonnen, oder er war einfach nur stolz, sich in die – auch im Sommer ziemlich kalten – Fluten gestürzt zu haben. Auch sein Lächeln war triumphierend.

Toby, Toby …

Ich konnte mich nicht erinnern, dass Mum jemals einen Mann mit diesem Namen erwähnt hatte. Wobei das auch nicht unbedingt etwas zu bedeuten hatte, denn sie hatte schließlich so gut wie nie über ihre Vergangenheit gesprochen.

Wer war dieser Mann?

Er musste ihr nahegestanden haben, wenn das einzige Foto, das sie hier aufbewahrt hatte, ihn und nicht etwa ihre Eltern oder Freundinnen zeigte.

Unwillkürlich presste ich es an meine Brust, als plötzlich Schritte im Gang ertönten. Obwohl ich ja nichts Verbotenes tat, fühlte ich mich ertappt, als wenig später eine fremde Frau – und nicht etwa Molly, wie ich es erhofft hatte – den Raum betrat.

»Dora! Wie schön!«

Ehe ich mich's versah, eilte sie auf mich zu, zog mich an sich und presste mein Gesicht in eine nicht unbeträchtliche Oberweite. Ich war so verdutzt, dass ich mich gar nicht wehren konnte. Da begrüßte mich diese Fremde doch glatt so, als würden wir uns seit Ewigkeiten kennen!

Immerhin, als ich mich versteifte, rückte sie ein wenig von mir ab, allerdings nur, um mich eingehend zu mustern. Das gab mir die Gelegenheit, auch sie genauer in Augenschein zu nehmen. Sie hatte ein rundliches Gesicht, Faltenkränze um die Augen und trug eine leuchtend rote Brille, die nicht recht zum Farbton ihrer Haare passte. Die gingen nämlich ins Violette. Mit viel gutem Willen ließ sich ihre Optik mit »schrill« umschreiben.

Ehe ich etwas sagen konnte, drückte sie mich schon wieder so heftig an sich, als wolle sie mich mit ihrem Busen ersticken. Gott sei Dank lockerte sich wenig später ihr Griff, weil sie sich Tränen aus den Augen wischen und sich kräftig schnäuzen musste.

»Scheiße, ich heule ja schon wieder! Dabei habe ich mir fest vorgenommen, mich zusammenzureißen ... Aber Ellens Tod ... es kam so überraschend ... weißt du eigentlich, wie ähnlich ihr euch seht?«

Benommen nickte ich. »Wer sind Sie?«, fragte ich verwirrt.

»Kate Nicholson. Du nennst mich natürlich Kate. Ich war die beste Freundin deiner Mutter. Oh Gott, ich kann einfach nicht aufhören zu heulen!«

Tatsächlich, immer mehr Tränen quollen unter der roten Brille hervor. Bei dem Anblick musste ich selbst auch fast weinen. Der Name Kate Nicholson war mir ebenso fremd wie der von Toby, aber plötzlich ahnte ich, dass ihre Zuneigung zu meiner Mutter tief und echt gewesen war.

»Was ... was machen Sie hier?«, fragte ich.

»Das Sie lässt du gleich mal bleiben, für dich bin ich natürlich Kate. Ich arbeite im Clifton-Resort, in der Wellnessabteilung genauer gesagt. Hast du den riesigen Spa schon gesehen? Ach Blödsinn, du bist ja gerade erst angekommen. Also, es gibt dort Indoor- und Outdoorpool, Whirlpool, Sauna, Dampfbad ... du musst unbedingt einmal kommen, dann verwöhne ich dich nach Strich und Faden. Gesichtsbehandlung, Massage, was immer du willst.«

Das war alles nichts, worauf ich große Lust hatte, aber so freundlich wie sie war, wollte ich ihr Angebot nicht einfach ablehnen.

»Onkel Julian hat gemeint, ich solle mich von den Gästen fernhalten«, murmelte ich.

Sie schnaubte übertrieben. »Ein ganz schön komischer Kauz, nicht wahr?«, lästerte sie. »Musstest du auch die zähen Scones essen?«

Ich grinste. »Ja!«, rief ich. »Aber ich habe einfach gesagt, dass ich keinen Hunger habe.«

»Zum Glück! Sie liegen einem im Magen wie Steine. Du musst unbedingt mal zu mir zum Tee kommen. Ich wohne in einem kleinen Häuschen gleich neben dem Resort, und ich liebe es, Kuchen zu backen. Na ja, leider nicht nur zu backen, sondern auch zu essen, wie man nur allzu deutlich sieht. Falls du übrigens nicht in den Spa willst – es gibt auch viele Möglichkeiten, sich hier die Zeit zu vertreiben, vor allem bei diesem Sauwetter: einen eigenen Billardraum und eine Bowlingbahn.«

Auch danach stand mir nicht unbedingt der Sinn. Rasch lenkte ich ab: »Wann hast du meine Mutter zum letzten Mal gesehen?«, fragte ich neugierig.

Kate runzelte die Stirn. »Hat sie dir etwa nie von mir erzählt? Hm. Ich weiß ja, sie wollte die Vergangenheit unbedingt hinter sich lassen, aber trotzdem … Es ist so schade, dass wir uns aus den Augen verloren haben. Nachdem sie die Insel verlassen hat und nach London gezogen ist, haben wir uns noch häufig geschrieben und manchmal auch telefoniert. Einmal habe ich sie in London besucht, da warst du gerade mal ein Baby.« Sie lachte. »Wir haben dich abends in einen Klub mitgenommen und du hast trotz der lauten Musik geschlafen wie ein Engel. Aber danach … na ja, es war nicht nur ihre Schuld, dass sich unser Kontakt verflüchtigt hat. Ich hab 'ne Zeit lang in Cornwall gearbeitet, ehe ich vor ein paar Jahren wieder hierher zurückgekommen bin. Klingt zwar etwas bieder, aber ich kann mir einfach keinen schöneren Ort als die Isle of Wight vorstellen. Ellen hingegen wollte keinen Fuß mehr hierhersetzen, nachdem sie …« Sie biss sich auf die Lippen, als hätte sie Verbotenes gesagt.

Ich zögerte kurz, sagte dann aber doch unumwunden: »Ich verstehe nicht, warum sie damals so abrupt abgereist und nie wieder zurückgekehrt ist. Ich meine, hier lebte immerhin ihre Familie. Ich nehme mal an, sie hat sich mit ihren Eltern verkracht?«

»Sie hat dir nie etwas davon erzählt?«

Ich schüttelte den Kopf, und als sie nicht fortfuhr, wollte ich schon eine neue Frage stellen, doch da weitete sich plötzlich Kates Blick. Er war auf das Foto gefallen, das ich immer noch in meiner Hand hielt.

»Woher hast du denn das?«, rief sie.

Täuschte ich mich oder klang sie nicht einfach nur überrascht, sondern geradezu entsetzt?

»Ich habe es hier bei Mums Sachen gefunden«, sagte ich. »Auf der Rückseite steht ein Name. Toby. Hast du ihn schon mal gehört?«

»Natürlich kenne ich Toby Parker! Er wohnt gleich hier in der Nähe. Auch ich war damals gut mit ihm befreundet, wenn auch nicht so gut wie ...«

Wieder biss sie sich auf die Lippen. »Ellen hat ihn nie erwähnt?«, fragte sie vorsichtig.

Ich schüttelte den Kopf. »Sie scheinen sich sehr nahegestanden zu haben, wenn Mum das Foto hier aufbewahrt hat«, sagte ich.

»Das kann man so sagen. Toby war Ellens erste große Liebe.«

Und dennoch hatte sie die Insel abrupt verlassen? Trotz dieser Liebe ... oder vielleicht sogar deswegen?

Gerade als ich mehr aus Kate herausquetschen wollte, ertönte Onkel Julians Stimme.

»Dora, wo steckst du denn?«

Na super. Offenbar hatte er sich einen Ruck gegeben, die zähen Scones zurückgelassen und sich entschlossen, nach mir zu sehen. Dass er mich ausgerechnet in Mums ehemaligem Zimmer antraf, schien ihn ziemlich zu verwirren, und dass Kate bei mir war, machte die Sache nicht besser. Er runzelte die Stirn, während Kate kaum merklich die Augen verdrehte und mir vertraulich zuzwinkerte.

»Ich muss jetzt wieder zurück zur Arbeit«, sagte sie. »Wie gesagt, du kannst jederzeit dort vorbeischauen und mich besuchen.«

Sie umarmte mich demonstrativ lange, während Onkel Julian wieder mal verlegen auf den Boden starrte. Er selbst hatte mir zur Begrüßung gerade mal die Hand geschüttelt. Nicht, dass ich es toll fand, von wildfremden Menschen umarmt zu werden, und trotzdem … Irgendwie tat es mir leid, dass Kate ging.

»Was machst du denn hier in Ellens Zimmer?«, fragte Onkel Julian, als wir allein waren. »Hältst du das wirklich für eine … eine gute Idee?«

Was für eine blöde Aussage! Als ob ich nicht wie verrückt um Mum trauern würde, wenn ich ihr Zimmer mied! Und bis jetzt hatte er auch nicht den Eindruck gemacht, dass er sich sonderlich dafür interessierte, was in mir vorging.

Ich konnte nicht mehr länger höflich sein. »Ich weiß ja, dass ich dir lästig bin, aber du musst mich nur für ein paar Monate ertragen. Ab dem Herbst gehe ich aufs Internat.«

»Lieber Himmel, Dora! Ich will dich doch nicht loswerden, ich will doch nur …«

Er trat auf mich zu, hob die Hand, und ich dachte schon, er wolle mir übers Haar streicheln, doch ehe ich mich ducken konnte, fuhr seine Hand zur Brille, um sie umständlich zu putzen.

Bei unserer ersten Begegnung war er mir regelrecht unsympathisch gewesen, jetzt wirkte er so unsicher, dass ich meine schroffe Ansage fast bereute. So oder so, er war ein Fremder für mich, und ich wollte nicht bei ihm leben!

»Ach, lass es einfach gut sein!«, schnaubte ich und floh.

Ich überlegte kurz, mich in mein Zimmer zurückzuziehen, aber dort war immer noch Molly zugange, und ich konnte es nicht ertragen, sie über London und die neueste Mode quatschen zu hören. Also nahm ich die Treppe nach unten.

Plötzlich konnte es mir gar nicht schnell genug gehen, das Gebäude zu verlassen. Ich lief nicht nur vor Onkel Julian davon, sondern etwas, was ich nicht genau beschreiben konnte … Unbehagen … Beklemmung … Ratlosigkeit …

Anstatt mich Mum in ihrem alten Zimmer ganz nahe zu fühlen, wie ich es mir erhofft hatte, fühlte ich mich noch verlassener, noch trostloser, vor allem auch verwirrt.

Verspätet merkte ich, dass ich immer noch das Foto von Toby Parker in der Hand hielt. Ich stopfte es in die Tasche meiner Jeans und riss meine Jacke vom Haken, wo ich sie vorher aufgehängt hatte.

»Wohin willst du denn?«

Onkel Julian war mir nach unten gefolgt.

»Ich muss hier raus«, erklärte ich knapp.

Ja, raus, weg von allem, den Kopf freibekommen, nicht an Mum denken, an den Unfall und ihre Vergangenheit, die sie mir immer verschwiegen hatte.

»Du kannst doch jetzt nicht einfach gehen!«, rief Onkel Julian.

»Was willst du denn dagegen machen? Mich etwa einsperren?«

Ich stürmte ins Freie, wo ich mich ein letztes Mal umdrehte, aber anstatt mir zu folgen, blieb Onkel Julian ratlos auf der Türschwelle stehen. Der Kies knirschte unter meinen Schuhen, dann ließ ich schon den Gästeparkplatz hinter mir und erreichte die Auffahrt. Das schmiedeeiserne Tor an deren Ende stand weit offen, und als ich es durchschritt, hatte ich das Gefühl, ein wenig freier atmen zu können.

Eine Weile war ich mir gar nicht bewusst, wohin ich überhaupt ging. Bis jetzt hatte ich von der Insel nur den Fährhafen von Yarmouth gesehen. Vage erinnerte ich mich daran, dass wir auf der Fahrt zum Hotel in Totland eine Brücke passiert hatten, die über den Solent führte, aber von der war im dicht wabernden Nebel nichts zu sehen. Über eine Nebenstraße hatte ich den Küstenwanderweg erreicht, aber zwischen mir und dem Meer stand eine graue Wand. Von weit her hörte man das Brummen der Autos; das Licht ihrer Scheinwerfer wurde hingegen vom Nebel verschluckt. Andere Geräusche nahm ich nicht wahr – was natürlich auch an der Kapuze liegen konnte, die ich mir über den Kopf gezogen hatte. Da es nur mehr ganz leicht nieselte, schob ich sie zurück. Sofort kräuselten sich meine ohnehin schon lockigen Haare noch stärker.

Ich hasse diese Locken, während Mum mich immer um meine Haare beneidet hat.

»Du hast so ein Glück! Wenn ich solche Locken haben will, muss ich mir die Haare stundenlang eindrehen, und selbst dann hängen mir die Strähnen bald wieder wie Schnittlauch ins Gesicht.«

Ich lief noch schneller.

Auch am Abend vor ihrem Tod hatte sie sich ihre Haare eingedreht, um für ihren wichtigen Termin gerüstet zu sein. Sie hatte als Innenarchitektin gearbeitet, und insgeheim war ich mir sicher gewesen, dass sie sich nicht nur für den neuen Kunden schön gemacht hatte, sondern für einen ihrer Kollegen. Wann immer dessen Name fiel, errötete sie leicht. Offen angesprochen hatte ich das Thema natürlich nie, und sie selbst wollte wohl erst mal abwarten, was sich draus entwickelte. Auf jeden Fall war sie voller Vorfreude gewesen, als sie nach Bristol aufgebrochen war, während ich bei Sarah blieb – unserer Nachbarin und Mums bester Freundin. Bei ihr hatten die Polizisten auch geläutet, als sie die Nachricht überbrachten, dass Mum kurz nach London verunglückt war …

Beinahe rutschte ich in einer Pfütze aus. Egal jetzt, ich wollte einfach nicht stehen bleiben. Und schon gar nicht wollte ich an Sarah denken. Nach dem ersten Schock hatte ich gehofft, dass ich künftig bei ihr leben würde, doch sie hatte irgendetwas von der zu großen Verantwortung gefaselt und dass es ja noch diesen Onkel gebe. Einen Onkel, den ich nicht kannte. Genauso wenig wie Kate, die lange vor Sarah Mums beste Freundin gewesen war und die so gar nichts mit Mum gemein hatte. Aber ich konnte mir Mum ja auch nicht mit der altmodischen Kleidung vorstellen, die ich im Schrank gefunden hatte. Und wie hatte Mum es nur auf dieser nebeligen Insel ausgehalten, wo sie doch durch und durch ein Großstadtmensch war? Wobei ich mir auch nicht vorstellen konnte, dass sie seinerzeit fluchtartig aufgebrochen war, nur weil sie den Nebel satthatte.

Der lichtete sich eben, und ich stellte fest, dass es an der Küste nicht ganz so einsam war wie zunächst vermutet. Vor mir lag ein kleiner Jachthafen, und am langen Pier standen einige Fischer, die, Schlechtwetter hin oder her, unermüdlich ihre Angel auswarfen. Ein paar Boote schaukelten an ihren Liegeplätzen – einfache Ruderboote aus Holz ebenso wie große Segler. Wenn ich weiterhin Richtung Südwesten ging, würde ich bald die berühmten Needles erreichen, die spitzen weißen Felsen, die vor der Steilküste aus dem Meer ragten und auf deren größtem ein Leuchtturm errichtet worden war.

Berühmt hin oder her. Ich hatte erst auf der Fähre gehört, dass sie überhaupt eine besondere Attraktion waren – von der gleichen Touristin, die auch behauptet hatte, man würde die Isle of Wight als Blumeninsel bezeichnen.

Von Blumen war nichts zu sehen, nur Moos, Sträucher und gelbliches, trockenes Gras und dazwischen ein paar Häuser – alte Villen, die zwar sicher einen tollen Blick aufs Meer boten, aber ziemlich heruntergekommen wirkten. Von den meisten Wänden blätterte die Farbe und in den Gärten wucherte Unkraut. Die verriegelten Fensterläden waren ein Zeichen, dass sie allesamt leer standen. Ein ziemlich trostloser Anblick, da wünschte ich mir ja fast wieder den Nebel zurück!

Mühsam unterdrückte ich die Tränen, die mir hochstiegen.

Nein, sagte ich mir energisch, ich muss das Leben hier irgendwie ertragen oder genau genommen erst mal nur den Sommer. Klar, die Aussicht, danach aufs Internat zu gehen, war nicht gerade berauschend. Und dennoch! Dieses Elend war nicht von Dauer! Ich würde nicht rumheulen, ich würde nicht schlappmachen!

Bald hatte ich die Villen hinter mir gelassen, aber schon nach einigen Hundert Metern auf dem Küstenweg, der hier nur von dürren Disteln und ein paar Trauerweiden gesäumt war und an braungrauen Feldern vorbeiführte, stieß ich auf ein weiteres Haus – keine Villa aus dem vorigen Jahrhundert, sondern ein Cottage aus grauem Stein, von dem sich die dunkelblauen Fensterbalken deutlich abhoben, und mit einem großen Garten davor: Die Wiese war sorgfältig gemäht worden, und die vielen Blumenrabatten machten einen sehr gepflegten Eindruck, wenngleich die meisten Pflanzen ihre Blätter hängen ließen und ihre Blüten so farblos wie der Himmel wirkten. Mein Blick blieb nicht lange bei ihnen hängen; vielmehr fesselte ein Schild über dem Eingangsbereich meine Aufmerksamkeit.

Parker House, stand da, und außerdem war das Symbol für eine Bed-&-Breakfast-Unterkunft abgebildet.

Den Namen Parker hatte ich doch heute schon gehört! Richtig, Toby Parker, der Mann auf dem Foto, der laut Kate gleich in der Nähe wohnte. War es möglich, dass …?

In London gab es wahrscheinlich Hunderte Parkers, aber die Insel war so klein, dass ich nicht an einen Zufall glaubte.

Ich ging auf die Pension zu, verharrte jedoch neben der Tür. Hinter dem Fenster sah ich zwar Licht, und wenn das hier wirklich eine Pension war, würde es nicht weiter auffallen, wenn ich mich ein wenig umsah und nach einem Prospekt fragte, doch ich wurde das Gefühl nicht los, hier nichts verloren zu haben. Selbst wenn diese Pension Toby Parker gehörte – meine Mutter hatte lange vor meiner Geburt die Insel verlassen, vielleicht konnte er sich nicht mal mehr an sie erinnern.

Schon wollte ich die Flucht antreten, als sich die

Tür öffnete. Es war zwar blöd, das anzunehmen, aber instinktiv wappnete ich mich, den Mann auf dem Foto zu sehen. Stattdessen stand ich im nächsten Augenblick einer älteren Dame gegenüber, die – wie ich es anhand ihrer Wanderschuhe, des Regenschirms und des Spazierstocks vermutete – trotz des Schmuddelwetters gerade zu einer Wanderung aufbrechen wollte. Sie lächelte mich an und wollte schon an mir vorbeigehen, aber als ich mich nicht rührte, blieb sie stehen.

»Willst du nicht hinein?«

Ich zuckte ratlos die Schultern.

»Du siehst so aus, als könntest du etwas Wärme gebrauchen und vor allem heißen Tee …«

Da hatte sie ohne Zweifel recht. Die zähen Scones konnten mir gestohlen bleiben, aber wenn ich an den Tee dachte, den ich vorhin ausgeschlagen hatte, verstärkte sich das Gefühl, bereits Eiszapfen anzusetzen. Feucht tropfte es von meinen Haaren in den Nacken.

»Sind Sie … sind Sie von hier?«, fragte ich unwillkürlich.

Die alte Dame schüttelte den Kopf. »Nein, aber ich mache jeden Sommer ein paar Wochen Urlaub auf der Insel.« Sie machte eine weit ausholende Bewegung. »Es ist so schön hier.«

Ein Urteil, das ich gewiss nicht teilte, aber egal jetzt. Wenn sie so häufig hier zu Gast war, musste sie wissen, wer die Pension führte.

Ich atmete tief durch. »Wissen Sie, ob hier ein Toby Parker wohnt?«

Kurz hätte ich schwören können, dass ein Ausdruck von Verwirrung, fast Erschrecken in ihr Gesicht trat, aber dann rang sie sich sofort wieder ein Lächeln ab.

»Toby Parker? Aber natürlich wohnt der hier! Ihm gehört die Pension ja auch. Wenn ich es richtig mitbekommen habe, ist er vor einiger Zeit nach Totland gefahren, aber ich nehme an, dass er bald wieder zurückkehrt, du kannst sicher drinnen auf ihn warten.«

Sie nickte mir zu und machte sich auf den Weg, während ich zögernd die Pension betrat. Ein roter Samtteppich dämpfte meine Schritte. Die Rezeption war unbesetzt, und auch der angrenzende Speisesaal, in den ich einen Blick warf, war gähnend leer. Eine Weile ging ich auf und ab, dann lehnte ich mich gegen einen Tisch, auf dem sich diverse Prospekte befanden. Ich überflog sie flüchtig, aber die Attraktionen der Insel interessierten mich im Grunde überhaupt nicht. Ich pustete gegen meine von der Kälte steifen Finger, und als das nichts nutzte, steckte ich sie in meine Taschen. Richtig, da war ja noch das Foto von Toby Parker. Ich zog es hervor, musterte es erneut.

Was hatte dieser Mann Mum bedeutet, dass sie es aufbewahrt hatte? Und warum hatte sie es nicht nach London mitgenommen? Weil sie es schlichtweg vergessen hatte? Oder weil es zu schmerzhaft war, es zu betrachten?

Ich glaubte Schritte zu hören und sah erwartungsvoll zur Treppe, die in den ersten Stock führte, doch stattdessen kamen die Geräusche von draußen, und wenig später wurde die Tür stürmisch geöffnet. Ein Mann kam herein oder vielmehr: Er wollte reinkommen, blieb aber auf der Schwelle stehen und starrte mich fassungslos an. Die kalte Luft, die mich traf, wirbelte sein dünnes Haar hoch, aber er schien sie gar nicht zu spüren.

»Ellen?«

Schauder rannen über meinen Rücken, nicht nur wegen der Kälte, sondern weil seine Stimme so rau klang, so bestürzt, so unendlich … traurig.

Ich wusste sofort, dass das Toby Parker war, obwohl er nichts mit dem jungen, fröhlichen Mann auf dem Foto gemein hatte. Die Haare waren schütterer geworden und an den Schläfen ergraut, sein Gesicht von tiefen Falten durchzogen und die Augen zwischen dichten Brauen versunken. Auch wenn man unter der dicken Kleidung nicht erkennen konnte, ob sein Körper noch drahtig war wie einst, legte er, so gebückt wie er dastand, auf jeden Fall nicht dieses Selbstbewusstsein, diese unbeschwerte Fröhlichkeit wie auf dem Foto an den Tag. In seinem Blick stand erst nur Bestürzung, dann regelrechtes Misstrauen.

Kurz konnte ich mich ebenso wenig rühren wie er.

Erst als er ein zweites Mal den Namen meiner Mutter ausstieß, war der Bann gebrochen.

Ich trat auf ihn zu. »Nein, ich bin Theodora … Dora Clifton. Ellens Tochter. Sie … sie …«

Ich überlegte, mit welchen Worten ich ihm mitteilen konnte, dass sie tot war, und auch, dass ich das Foto gefunden hatte und mehr über meine Mutter erfahren wollte, doch ehe ich etwas hinzufügen konnte, fuhr er mich wütend an: »Was hast du hier verloren?«

Ich zuckte zusammen, denn mit diesem Stimmungswechsel hatte ich nicht gerechnet. Blitzschnell war aus seiner Bestürzung Feindseligkeit geworden.

»Aber … aber ich wollte doch nur …«

Er löste sich aus der Starre, trat ein und ließ die Tür hinter sich laut ins Schloss fallen.

»Ich will keinen der Cliftons hier in meinem Haus haben. Geh! Geh einfach!«

Konnte man noch unhöflicher und abweisender sein?

Mit jedem Augenblick fühlte ich mich unwohler. Sein Misstrauen hätte ich ja noch verstanden, aber doch nicht diesen … Hass. Und auch wenn er sich nicht gegen mich persönlich richtete, sondern auf meine Familie, wusste ich nicht, wie ich darauf reagieren sollte. Meine erste Regung war, die Flucht anzutreten, aber zugleich erwachte Trotz in mir.

So einfach wollte ich mich nicht abspeisen lassen.

Und vor allem durfte niemand so mit mir umspringen!

Ich reckte mein Kinn und trat auf ihn zu.

»Es tut mir leid, dass ich unangekündigt hier auftauche, aber … aber meine Mutter ist tot. Ich bin erst heute auf der Insel angekommen, und im Zimmer meiner Mum habe ich etwas gefunden … ein Foto … ein Foto, das Sie als jungen Mann zeigt.«

So selbstbewusst ich begonnen hatte, so sehr geriet ich gegen Ende hin ins Stammeln. Seine Reaktion machte es nicht gerade leichter, die richtigen Worte zu finden.

»Ellen ist tot?«, rief er mit schreckgeweiteten Augen, in denen kein Hass mehr stand, sondern Betroffenheit.

»Sie kam bei einem Autounfall ums Leben«, sagte ich mit gepresster Stimme. »Sie haben sie doch gekannt, nicht wahr? Sehr gut gekannt sogar. Da dachte ich, Sie könnten mir vielleicht erzählen …«

Abrupt wandte er sich ab. »Was immer du gedacht hast – es ist keine gute Idee, in der Vergangenheit zu stöbern. Lass sie ruhen, ja?«

Seine Stimme klang zwar nicht mehr ganz so eisig, sondern ziemlich belegt, aber das änderte nichts an seiner grundsätzlichen Ablehnung.

»Warum?«, fragte ich herausfordernd.

Er kniff die Augen zusammen. »Besser, du gehst jetzt«, wiederholte er. Kurz rang er mit sich, um kaum hörbar hinzuzufügen: »Und besser, du kommst auch nicht wieder.«

Was war denn das für eine Ansage?

Entschlossen öffnete ich den Mund, aber er kam mir zuvor: »Nimm's nicht persönlich, aber deine Familie hat schon für genug Unheil gesorgt.«

Wenn er mich beschimpft hätte, hätte ich ihm irgendwie getrotzt, aber so verzagt und hilflos wie er plötzlich wirkte, schien es, als würde eine dunkle Welle über mich schwappen, die jede Entschlossenheit erstickte. Da blieben nur Trostlosigkeit … Trauer … Verzweiflung.

Obwohl ich schrecklich neugierig war, hielt ich es keinen Augenblick länger hier aus. Ich machte kehrt und lief nach draußen.

Noch im Laufen steckte ich das Foto wieder in die Jackentasche. Meine Hände waren immer noch so kalt, dass ich sie kaum fühlen konnte. Umso heftiger fiel der Schmerz aus, der in meiner Brust wütete.

Ach, Mum, warum bist du nicht hier … warum kannst du mir nicht erklären, was das alles soll … warum hast du mir nie etwas von Toby Parker erzählt?

Ich verkrampfte meine Hände ineinander.

Nicht an Mum denken! Nicht heulen! Schritt vor Schritt setzen!

Ich hatte kaum hundert Meter zurückgelegt, als jemand nach mir rief.

»Halt! Warte!«

Ich rannte weiter. Für heute hatte ich wirklich genug Feindseligkeit abbekommen.

»So bleib doch stehen!«

Das war ja gar nicht Tobys Stimme, wie ich zunächst gedacht hatte!

Langsam drehte ich mich um. Anstelle eines abweisenden, mürrischen Mannes kam der attraktivste Junge auf mich zugelaufen, den ich je gesehen habe.

Zweites Kapitel

Genau betrachtet stimmte es nicht. Er war nicht der attraktivste Junge, den ich je gesehen habe. Mike aus der Nebenklasse, ein richtiger Pin-up-Boy, würde bei einem Männer-Model-Casting die Nase vorn haben. Aber bei Mike zählte das gute Aussehen irgendwie nicht, weil er sich unendlich viel drauf einbildete und sich wie ein echter Kotzbrocken verhielt.

Der Junge, der jetzt vor mir stand, konnte natürlich auch ein Kotzbrocken sein, ich kannte ihn ja nicht. Und trotzdem, es wirkte aufrichtig, als er mich entschuldigend anlächelte.

»Dora, richtig?«

Woher kannte er meinen Namen?

Ich war so verdattert, dass ich keinen anständigen Satz hervorbrachte, aber er schien auch so zu ahnen, was in mir vorging.

»Ich habe vorhin dein Gespräch mit meinem Vater mitbekommen. Ich wollte mich einmischen, aber da warst du schon weg.«

Immer noch konnte ich nichts sagen, sondern ihn einfach nur anschauen. Irgendwas passierte, als er langsam auf mich zutrat. Es war, als hätte ich einen leichten Schlag erhalten, wobei … eigentlich trifft es das nicht, denn ein Schlag klingt nach einer gewaltsamen, schmerzhaften Sache. Es war eher so, dass die Welt kurz anzuhalten schien, und als sie, mit leichtem Rumpeln, wieder in Bewegung kam, war alles verändert oder vielleicht nicht alles, sondern nur ich. Ich schien in eine andere Umlaufbahn katapultiert und dort zählten nicht die Trauer um meine Mum, mein unfreiwilliger Aufenthalt bei Onkel Julian, das unangenehme Zusammentreffen mit Toby Parker … nur dieser Junge.

»Ich wollte dir sagen …«

»Ja? W…w…was?« Wie peinlich war denn dieses Gestammel!

Allerdings konnte plötzlich auch er nichts mehr sagen, sondern mich nur schweigend anstarren. Wahrscheinlich vergingen nur ein paar Sekunden, doch hinterher kam es mir vor, als hätte ich alle Zeit der Welt gehabt, mir seine Züge einzuprägen. Selbst wenn ich in diesem Augenblick erblindet wäre, hätte ich mich doch an jedes Detail erinnern können: an sein blondes, leicht welliges, kinnlanges Haar. An seine grün schimmernden Augen, in denen etwas Forderndes lag, als wollten sie zum Grund meiner Seele schauen, während sie das eigene Innere wohlweislich abschotteten. An seine schmale, lange Nase, die den stolzen Eindruck, den das etwas hochgereckte Kinn vermittelte, unterstrich. An seine Lippen, die eigentlich weich und gefühlvoll wirkten, aber so energisch zusammengepresst waren, als versuche er unbedingt, diesen Eindruck zu vermeiden.

Unwillkürlich überlegte ich, ob ihm wohl gefiel, was er sah. Wahrscheinlich nicht. Meine Augen waren sicher gerötet vom Weinen, meine Haare noch stärker gekräuselt, und als ich auf mich hinabblickte, merkte ich die vielen Schlammspritzer auf meiner Hose. Dass ich ihn nicht länger musterte, brach den Bann.

»Es tut mir leid«, presste er hervor.

»Was tut dir leid?«

Zugegeben, ich klang plötzlich ziemlich schroff, so als würde ich nicht mit diesem attraktiven Jungen reden, sondern mit Onkel Julian.

»Na ja, mein Vater … er hat sich eben ziemlich unmöglich benommen«, sagte er leise.

»Das kann man laut sagen.«

Das klang ja sogar noch schroffer! Sofort tat es mir leid und ich kniff meine Lippen zusammen.

Er kann nichts dafür, sagte ich mir, dass sein Vater sich so abweisend verhalten hat, dass ich hier leben muss, dass ich diese Insel hasse. Wobei ich mir gar nicht mehr so sicher war, dass ich die Insel wirklich hasste, jetzt, wo dieser Junge vor mir stand, sich plötzlich ein Sonnenstrahl seinen Weg durch die Wolkendecke bahnte und auf das Meer fiel, dessen Grau auf einem winzigen Fleckchen einen Türkiston annahm … strahlend wie seine Augen.

Jetzt werd nicht kitschig, Dora!, schalt ich mich.

Ich atmete tief durch. »Ich wollte ihn doch nur etwas fragen«, sagte ich, »ich kapier einfach nicht, warum er so heftig reagiert hat.«

»Normalerweise ist er nicht so.« Er zuckte die Schultern. »Ich weiß nicht, was ihn so aufgeregt hat. Du … du stammst nicht von hier, oder?«

»Offenbar kannte dein Vater meine Mutter … er muss sehr wütend auf sie sein … und auf meine Familie. Hast du schon mal ihren Namen gehört? Ellen Clifton?«

Er nickte nachdenklich. »Von seiner Feindschaft mit den Cliftons wusste ich bereits, aber erst vor wenigen Wochen hat meine Grandma mal eine Ellen erwähnt. Sie hat ein Foto von ihr hergezeigt, das sie offenbar erst kürzlich zufällig beim Putzen gefunden hatte.«

Noch ein Foto. Dann hatten sie also beide eins aufbewahrt.

»Und?«, fragte ich gespannt.

»Er wurde fuchsteufelswild … so wie eben. Hast du denn deine Mutter schon gefragt?«

Scheinbar hatte er doch nicht alles von meinem Gespräch mit Toby Parker mitbekommen.

Ich schluckte schwer. »Sie ist tot … es war ein Unfall … erst vor ein paar Wochen … Jetzt muss ich bei meinem Onkel Julian leben, dabei kenne ich den nicht mal. Mum hat Jahre vor meiner Geburt die Isle of Wight verlassen, ich weiß auch nicht, warum, und nie wieder mit ihren Eltern gesprochen. Jetzt frage ich mich, ob das irgendwas mit deinem Vater zu tun hatte …«

Vorhin war es mir noch so schwergefallen zu reden, doch jetzt perlten die Worte regelrecht über meine Lippen, und ich konnte sie ebenso wenig aufhalten wie die Tränen, die mir über die Wangen liefen. Beides war mir ziemlich peinlich. Womöglich hielt er mich jetzt für eine Heulsuse! Rasch wandte ich mich ab und lief davon.

Der Junge hastete mir nach, hielt mich auf und ließ selbst dann seine Hand auf meinen Schultern liegen, als ich stehen blieb. Wenn er mich jetzt umarmen würde, würde ich nicht mehr aufhören können zu weinen, und ich war mir nicht sicher, ob ich mir das wünschte oder nicht. Er machte aber keine Anstalten dazu und ich trat hastig zurück.

»Ich bin übrigens Eric.«

Ich nickte. Tränen hin oder her – ich hatte nicht den Eindruck, er würde mich verächtlich anschauen, eher mitleidig … und verständnisvoll. Er schien zu merken, wie schwer es mir fiel zu sprechen, und sagte darum selbst: »Mein Vater hat nicht wirklich viel über Ellen erzählt. Und meine Mutter kann ich nicht fragen, sie lebt seit der Scheidung nicht mehr hier.«

Ich war dankbar, dass er ein neutrales Thema gefunden hatte … zumindest war es das für mich.

Seine Stimme hingegen klang nun etwas gepresst, als er fortfuhr: »Mum ging's eine Weile nicht so gut. Jetzt macht sie irgend so einen Yoga-Ayurveda-Kurs in Indien. Keine Ahnung, wann sie wieder zurückkommt.« Er verzog seine Lippen, aber das Grinsen geriet nur halbherzig.

Wir erreichten eine kleine Bank und in schweigender Übereinkunft setzten wir uns und starrten auf das Meer. Er war wohl in Gedanken an seine Mutter versunken, während ich an Mum dachte – immer noch traurig, aber nicht mehr so verzweifelt wie vorhin und vor allem verwirrt.

»Du hast doch das Foto meiner Mutter erwähnt, kann ich es sehen? Ich habe kein einziges Bild von Mum, als sie so alt war wie ich. Wahrscheinlich hat sie mir damals noch ähnlicher gesehen.«

»Das kann ich gerne tun. Wartest du auf mich?«

Als ich nickte, sprang er hoch und lief zur Pension zurück. Und ob ich hier wartete! Die Bank war zwar feucht, und meine Hose fühlte sich bald noch klammer an, aber das machte nichts. Auf diesem winzigen Fleckchen konnte ich endlich befreit atmen, und anstelle der Niedergeschlagenheit fühlte ich bei der Aussicht, dass er bald zurückkommen würde, einfach nur Vorfreude.

Wie vermutet: Mum hatte mir als junge Frau wahnsinnig ähnlich gesehen. Sie hatte die gleichen dunklen, großen Augen, die breiten Wangenknochen, die Stupsnase und ein paar Sommersprossen. Okay, meine Lippen sind etwas voller und ihre Haare waren glatt. Ich musste die Krausen wohl von meinem Vater haben, den ich nie kennengelernt hatte. Mum hatte es zwar nie offen ausgesprochen, aber ich vermutete, dass er nur eine kurze Affäre war, nicht ihre große Liebe. Ich hatte nie einen Dad vermisst, ich hatte ja Mum … Mum, die auf diesem Foto genauso unbeschwert und fröhlich wirkte wie Toby als junger Mann.

Ich hatte damit gerechnet, dass neue Tränen aufsteigen würden, sobald ich es sah, aber erstaunlicherweise blieben sie aus. Trotz aller Ähnlichkeit wirkte sie wie eine fremde Frau auf mich. Klar, auch in London war sie oft glücklich gewesen, aber Mum gab sich immer so energisch, so tough, als wäre das Leben ein Kampf, den sie unbedingt gewinnen wollte. Ich hatte sie nie so sorglos und befreit wie auf dem Bild erlebt.

Eric starrte genauso konzentriert wie ich auf das Foto, und als ich schon fragen wollte, warum eine fremde Frau seine Aufmerksamkeit derart fesselte, deutete er auf ein Detail im Hintergrund. Das Foto war nicht am Strand aufgenommen worden wie das von Toby, sondern vor einem kleinen Haus, das eine merkwürdige Form hatte. Es hatte acht statt vier Wände, war nicht sehr hoch gebaut und wurde von einem hellgrünen Dach bedeckt.

»Ich weiß, wo das ist!«, rief er aufgeregt. »Das ist ein Gartenpavillon im Park des Clifton-Resorts.«

Das war jetzt nicht gerade sooo überraschend, dass sich Mum in der Nähe ihres Zuhauses hatte fotografieren lassen, aber ich wollte seine Erkenntnis nicht einfach abtun.

»Mir ist der Hintergrund gar nicht aufgefallen.«

»Der Pavillon liegt ziemlich versteckt in der Nähe einer großen Hecke. Früher musste ich mal eine Mutprobe bestehen und heimlich dorthin schleichen.«

»Na, so gefährlich kann das nicht gewesen sein.«

Er zuckte die Schultern. »Ich hatte trotzdem 'ne Heidenangst. Mein Dad und meine Grandma haben mir immer streng verboten, auch nur in die Nähe eures Hotels zu gehen. Ich habe keine Ahnung, warum die Familien so zerstritten sind.«

»Nun, unsere Eltern waren scheinbar nicht zerstritten. Eine Freundin von meiner Mum hat erwähnt, dass sie mal ein Paar gewesen sind. Und dass jeder ein Foto des anderen aufbewahrt hat, beweist ja auch,wie nahe sie sich gestanden haben. Ich wüsste wahnsinnig gerne, was damals passiert ist.«

Das war nur die halbe Wahrheit. Klar war ich neugierig darauf, warum Mum seinerzeit die Insel verlassen hatte. Aber vor allem wollte ich nicht, dass Eric einfach wieder aufstand, sich verabschiedete und ging.

»Mein Vater hat damals irgendwie rausgefunden, dass ich im Pavillon gewesen bin. Ich glaube, George hat mich verpetzt – das war damals mein bester Freund. Oder zumindest hielt ich ihn dafür.« Er lächelte schräg. »Auf jeden Fall habe ich eine Woche Hausarrest kassiert. Eine Woche! Nur deswegen! Ich war sooo sauer auf ihn. Aber jetzt frage ich mich, ob der Pavillon eine besondere Bedeutung hatte.«

»Könnte es sein, dass sie sich in diesem Pavillon getroffen haben?«, fragte ich.

Er zuckte wieder die Schultern. »Schon möglich.«

»Wie wär's, wenn du mich nach Hause begleitest, und wir schauen gemeinsam nach, in welchem Zustand der Pavillon jetzt ist. Ich meine, dein Dad muss es ja nicht wissen ...«

Kaum auszudenken, was Toby mit mir angestellt hätte, wenn er mitbekommen hätte, wozu ich seinen Sohn anstiftete, aber die Vorstellung, allein den Küstenweg zurückzugehen, war mir noch unerträglicher.

»Natürlich nur, wenn du Zeit hast ...«, fügte ich schnell hinzu.

»Klar. Es sind doch gerade Ferien und bei diesem Wetter kann man ohnehin nichts Vernünftiges anstellen.«

Der Himmel klarte noch weiter auf, als wir den Küstenweg entlanggingen. Die Klippen waren nicht länger schmutzig grau, sondern standen in strahlendem Weiß, als hätte es geschneit oder als hätte sie jemand mit Puderzucker bestreut. Einige der Segelboote und Jachten, die ich vorhin am Hafen gesehen hatte, stachen in die See, und auf die breiten, feinsandigen Strände unterhalb des Küstenwegs strömten ein paar Touristen. Auf dem Weg selbst standen große Pfützen, aber wir gingen einfach auf dem Gras daneben – an manchen Stellen gelb und scharf von der salzigen Meeresluft, an anderen weiches Moos, zwischen dem dann und wann das Kalkgestein durchblitzte.

In der Ferne konnte man – hinter dem Solent, dem Meeresarm, der die Insel vom Festland trennt – die englische Küste erkennen. Wenn ich es recht im Kopf hatte, war es nicht weit bis nach Hampshire und Dorset.

»Von hier aus kann man tolle Bootsfahrten machen«, sagte Eric, »natürlich auch von der Alum Bay aus, die ist gleich in der Nähe. Man kann die Needles umrunden.«

Bis jetzt hatte mich nichts an dieser Insel gereizt – weder die frische, gesunde Luft, von der meine Englischlehrerin so geschwärmt hatte, noch die einzigartigen Küstenformationen, aber jetzt hatte ich immer mehr das Gefühl, dass ein Knoten in meiner Brust geplatzt war, und mich befiel eine unbändige Entdeckungslust.

»Es ist sicher schön hier …«, murmelte ich, »aber viel los ist meistens nicht, oder?«

»Na ja, gerade im Sommer machen viele Leute Urlaub hier, da sind die Strände ziemlich voll. In Totland gibt's mehrere Pubs und Fischbuden, auch eine Eisdiele und Kunstgalerien. Und noch mehr kann man in Yarmouth oder Ventnor erleben. Wenn du magst, kann ich dich mal dorthin begleiten.«

Und ob ich mochte! Wobei er das ja nicht gleich erfahren musste.

»Ich werde den ganzen Sommer über hier sein, bevor ich im Herbst aufs Internat komme.«

Hatte ich mich vorhin noch regelrecht danach gesehnt, der Insel wieder zu entkommen, tat es mir jetzt schon leid, dass wir nur begrenzte Zeit zur Verfügung hatten.

Jetzt steigere dich bloß in nichts rein, Dora!, schimpfte ich innerlich. Vielleicht kommst du morgen schon drauf, dass er ein Idiot ist.

Allerdings … würde ich mich an der Seite eines Idioten so glücklich fühlen? Würde ich mit ihm so gut reden können und, was noch mehr zählte, auch so gut schweigen, wie wir es nun taten?

Beinahe tat es mir leid, dass unser Fußmarsch bald zu Ende war und in der Ferne das Clifton-Resort aufragte.

Immerhin, zum ersten Mal betrachtete ich es nicht als Feindesland. Was immer Mum von der Insel fortgetrieben hatte: Das Foto bewies, dass sie hier auch mal sehr glücklich gewesen sein musste.

Als wir durch den Park gingen, lief plötzlich ein Kaninchen vor meine Füße. »Wie süß!«, rief ich begeistert. Am liebsten hätte ich mir danach auf den Mund geschlagen. Nicht, dass er mich für eine dieser Kitschnudeln hielt, die zu allem und jedem »Süß!« sagten.

Aber er lächelte nur. »Die gibt's hier überall und sie sind wahnsinnig flink. Sie lassen sich kaum fangen.«

Tatsächlich, da kam noch ein zweites zwischen Blumenbeeten hervorgehuscht. Diese sahen alle sehr gepflegt aus, als hätte man jedes einzige Blatt und jeden Halm mit dem Lineal nachgemessen und zurechtgestutzt. Gleiches galt für die vielen Eibenhecken, die sie begrenzten, das Grundstück in diverse Parzellen teilten oder um die ornamentalen Wasserbecken angepflanzt worden waren. Immer mal wieder kamen wir an Statuen vorbei, die irgendwelche halb nackten griechischen Götter darstellten, und kleinen Springbrunnen. Nach meinem Geschmack ein wenig übertrieben, aber den Gästen gefiel's wohl. An der Grenze des Grundstücks wuchsen große Irische Eiben, und als wir darauf zugingen, kamen wir an mehreren kleinen Häuschen vorbei, in denen Sonnenliegen und kleine Tische übereinandergestapelt aufbewahrt wurden. Bei heißem Wetter sonnten sich wohl viele Gäste im Freien, aber nachdem die Wolkendecke wieder zugezogen hatte, war der Park menschenleer. Ich warf einen Blick auf das Herrenhaus. Bei meiner

Ankunft hatte ich es kaum gemustert, jetzt sah ich, dass die einzelnen Ziegel unterschiedliche Grautöne aufwiesen, wodurch die Hauptfront ein wenig einem Schachbrett glich. Bei Sonnenschein glänzten sie vielleicht silbern, so jedoch wirkten sie etwas düster, als verberge sich dahinter kein luxuriöses Hotel, sondern ein Gefängnis. Na ja, die quadratischen Fenster im ersten Stock, die von weißen Streben in Viertel geteilt wurden, milderten den Eindruck ein wenig. Die Räume dahinter mussten riesig sein, und ich vermutete, dass die Zimmer und vor allem die Suiten mit Meerblick die teuersten des Hotels waren. Die Fenster im zweiten Stock direkt unter dem Dach waren niedriger und wirkten viel moderner – wahrscheinlich hatte man erst vor wenigen Jahren neue eingebaut. Über der Haustür prangte ein großes Wappen, das, soweit ich aus der Ferne erkannte, einen Löwen zeigte – offenbar das Wappen der Cliftons.

Ich wusste zwar schon, dass das einstige Herrenhaus, das erst unter Mums Vater Charles zum Hotel umgebaut worden war und zuvor Clifton Manor geheißen hatte, jahrhundertelang der Sitz der Familie gewesen war, aber erst jetzt ging mir auf, wie reich die Familie gewesen sein musste, wenn sie in diesem riesigen Haus inmitten eines großzügigen Parks residierte, und dass sie auf der Insel wahrscheinlich großes Ansehen genossen hatte.

Unwillkürlich versuchte ich mir vorzustellen, wie meine Vorfahren hier wohl gelebt hatten, ob sie viel gelacht oder häufiger geweint hatten und ob sie glücklich oder allesamt eher stocksteife Erscheinungen gewesen waren, die sich jedes heftige Gefühl verbaten. So zeitlos und etwas altmodisch wie der Park wirkte, vermeinte ich kurz, Männer mit Zylindern und dunklen Fracks und Frauen mit großen Hüten, Sonnenschirmen und langen, raschelnden Kleidern an den Blumenrabatten vorbeischreiten zu sehen. Selbst zu Mums Jungendzeit hatte man offenbar noch großen Wert auf tadelloses Auftreten gelegt – zumindest bewiesen das diese schrecklich altmodischen Klamotten, unter denen sich keine einzige Jeans befunden hatte.

Während ich stehen blieb, ging Eric weiter und deutete in Richtung der Eiben.

»Dort hinten ist er!«

Hinter den Bäumen fiel das Grundstück steil bergab. Ein schmaler, gewundener Weg führte direkt zum Strand hinunter, und ich vermutete, dass man von dort aus sowohl das Städtchen Totland gut sehen konnte als auch die alten Villen, die ich vorhin bei meinem Spaziergang entdeckt hatte. Von hier oben hingegen war außer dem Herrenhaus kein anderes Gebäude zu erblicken, sodass man das Gefühl haben konnte, man sei ganz alleine auf der Insel. Umgekehrt fiel es wohl auch nicht weiter auf, wenn jemand den Gartenpavillon betrat.

Eric lief aufgeregt darauf zu und rüttelte an der Türklinke – vergebens.

»Sieht so aus, als wäre er abgesperrt«, sagte er enttäuscht.

Vor allem wirkte er ziemlich verwahrlost. Ich hatte schon befürchtet, dass der Pavillon, wie er auf dem Foto zu sehen war, gar nicht mehr existierte, sondern in ein Massagestudio oder eine Bar umgewandelt worden war, doch wie es aussah, hatte er sich seit Mums Jugend nicht verändert: Die weiße Farbe blätterte von den Wänden, und das ehemals hellgrüne Dach wirkte so verwittert, als wäre es von einer Schicht Moos überzogen. Die Fenster waren seit Ewigkeiten nicht geputzt worden, denn als ich versuchte, einen Blick ins Innere zu erhaschen, war es, als würde ich wie vorhin in eine graue Nebelwand starren. Nur die Konturen von übereinandergestapelten Stühlen waren zu erkennen, sonst nichts.

Irgendwie hatte ich ja gehofft, hier auf Spuren von Mum zu stoßen, musste mir jetzt aber eingestehen, dass das eine Schnapsidee war. Auch wenn sie sich vor dem Pavillon hatte fotografieren lassen – sie würde ihre persönlichen Sachen ja doch in ihrem Zimmer aufbewahren, nicht hier. Und selbst wenn sie sich hier mit Toby getroffen hatte, war es doch unwahrscheinlich, einen Beweis dafür zu finden.

»Ziemlich trostlos«, murmelte ich.

Es schien fast so zu sein, dass das Geld nur gereicht

habe, um das Herrenhaus zu renovieren, während das Dienstbotengebäude und der Gartenpavillon vernachlässigt worden waren.

Eric rüttelte weiterhin vergeblich an der Tür.

»So ein Mist!«, rief er.

»Ich könnte vielleicht einen Schlüssel organisieren«, schlug ich vor, obwohl ich keine Ahnung hatte, wen ich danach fragen sollte. Onkel Julian schied schon mal aus und Molly war als Zimmermädchen sicher nicht für den Garten verantwortlich. Kate könnte vielleicht weiterhelfen, aber dann würde sie Fragen stellen, was ich denn im Pavillon wolle.

Doch da rief Eric schon: »Ich glaube, das ist nicht notwendig.«

Eben hatte er begonnen, um den achteckigen Pavillon herumzugehen, und auch wenn die Fenster grau und nahezu undurchsichtig waren – es waren nicht alle geschlossen, eines vielmehr nur angelehnt, und als Eric dagegentippte, öffnete es sich sofort. Feuchte, modrige Luft drang uns entgegen und augenblicklich roch es nach altem, verdorbenem Fisch.

Einfach nur ekelhaft war das, und wie schlimm musste der Gestank erst werden, wenn wir den Pavillon betraten! Allerdings wäre ich auch lieber gemeinsam mit Eric in eine Fischbude gegangen, anstatt allein zurück auf mein Zimmer zu kehren.

Ich nickte Eric zu und er kletterte sofort hinein. Wenig später reichte er mir die Hand, um auch mir ins Innere zu helfen. Ich bedauerte, dass er sie gleich wieder losließ und auf die weißen Schränke zuschritt, die an allen Wänden unterhalb des Fensters standen – in Anbetracht von deren Form wohl eine Maßanfertigung des Tischlers. Als Eric einen öffnete, verstärkte sich der modrige Geruch. Mehrere Auflagen für Bänke und Liegestühle quollen uns regelrecht entgegen, allesamt in einer beige-grauen Farbe gehalten und mit einem grässlichen Muster bedruckt. Gut, bei manchen waren die weitgehend verblasst. Einige andere wiederum waren angebissen worden und von Mäusekot bedeckt.

»Igitt!«, entfuhr es mir.

»Hier müsste man mal gründlich ausmisten!«

Ich hatte keine Lust, das zu tun, aber wollte Eric unbedingt beweisen, dass ich vor Mäusedreck nicht kapitulierte. Entschlossen öffnete ich einen weiteren Schrank, in dem sich zu meiner Erleichterung nur Unmengen von Kerzen befanden, die fast alle zur Hälfte, wenn nicht sogar noch weiter heruntergebrannt waren.

»Wofür sind die denn?«

Eric trat zu mir. »Vielleicht hat man hier nur Licht, wenn man Kerzen anmacht.«

Ob meine Mum und sein Dad hier romantische Dates verlebt hatten?

Ich deutete auf die Decke: »Aber da ist doch eine Glühbirne!«

Eric betätigte den Lichtschalter, und tatsächlich ging das Licht an, zwar nur schwach, aber immerhin. »Vielleicht gab's die damals noch nicht.«

»Ich kann mir nicht vorstellen, dass man erst später eine Lampe eingebaut und ansonsten so gar nichts verändert hat. Der Pavillon scheint doch seit Jahren nicht mehr benutzt worden zu sein.«

Seit Mum vor über zwanzig Jahren Clifton Manor verlassen hat, ging es mir durch den Kopf.

Aber das war natürlich nur eine Vermutung ... genauso wie die, dass Toby und Mum sich hier getroffen hatten. Auch in den weiteren Schränken fanden wir nichts, was auf einen der beiden hindeutete, und die Suche fühlte sich immer absurder an, zumal mir ein Verdacht kam, warum Eric mit solchem Feuereifer dabei war: Womöglich wollte er gar nicht mit mir zusammen sein, wie ich es insgeheim gehofft hatte, sondern vielmehr einen Ort erforschen, den zu betreten ihm so strikt verboten worden und auf den er seit Schulzeiten schrecklich neugierig war.

Ich unterdrückte das Gefühl von Enttäuschung, das in mir hochstieg, und ging auf einen weiteren Schrank zu. Weitere Auflagen befanden sich darin, diese nicht ganz so verblichen und altmodisch und allesamt für Stühle gedacht.

Eric öffnete unterdessen die Schranktür daneben. »Wie's aussieht, hat man hier wohl mal Tee getrunken.«

Tatsächlich, da war jede Menge altes Porzellan, kunstvoll in Blautönen bemalt, wenngleich die Muster von einer dicken Staubschicht bedeckt waren. Fast jede Tasse wies an irgendeiner Stelle einen Sprung auf, bei einer fehlte der Henkel ganz. Während ich mich bückte, um die unteren Regale zu inspizieren, rief Eric plötzlich laut: »Ha!«

Aufgeregt fuhr ich herum und hoffte, er habe etwas Wichtiges entdeckt, doch stattdessen zog er nur eine Taucherbrille aus einer Schublade und setzte sie sich spaßhalber auf. Auch ein Schnorchel und ein Ganzkörperneoprenanzug befanden sich darin.

Vielleicht hatte Toby mal getaucht, aber Mum ganz sicher nicht, doch auch wenn die Ausrüstung nichts mit den beiden zu tun hatte, Eric sah mit der Brille gar zu komisch aus. Ich musste laut lachen – zum ersten Mal seit Langem. Es fühlte sich befreiend an, und zugleich packte mich fast ein schlechtes Gewissen, nicht nur weil ich seit Mums Tod nicht mehr gelacht hatte, sondern weil mir dieser helle Ton hier irgendwie fehl am Platz erschien.

Bis jetzt hatte ich es mir nicht bewusst eingestanden, doch nun fühlte ich, dass nicht nur dieser modrige Gestank in der Luft lag, sondern auch etwas anderes … Dunkles … Schweres. Vielleicht bildete ich es mir nur ein, weil alles alt und von Staub bedeckt war, aber trotzdem hatte ich das Gefühl, dass man hier weder lachen noch eine vorschnelle Bewegung machen durfte.

Plötzlich konnte ich mich nicht mehr dazu überwinden, weitere Schränke zu öffnen. Meine Neugierde, ein Zeugnis aus Mums Vergangenheit zu entdecken, wich der Angst, etwas zu finden, was ich eigentlich gar nicht sehen wollte.

Eric hingegen kannte diese Vorbehalte nicht. Nachdem er die Taucherbrille wieder abgesetzt und verstaut hatte, riss er ein weiteres Regal auf und inspizierte seinen Inhalt.

»Schau doch mal, ein Picknickkorb!«

Er zog den Korb heraus und öffnete ihn. Da waren kleine Tassen und Tellerchen, außerdem Besteck, das mit einer undefinierbaren grünlichen Schicht überzogen war, und Unmengen Servietten – nicht aus Stoff, sondern aus Papier. Sobald Eric sie berührte, blieben kleine Fetzen an seinen Fingern kleben.

Er versuchte, sich davon zu befreien, indem er sich die Hände an der Hose abwischte, und deswegen entging ihm, was ich nun entdeckte. Zwischen der Rückseite des Schranks und dem Korb waren mehrere Bogen Papier eingeklemmt. Auch diese waren feucht geworden, aber reißfester als die Servietten.

Ich zog die Bogen hervor und traute meinen Augen kaum.

»Das ist ja die Schrift meiner Mutter!«, rief ich überrascht.

Eine Weile starrte ich nur fassungslos auf meinen Fund. Ich wagte nicht, die oberste Seite glatt zu streichen, aus Angst, dass ich die Schrift sofort verwischen würde, aber je länger ich sie betrachtete, desto sicherer hätte ich beschwören können: Mein erster Eindruck hatte mich nicht betrogen, diese ebenso spitze wie leicht schräge Schrift war die von Mum.

Warum um Himmels willen hatte sie diese Seiten bloß hier aufbewahrt?

Die Antwort kam mir wie von selbst in den Sinn: wahrscheinlich weil hier niemand auf die Idee kam, danach zu suchen. Vielleicht hatte sie diese am Tag ihrer Abreise hier versteckt, weil sie sie nicht nach London mitnehmen, aber auch nicht zerstören wollte.

»Hat sich deine Mutter jemals für Spiritismus interessiert?«

Anders als ich, die ich viel zu perplex dazu war, hatte Eric bereits die ersten Buchstaben entziffert.

Ich schüttelte vehement den Kopf und rief: »Meine Mutter hat so gut wie nie Alkohol getrunken!«

Eric grinste. »Ich meine doch nicht Spirituosen.«

Glühende Röte schoss mir ins Gesicht. Mein Gott, wie peinlich! Er musste mich ja für völlig dämlich halten!

Doch er ging nicht weiter darauf ein, sondern vertiefte sich wieder in die Schrift und las laut vor:

»Orphelia hat mir geraten, dass ich alles, was wir während der Séance erleben, danach sofort aufschreibe. Ansonsten bestünde die Gefahr, dass wir uns später etwas einbilden, was gar nicht geschehen ist.«

Ich war immer noch so verwirrt, dass mir fast rausrutschte: Einer was?, aber diesmal konnte ich mich gerade noch beherrschen. Natürlich hatte ich schon mal was von einer Séance gehört und wusste, was das war – oder hatte zumindest eine Ahnung.

»Das ist doch so eine Sache mit Geistern …«

Ich konnte es nicht geistreicher ausdrücken – im wahrsten Sinn des Wortes.

Eric zuckte die Schultern. »Soweit ich weiß, ist bei Séancen ein Medium dabei, das eine Verbindung zur Welt der Verstorbenen ermöglicht, ja diese zur Sprache kommen lässt.«

»Und daran soll Mum teilgenommen haben?«, fragte ich.

Das war ja ein völlig absurder Gedanke!

Mum war immer schrecklich vernünftig, nach meinem Geschmack sogar zu sehr. Einmal haben wir einen Ausflug in ein altes Schloss gemacht, das als Spukhaus verschrien war. Ich fand die Vorstellung, dass ein Ritter oder Burgfräulein aus einem vorigen Jahrhundert auftauchen würde, irgendwie aufregend, aber sie hatte vehement erklärt, dass das alles Blödsinn sei und es keine Gespenster gebe.

Eric deutete auf das Datum, das in der oberen Ecke eingetragen war: »Das Ganze scheint im Jahr 1988 stattgefunden zu haben.«

Ich rechnete zurück. Wenn ich mich nicht täuschte, war das das Jahr, als sie Clifton-Resort verlassen hatte. Sie war damals noch sehr jung, gerade mal achtzehn Jahre alt gewesen, und zum ersten Mal fragte ich mich verwirrt, warum ihre Eltern es ihr nicht einfach nur erlaubt hatten, nach London zu ziehen, sondern später auch nie einen Versuch unternommen hatten, sie zur Rückkehr zu bewegen. Wobei ich ja nicht ausschließen konnte, dass sie das in den Jahren vor meiner Geburt getan hatten, jedoch an Mums Sturheit gescheitert waren.

»Und mein Vater«, rief Eric eben fassungslos, »schau mal, da steht sein Name! Er war offenbar auch bei den Séancen dabei.«

Er setzte sich auf einen der Schränke und bemühte sich, vorsichtig das oberste Blatt zu lösen. Das zweite war noch dichter beschrieben, und es würde noch schwieriger sein, es zu entziffern, aber als ich mich zu ihm setzte, wurde ich von fiebriger Aufregung erfasst.

Jetzt würde sich endlich klären, warum Mum die Isle of Wight damals überstürzt verlassen hatte und warum Toby bis heute in Feindschaft mit den Cliftons lebte!

Drittes Kapitel

Juni 1988

Obwohl es bereits kurz vor Mitternacht war, mussten wir an Mr Crumbley vorbei, um das Hotel zu verlassen und zum Pavillon zu gelangen.

Mr Crumbley scheint nie zu schlafen. Früher hat er als Butler auf Clifton Manor gearbeitet, und er erwähnt häufig voller Stolz, dass er damals rund um die Uhr für die Herrschaften da gewesen sei. Heute tut er seinen Dienst an der Rezeption, wobei er jeden neuen Gast so hoheitsvoll mustert, als gelte es herauszufinden, ob er es überhaupt wert ist, im Hotel zu nächtigen.

Zu dieser späten Uhrzeit trafen natürlich keine Gäste mehr ein, aber die Hoffnung, dass er dann nicht mehr über sein Reich wachte, hatte sich nicht bestätigt.

»Was sollen wir denn jetzt tun?«, fragte Kate. »Wenn er dich sieht, erzählt er's doch gleich deinem Vater. Alter Miesepeter, dieser Crumbley.«

Mir kam eine Idee. In allen Zimmern befanden sich aus Nostalgiegründen immer noch kleine Glocken. Wenn man früher damit geläutet hatte, kamen sofort Dienstboten herbeigeeilt. Heute tat das natürlich nie-

mand mehr, aber ich wusste, dass die Glocken ziemlich laut waren. Also gab ich Kate ein Zeichen, eilte in den großen Salon, in dem schon für den nächsten Tag zum Frühstück gedeckt war, und blickte mich um. Klar, auch hier gab's die berühmte Glocke.

Wie erhofft eilte Mr Crumbley kurz darauf ahnungslos an unserem Versteck hinter einem großen Schrank vorbei in Richtung Salon, und so konnten wir ungesehen ins Freie huschen, wo wir sofort zu rennen begannen. Obwohl es schon Juni war, war die Nachtluft sehr kalt, und ich bereute, nicht mehr angezogen zu haben.

Kate zitterte auch, wenngleich wohl eher vor Aufregung als vor Kälte, denn immerhin war sie so vernünftig gewesen, in einen dicken Pullover zu schlüpfen.

Bis eben noch hatte sie beharrlich versucht, mir unser Vorhaben auszureden, und als wir auf den Pavillon zugingen, verlangsamten sich ihre Schritte. Zugegeben, etwas mulmig war mir auch zumute. Um diese Uhrzeit bin ich kaum je im Garten gewesen. Das Licht der schmalen Mondsichel und der Sterne, die winzigen Punkten glichen, erreichte kaum die Erde, das Meer klang grollend. Doch ich wollte mir mein Unbehagen nicht anmerken lassen.

»Na komm schon!«

»Und wenn sie bloß eine Betrügerin ist?«

»Dann gibt's erst recht keinen Grund, Angst zu haben.«

»Ich habe keine Angst!«

»Hast du doch!«

»Hab ich …«

»Huhu!«

Ein dunkles Wesen kam hinter einem der Rosenbüsche hervorgesprungen und vor Schreck blieb uns beiden fast das Herz stehen. Ich konnte es mir gerade noch verkneifen, aufzuschreien, Kate hingegen tat es laut und schrill und klammerte sich an mich.

Das dunkle Wesen hatte eine Stimme. »Huhu! Ich bin der Geist eines Matrosen, dessen Schiff vor der sturmumtosten Küste der Isle of Wight untergegangen ist!«

Die Stimme klang vertraut.

»Toby, du Idiot!«, schimpfte Kate.

Ehrlich gesagt lagen mir die gleichen Worte auf meinen Lippen, aber ich habe Toby noch nie lange böse sein können, zumal er jetzt auf uns zutrat und mich flüchtig umarmte. Wir küssen uns nie richtig auf den Mund, wenn Kate dabei ist, und verzichteten auch jetzt darauf – leider. Trotzdem begann mein Herz schon bei der kurzen Berührung noch schneller zu klopfen. Obwohl ich mittlerweile fast ein ganzes Jahr mit Toby zusammen bin, bin ich immer noch wahnsinnig verliebt in ihn.

»Könnt ihr später weiterturteln?«, fragte Kate und klang nun eher gereizt als verängstigt. »Sie ist sicher schon da und wartet auf uns.«

Ich nickte. Der Pavillon im hinteren Winkel des großen Parks hatte von der Ferne verwaist gewirkt, doch jetzt sah ich durch die schmalen Ritzen Licht fließen.

Schweigend brachten wir die letzten Meter hinter uns. Kate ließ mir den Vortritt, und ich wiederum gab Toby ein Zeichen, als Erster einzutreten. Er tat es ohne jede Scheu, schien nur schrecklich neugierig zu sein.

Letztlich hatte ich mich von ihm breitschlagen lassen, hierherzukommen. Seit Orphelia als Gast eines unserer Hotelzimmer bezogen hatte, faszinierte sie mich zwar, aber tief drinnen gruselte es mich genauso wie Kate. Ich freute mich schon jetzt darauf, wieder ins Warme zu kommen, zumal es im Pavillon trotz der vielen Kerzen, die Orphelia aufgestellt hatte, genauso eisig wie im Freien war. Erstaunlicherweise zitterte Orphelia überhaupt nicht, obwohl sie noch weniger trug als ich – ein bodenlanges Kleid nämlich, dessen Grün- und Blautöne an eine Pfauenfeder erinnerten und dessen Nuancen sich bei jeder Bewegung etwas veränderten. Wobei sie sich, genau betrachtet, nicht viel bewegte: Sie saß inmitten der Kerzen auf einem Stuhl und nickte uns nur knapp zu, als wir den Pavillon betraten. Es war unmöglich, ihren Gesichtsausdruck zu deuten. Völlig ausdruckslos, fast ein bisschen weggetreten starrte sie uns an, und der strenge Knoten, zu dem sie ihre kastanienbraunen Haare hochgesteckt hatte, milderte den strengen, unnahbaren Eindruck um kein bisschen.

Kate versteckte sich regelrecht hinter mir, doch Toby trat selbstbewusst auf sie zu.

»Vielleicht ist das hier der falsche Ort für eine

Séance«, erklärte er ziemlich forsch, »auf der Insel gibt es schließlich viel geschichtsträchtigere Stätten. Die Burg von Carisbrooke wurde schon im Mittelalter errichtet. Und die meisten Spukgeschichten hört man in der Nähe von Newcastle. Dort soll sich immer noch Sir Tristram Dillington herumtreiben, der nicht nur seine Frau verloren, sondern obendrein beim Glücksspiel verloren hat und sich gemeinsam mit seinem Pferd ertränkte. Die beiden – Pferd und Reiter – werden immer am Jahrestag ihres Todes gesehen, am 7. Juli.« Er wieherte übertrieben.

»Wir haben aber noch nicht Juli!«, rief Kate dazwischen.

»Oder in Knighton Gorges Manor«, fuhr Toby ungerührt fort, »es heißt, dass sich dort die Gargoyles, die auf jedem Torpfosten sitzen, manchmal zu Menschen verwandeln. Zu sehr bösen Menschen.«

Orphelia musterte ihn weiterhin ausdruckslos. Bis jetzt hatte ich sie noch nie lächeln gesehen und ihre tiefe Stimme klang wie die eines Mannes. »Überall sind Menschen gestorben«, verkündete sie merklich kühl, »und darum gibt es überall unerlöste Geister.«

»Na dann«, Toby grinste breit. Obwohl er selbst vorgeschlagen hatte, Orphelia, das berühmte Medium, darum zu bitten, mit uns eine Séance durchzuführen, tat er nun so, als wäre das alles ein einziger Witz.

Kate hingegen nahm die Sache ernst. Ich fürchtete ja schon, sie würde doch noch die Flucht ergreifen, aber zu meiner Erleichterung fragte sie Orphelia: »Sollen wir Ihnen irgendwie helfen?«

»Nein, es ist alles vorbereitet.«

»Und jetzt?«, schaltete ich mich ein. »Was sollen wir denn jetzt tun? Sollen wir uns setzen?«

»Das ist in der Tat keine schlechte Idee. Es kann lange dauern, bis wir eine Verbindung mit dem Jenseits hergestellt haben.«

Lange dauern? In meiner dünnen Kleidung würde ich sicher bald noch schrecklicher frieren! Und dass ich mich in Orphelias Gegenwart immer etwas unbehaglich fühlte, machte die Sache nicht besser. Als mir Toby jedoch fürsorglich den Arm um meine Schultern legte, fühlte ich mich gleich etwas wärmer und entspannter.

Wir setzten uns auf die Stühle, wo tagsüber die Gäste zur Teestunde Platz nahmen. Sie hatten keine Polster, sondern waren aus Plastik, das – kein Wunder! – auch kalt war. Wie viele Menschen während einer Séance wohl schon des Kältetodes gestorben waren?

»Sollen wir … sollen wir Ihnen die Hand reichen?«, fragte Kate.

Orphelia schüttelte entschieden den Kopf. »Ich darf mit niemandem in Kontakt stehen. Mein Geist muss zu einer leeren Schale werden …«

Toby kicherte.

»Keine Geräusche!«, schnaubte sie ihn an.

Das Kichern verstummte sofort, und erst jetzt ging

mir auf, dass Toby insgeheim wohl dasselbe Unbehagen, ja sogar Angst verspürte wie ich.

Orphelia hatte das Hotel betreten wie eine Königin, und die Angestellten konnten nicht aufhören, über sie zu tuscheln, obwohl Mr Crumbley ihnen das streng verboten hatte. Wie in dieser Nacht trug sie auch sonst immer lange Kleider mit weiten Ärmeln und glich eher einer Fee als einer älteren Dame. Ob mehr einer guten oder bösen Fee, weiß ich nicht so recht. Um den Hals trug sie, so wie auch jetzt, eine schwere Kette, die bei jedem Schritt rasselte.

In diesem Augenblick war alles still, denn sie bewegte sich überhaupt nicht, sondern saß kerzengerade. Ihre Augen waren geschlossen und ihr Atem war tief und langsam. Ich wusste nicht genau, was ich mir erhoffte – dass es still blieb oder ein Verstorbener durch sie sprechen würde.

Erst vor zwei Tagen, als ich mich endlich getraut hatte, sie anzusprechen, hatte sie mir erklärt, dass es genau diese Aufgabe war, die sie als Medium zu erfüllen hatte.

»Ich gebe den Existenzen eine Stimme und auf diese Weise die Möglichkeit, Erlösung zu finden.«

Existenzen, wie das klang! Und auch sonst sprach sie so gestelzt wie Menschen vor hundert Jahren.

»Sie meinen Geister«, hatte ich gesagt.

»Ja, so kann man sie auch nennen. Es gibt sie überall.«

»Also auch hier! Das Hotel hieß früher Clifton Manor. Es war ein Herrenhaus, das schon vor vielen Hundert Jahren gebaut worden ist.«

Skeptisch hatte sie mich gemustert. »Eigentlich bin ich hierhergekommen, um Urlaub zu machen.«

Ich hätte ihr diesen Urlaub ja durchaus gegönnt, aber Toby, dem ich von unserem Gespräch berichtete, fand die Vorstellung, mal mit Geistern in Kontakt zu treten, sehr spannend.

Zugegeben, sonderlich spannend war das hier überhaupt nicht. Je länger die Stille andauerte und desto heftiger ich fror, desto mehr bereute ich es, sie zu dieser Séance überredet zu haben. Schien Orphelias Gesichtsausdruck bis jetzt starr wie eine Maske zu sein, begannen ihre Lippen plötzlich, kaum merklich aufeinanderzureiben. Ein Geräusch blieb jedoch aus.

Kate starrte gebannt auf sie, Toby hingegen flüsterte mir zu: »Ich schlafe gleich ein.«

Ich rammte ihm meinen Ellbogen in die Seite. »Du solltest doch still sein!«

Ich fürchtete schon, dass Orphelia ihn wieder maßregeln würde, und tatsächlich riss sie die Augen weit auf. Über ihre Lippen kam jedoch kein Wort, und als ich ihren Blick erwiderte, stellten sich alle meine Härchen auf. Die Kälte, die mich nun erfasste, kam von tief drinnen.

Das … das waren nicht ihre Augen.

Die vielen Kerzen, die Orphelia vorhin aufgestellt hatte, begannen so stark zu flackern, als würden sie das Gleiche fühlen wie ich: die Gegenwart eines fremden Wesens.

Na ja, auch Orphelia war mir irgendwie fremd geblieben, und dennoch hätte ich schwören können: Das war nicht sie, die da saß, nicht länger steif und hoheitsvoll im Übrigen, sondern sichtlich nervös. Ihr Oberköper begann so heftig hin und her zu wippen, dass ihre Kette rasselte, und zugleich begann sie auf dem Stuhl herumzurutschen. Der gerade noch so strenge Zug um den Mund verschwand, ihre Lippen verzogen sich stattdessen zu einem rätselhaften Lächeln, und sie zwinkerte uns vertraulich zu.

Wir hockten wie erstarrt. Nicht einmal Kate schrie auf, als drei Kerzen plötzlich erloschen. Die Kälte fühlte sich an, als würde ein Eiszapfen in meine Brust gerammt werden.

Kate sprang auf. »Ich gehe!«, verkündete sie mit schriller Stimme.

Natürlich ging sie nicht, denn das hätte bedeutet, dass sie alleine in die Dunkelheit hinaustreten hätte müssen – etwas, was ihr noch mehr Angst machte, als bei uns sitzen zu bleiben und Orphelia, nein, dieses fremde Wesen zu mustern. Eben stieß es ein hohes Kichern aus, das mir einen Schauder über den Rücken jagte.

Ich wagte kaum, das Wesen anzuschauen, aber die Augen zu schließen, schaffte ich auch nicht. Panisch klammerte ich mich an Toby fest, und dem gelang es als Einzigem, cool zu bleiben.

»Orphelia hat doch gar nichts gemacht«, murmelte er. »So ein Geist kommt doch nicht einfach so ... irgendwie muss er beschworen werden ...«

»Du weißt doch, dass sie ein berühmtes Medium ist. Sie versteht mehr davon als du! Wahrscheinlich genügt es, wenn sie sich konzentriert, wenn sie, wie sie sagte, ihren Geist leer macht, und dann ...«

Ich brach ab.

»Trotzdem«, knurrte er. »Das ist alles sehr seltsam.«

Obwohl er es nicht zeigen wollte, spürte ich, dass auch sein Körper von einem Zittern erfasst wurde. Es verstärkte sich, als das Kichern zwar verstummte, aber das Wesen plötzlich zu uns zu sprechen begann. Seine hohe, helle Stimme hatte nichts mit der dunklen, rauchigen von Orphelia gemein.

»Ratet, ratet!«

Immer unruhiger wippte der Oberkörper hin und her.

»Was sollen wir denn raten?«

»Wer bin ich? Wer bin ich?«

Toby kniff trotzig die Lippen zusammen, und Kate hätte kein Wort hervorgebracht, auch wenn sie es wollte. Sie war leichenblass, ihre Augen waren weit aufgerissen, und ihre Zähne klapperten.

Ob ich auch so einen erbarmungswürdigen Anblick bot?

Mit aller Mühe riss ich mich zusammen. Irgend-

wie musste ich diese Sache hinter uns bringen. »Also«, fragte ich, »wer bist du?«

Anstelle einer Antwort kicherte das Wesen wieder.

»Ich glaube, der Geist will etwas raffiniertere Fragen hören«, raunte Toby mir zu.

»Das heißt, du glaubst jetzt auch, dass ein Geist aus Orphelia spricht.«

Toby ging nicht darauf ein, sondern stellte selber eine Frage. »Warst du vielleicht König Arualdus?«

Von dem hatten wir irgendwann mal in der Schule gelernt. Er war ein frühmittelalterlicher König der Insel, stand jedoch einer Truppe aus Wessex machtlos gegenüber und kam bei den Kämpfen, bei denen ein Großteil der Inselbewohner niedergemetzelt worden war, ums Leben.

»Wie kommst du denn ausgerechnet auf den?«, fragte ich verwirrt.

Er zuckte mit den Schultern. »Nur so. Falls der Geist kein König ist, können wir auf diese Weise sein Geschichtswissen testen.«

Als ob das wichtig wäre!

Nun, das Wesen schien von Tobys Frage durchaus amüsiert, denn das Lächeln auf Orphelias Gesicht wurde breiter. Allerdings kam weder ein Ja noch Nein.

Ich seufzte. »Wenn du jetzt alle Personen, von denen wir je im Geschichtsunterricht gehört haben, aufzählst, sind wir morgen früh immer noch da.« Ich wandte mich an das Wesen: »Bist du ein Junge oder Mädchen?«

Das Wesen wiegte seinen Kopf hin und her, wirkte jedoch weiterhin gut aufgelegt. »Ein Mädchen.«

Wieder erschauderte ich, aber Toby fragte: »Warst du hübsch?«

»Und wie!«

Das Wesen zwinkerte ihm zu.

Alter Charmeur!, dachte ich und rammte ihm den Ellbogen in die Seite.

»Keine Angst«, das Wesen raunte plötzlich nur. »Du musst nicht eifersüchtig sein.«

»Wie alt bist du denn?«, fragte ich.

»Achtzehn.«

Toby war auch schon achtzehn – ich würde im nächsten Monat meinen Geburtstag feiern und Kate wenig später ebenso.

Mir fielen keine Fragen mehr ein und Toby offenbar auch nicht. »Frag doch auch mal was«, zischte ich Kate zu.

Sie presste die Lippen noch stärker aufeinander und schüttelte vehement den Kopf.

»Was ist deine Geschichte?«, fragte Toby schließlich.

Das Kichern, das nun erklang, schien nicht länger belustigt. Es erinnerte mich eher an das Keckern eines exotischen Vogels.

»Was für ein zickiger Geist!«, murrte Toby.

Damit das Kichern nicht lauter wurde, beugte ich mich rasch vor und fragte: »Warum bist du gestorben?«

Ich wusste natürlich – Menschen wurden nur Geis-

ter, wenn sie starben, und dennoch erschien mir die Frage unpassend. Ein junges, hübsches, kokettes Mädchen konnte doch nicht einfach tot sein!

Doch da riss das Gekicher plötzlich ebenso ab wie die wiegenden Bewegungen. Ganz steif saß das Wesen vor uns, senkte den Kopf, schien kleiner zu werden, verzagter, hilfloser.

Kate zerrte an meiner Hand. »Ich habe genug davon! Ich gehe jetzt wirklich!«, verkündete sie.

Kaum erhob sie sich, ging eine weitere Kerze aus. Erschrocken verharrte sie im Schritt.

»Warum sagst du uns nicht, woran du gestorben bist?«, drängte Toby.

Das Wesen zuckte nur die Schultern.

»War es ein Unfall?«

Kopfschütteln.

»Eine Krankheit?«

Wieder Kopfschütteln.

Weder ich noch Toby rührten uns, doch ausgerechnet Kate schritt plötzlich ungeduldig auf das Wesen zu.

»Warum zum Teufel bist du denn überhaupt hier?«, schrie sie.

Erneut änderte sich der Ausdruck des Gesichts. Als das Wesen seinen Kopf hob, schien es nicht länger verzagt oder traurig, sondern … verschlagen zu sein. Der Blick richtete sich auf Kate, doch er schien sie gar nicht richtig wahrzunehmen. Die Augen glichen schwarzen Löchern, die Lippen schmalen Strichen. Das war kein

Gesicht, sondern eine Fratze … oder nein … ein Totenkopf.

Ich ertrug den Anblick nicht länger und schlug meine Hände vors Gesicht, aber die blechern kalte Stimme konnte ich ganz deutlich hören: »Ich bin gekommen, weil ich mich rächen will.«

Viertes Kapitel

Wir brauchten über eine Stunde, um den Text zu entziffern, und als es draußen dunkel wurde, reichte das diffuse Licht der Glühbirne nicht mehr aus, um die Buchstaben zu erkennen. Ich überlegte kurz, zum Hotel zu gehen und eine Taschenlampe zu holen, aber die Gefahr, dass ich dabei Onkel Julian begegnete, war zu groß. Der fragte sich wahrscheinlich ohnehin längst, wo ich geblieben war.

Eric schien zu spüren, was in mir vorging. »Wir sollten vielleicht morgen weitermachen«, schlug er vor.

Ich nickte. Ich war zwar unendlich neugierig, was damals passiert war, und bis jetzt hatten diese Aufzeichnungen noch mehr Verwirrung gesät, als Klarheit zu bringen, aber nach dem langen Tag war ich nicht nur müde, sondern auch hungrig. Und natürlich hatte ich nichts dagegen, dass es einen Anlass gab, Eric bald wieder zu treffen.

Wir kamen überein, dass ich die Schriften an mich nehmen sollte, und so versteckte ich sie unter meiner Jacke. Den Weg zum Haus legten wir schweigend zurück, und obwohl oder gerade weil ich über so vieles verwirrt war, genoss ich diese Augenblicke der Stille.

Endlich musste ich mal nichts sagen, endlich mal nicht auf eine der vielen Fragen antworten, die in den letzten Wochen ständig auf mich eingeprasselt waren: Wie geht es dir? Du vermisst deine Mutter sicher sehr, oder? Was kann ich tun, um dir zu helfen?

Und endlich konnte ich an Mum denken, ohne dass mir die Trauer die Luft zum Atmen nahm. Die junge Frau, die die nächtlichen Séancen aufgezeichnet hatte, schien ein ganz anderer Mensch zu sein.

Nicht nur dass Mum damals offenbar tatsächlich an Geister geglaubt hatte oder zumindest daran, dass ein solcher in die Gestalt eines Mediums schlüpfen konnte. Außerdem hatte sie vor Angst geschlottert – etwas, was ich nie erlebt hatte. Irgendwie war es tröstlich zu wissen, dass auch sie, die sich oft so nüchtern und entschlossen gegeben hatte, einst ihren Gefühlen machtlos ausgeliefert war. Das gab mir die Möglichkeit, meine eigenen zu ordnen … oder es zumindest zu versuchen.

Im trüben Licht war der Weg kaum zu erkennen; außerdem war die Wiese vom Regen klatschnass und das letzte Stück zum Haus ziemlich steil. Ehe ich mich's versah, rutschte ich aus und wäre wohl sehr unsanft der Länge nach hingefallen, wenn Eric mich nicht geistesgegenwärtig gepackt hätte. Er zog mich fest an sich, und kurz gerieten wir gemeinsam ins

Schlingern, doch seine Schuhsohlen waren rutschfester als meine, und bald fand er sicheren Stand.

Er grinste, was ihn jungenhaft wirken ließ.

»Vielleicht solltest du das nächste Mal bessere Schuhe anziehen.«

Ich blickte an mir hinab. Vorhin war ich so rasch davongelaufen, dass ich gar nicht darauf geachtet hatte, was ich trug, nämlich keine Sportschuhe, sondern Ballerinas. Dass sie mal beige waren, ließ sich unter all dem Matsch bestenfalls erahnen. Die konnte ich getrost wegschmeißen. Aber was soll's. Gerne hätte ich noch ein weiteres Paar für ein paar Minuten geopfert, da ich dicht gepresst an Eric stand. Viel zu früh ließ er mich jedoch wieder los und wenige Schritte später erreichten wir schon den Eingang des Hotels.

Eben fuhr ein Wagen vor, und ein Kofferträger lud das Gepäck aus, doch niemand achtete auf uns, und von Onkel Julian war auch nichts zu sehen.

»Na dann …«, sagte Eric ein wenig unschlüssig.

So schnell konnte ich ihn doch nicht gehen lassen!

»Denkst du, dass diese Orphelia tatsächlich ein Medium war oder einfach nur eine Betrügerin?«, fragte ich. »Ich kann mir nicht vorstellen, dass der Geist eines jungen Mädchens aus ihr sprach …«

Genau betrachtet konnte ich mir das nach Mums eindringlichen Schilderungen sogar sehr gut vorstellen. Mir selbst hatten die Knie gezittert, als sie von dem Wesen berichtete, das von Orphelia Besitz ergriffen hatte, aber ich wollte vor Eric weder als naiv noch ängstlich dastehen.

Er zuckte die Schultern. »Hier auf der Insel ist jeder stolz, wenn er behaupten kann, dass es in seinem alten Haus spukt. Aber meistens ist das nur eine Touristenattraktion. Was immer in dieser Nacht passiert ist – ich glaube nicht, dass ein Geist meinen Dad und deine Mum auseinandergebracht hat.«

Da hatte er auch wieder recht – was nichts daran änderte, dass es ziemlich bedrohlich gewirkt hatte, als das junge Mädchen Rache verlangte …

»Wir lesen besser den Rest, ehe wir die falschen Schlüsse ziehen«, sagte er, »ich muss jetzt wirklich los. Aber wie wär's, wenn wir uns morgen wiedersehen?«

Sobald wir einen Treffpunkt verabredet hatten, nickte Eric mir zu und ging davon. Etwas enttäuscht blickte ich ihm nach, denn insgeheim hatte ich gehofft, er würde mich zur Verabschiedung zumindest umarmen.

Ach Blödsinn!, schalt ich mich. Wir kennen uns doch erst seit ein paar Stunden. Und am wichtigsten ist, dass wir uns morgen wiedersehen werden.

Kurz überlegte ich, mich auf mein Zimmer zurückzuziehen, aber einer Eingebung folgend fragte ich an der Rezeption, ob Kate noch da war. Sie war schließlich bei der Séance dabei gewesen, und womöglich konnten wir uns ersparen, die Aufzeichnungen mühsam zu entziffern, wenn sie uns erzählte, was damals passiert war. Doch nicht nur dass sie schon nach Hause gegangen war – außerdem erfuhr ich, dass sie die nächsten zwei Tage freihatte.

»Aber du sollst in den Blauen Salon kommen«, schloss die Rezeptionistin. »Dein Onkel will mit dir gemeinsam Abendessen.«

Das hatte mir gerade noch gefehlt!

Nur mit Mühe fand ich den Weg in den Blauen Salon, wo Molly am Nachmittag die zähen Scones serviert hatte und nun Platten mit kaltem Braten und Käse bereitstanden, außerdem Brötchen und Suppe. Onkel Julian war noch nicht da, doch ich war zu hungrig, um zu warten. Ohne mich auszuziehen, setzte ich mich und verschlang das Essen. Langsam kehrte Wärme in meinen Körper zurück und erst jetzt schlüpfte ich aus meiner Jacke und breitete sie über Mums Schriften.

Ein Räuspern ertönte. Julian stand im Türrahmen und machte keine Anstalten einzutreten, als wäre er hier nur Gast.

»Ich sehe, du hast schon gegessen«, stellte er fest.

Ich erwartete, dass er mich deswegen ebenso zur Rede stellen würde wie wegen meiner Flucht am Nachmittag, aber stattdessen blieb er schweigend stehen. Offenbar wollte er es mir überlassen, ob ich Zeit mit ihm verbringen oder mich lieber zurückziehen wollte, und obwohl mir eigentlich der Sinn nach

Letzterem stand, folgte ich einer jähen Eingebung und zwang mich, ihn freundlich anzulächeln. »Gibt's noch Dessert?«

Er schien regelrecht erleichtert, dass ich zum ersten Mal freundlich zu ihm war.

»Wie wär's mit Schokopudding?«

Er selbst ließ sich eine Tasse Kaffee bringen, und während ich meinen Pudding löffelte, lächelte ich weiterhin und ließ seine Fragen über mich ergehen: welches Fach ich am liebsten in der Schule hätte, ob mir mein Zimmer gefalle und ich noch irgendetwas brauchte. Er könne mich gerne jederzeit nach Yarmouth fahren, um einzukaufen, und wenn mir sonst etwas auf dem Herzen liege …

Er schien höllisch Angst zu haben, das Falsche zu sagen, doch da ich mich auf das Gespräch einließ und mir Mühe gab, nicht zu einsilbig zu antworten, entspannte er sich sichtlich.

»Sag mal, Onkel Julian«, setzte ich an, als er kurz schwieg. »Das Clifton-Resort gibt es noch nicht so lange, oder? Und zuvor hat in dem Herrenhaus die Familie residiert.«

Er blickte mich verdutzt an.

»Ich weiß so gut wie gar nichts über die Geschichte unserer Familie. Erzählst du mir mehr davon?«

Kaum merklich zuckte er zusammen. Vielleicht hatte er Angst, dass ich ihn direkt fragen würde, warum Mum damals abgehauen war. In der Tat lag mir genau diese Frage auf der Zunge: Er war immerhin nur drei Jahre jünger als sie und musste vieles mitgekriegt haben. Doch stattdessen platzte ich mit etwas anderem heraus: »Und weißt du, ob hier irgendwann ein junges Mädchen verschwunden ist?«

Ich biss mir auf die Lippen. Nun hatte ich so berechnend auf diesen Moment hingearbeitet, um es dann in meiner Ungeduld zu vergeigen! Wie blöd aber auch! Ich hätte das Thema viel nebensächlicher zur Sprache bringen sollen, aber dafür war es nun zu spät.

Kurz glaubte ich, so etwas wie Angst über seine Züge huschen zu sehen, doch ehe ich den Gesichtsausdruck gründlich deuten konnte, erhob er sich so abrupt, dass seine Kaffeetasse wackelte. Sie war noch halb voll, aber er machte keine Anstalten, sie auszutrinken.

»Davon habe ich noch nie etwas gehört. Wie kommst du bloß darauf?«

Ich zuckte die Schultern und suchte händeringend nach einer Ausrede, aber da wechselte er schon abrupt das Thema.

»Übrigens, da du schon auf die Familie zu sprechen kommst. Ich würde es gutheißen, wenn du noch heute deine Großmutter besuchen würdest. Ich weiß, dass du müde bist, aber es dauert ja nicht lange, und du bist doch fertig mit dem Essen, oder?«

Ich bedauerte, dass ich meinen Pudding tatsächlich schon leer gelöffelt hatte.

»Kann das nicht bis morgen warten?«, fragte ich.

»Sie freut sich sicher, dich zu sehen«, bestand er.

»Aber sie kennt mich doch gar nicht.«

»Darüber war sie immer sehr unglücklich. Du bist schließlich ihr einziges Enkelkind.«

»Ich dachte, sie ist dement und kann sich gar nicht mehr erinnern, dass sie eine Tochter hat, geschweige denn eine Enkelin.«

»Trotzdem. Manchmal erlebt sie einen wachen Moment.« Er suchte nach weiteren Argumenten, fand aber keine. Ich sah ihm an, dass er mir am liebsten einfach befohlen hätte, meine Großmutter zu besuchen, aber er hatte sichtlich Hemmungen, mir seinen Willen aufzuzwingen.

Seufzend erhob ich mich. »Wenn es unbedingt sein muss.«

Mir war ziemlich mulmig bei dem Gedanken, meine Großmutter kennenzulernen, die nach allem, was er bei meiner Ankunft angedeutet hatte, ziemlich verwirrt war, aber wenn ich ihm diesen Gefallen tat, war er mir etwas schuldig. Und vielleicht würde sich sehr bald noch mal die Gelegenheit bieten, ihn auf das verschwundene Mädchen anzusprechen.

Ich wusste so gut wie gar nichts von meiner Großmutter.

Erst nach Mums Tod hatte ich erfahren, dass sie zwar noch lebte, jedoch nicht in der Lage war, die

Vormundschaft für mich zu übernehmen. Ihr Vorname war Lauren, der meines Großvaters Charles, aber dieser war schon vor vielen Jahren gestorben. Lauren hingegen war ans Bett gefesselt, seitdem sie einen Schlaganfall erlitten hatte, und in den letzten Jahren zunehmend verwirrt geworden. Zu meiner Überraschung war sie nicht wie wir im Nebengebäude untergebracht, sondern im Haupthaus, in jenem – verglichen mit den anderen – viel niedrigeren Stockwerk direkt unter dem Dach.

Onkel Julian, der mich zu Grandmas Zimmer begleitete, schien zu bemerken, wie erstaunt ich darüber war. »Meine Eltern – deine Großeltern – waren nicht bereit, das Herrenhaus zu verlassen, nachdem sie es zu einer Hotelanlage umbauen ließen. Nur deine Mutter und ich sind damals in das ehemalige Dienstbotenhaus umgezogen, wo wir mehr Ruhe vor den Gästen hatten. Erst nach Dads Tod habe ich fast alle der restlichen Räume zu Gästezimmern umgewidmet. Deiner Großmutter ging es schon damals sehr schlecht. Ich wollte sie in ihrem Zustand nicht dazu zwingen, ihr vertrautes Schlafzimmer aufzugeben.«

Der Gang, den wir nun entlangkamen, schien bei den Renovierungen ausgespart worden zu sein. Die dunkelroten Tapeten wirkten etwas verblichen, die Vorhänge aus schwerem Samt schmutzig, der dicke Teppich, der unsere Schritte dämpfte, war nicht ordentlich verlegt und wellte sich. Ständig blieb Onkel

Julian stehen, um eine der Lampen anzumachen, die an den Wänden hingen. Ich fand das ziemlich übertrieben, denn ein, zwei hätten gereicht, um den Gang ausreichend zu beleuchten, aber vielleicht war das ein Ritual von ihm, oder er scheute sich insgeheim, das Zimmer seiner Mutter zu betreten. Meine Ungeduld wuchs, ich wollte den leidigen Besuch so schnell wie möglich hinter mich bringen, doch da er so oft innehielt, fielen mir die vielen Gemälde an den Wänden auf.

Es waren allesamt Porträts: Die Männer machten strenge Mienen, trugen dunkle Zylinder und teilweise noch Perücken, die Frauen kunstvolle Frisuren und prächtige Kleider, was nichts daran änderte, dass auch sie alle ziemlich ernst wirkten – so als führten sie kein Leben in allem erdenklichen Luxus, sondern ein freudloses Dasein, das es irgendwie hinter sich zu bringen galt.

»Sind das alles Cliftons?«

»Deine Mutter hat dir wirklich nie etwas von unserer Familie erzählt?«, fragte Onkel Julian zurück.

»Nein. Sie hat nur mal erwähnt, dass unsere Vorfahren seit Ewigkeiten auf der Insel lebten und dass euer Vater darauf bestanden hat, dass ihr den Stammbaum bis ins letzte Glied auswendig lernt.«

Onkel Julian ächzte. »Ich muss zugeben, dass ich die Namen immer durcheinandergebracht habe.« Er grinste halbherzig, und zum ersten Mal wirkte er halbwegs menschlich, doch im nächsten Augenblick gefror seine Miene. Er blieb steif wie ein Soldat stehen und deutete mit dem Kinn auf eines der Bilder.

»Das ist Horace Clifton.«

Unwillkürlich senkte er die Stimme, was ich durchaus nachvollziehen konnte. Der Mann auf dem Gemälde wirkte ja noch unfreundlicher und schlechter gelaunt als die anderen! Seine Haare waren mit irgend so einer klebrigen Masse, ich glaube, man nennt das Pomade, zurückgekämmt, sein Schnurrbart war so spitz, als könnte man damit jemanden erstechen, und sein Hemd hatte einen viel zu engen Kragen. Es musste ja schrecklich unbequem sein, so durchs Leben zu gehen, und vielleicht rührte daher der verkniffene Zug um den Mund.

»Das war unser Großvater, dein Urgroßvater. Gleich gegenüber hängt übrigens das Bild seiner Frau Nathalie. Sie ist sehr früh gestorben, ich glaube im Kindbett.«

Der Mund der Frau war auch ziemlich verkniffen. Kein Wunder bei dem unsympathischen Ehemann! Und als wäre sie mit dem nicht schon genug vom Schicksal gestraft worden, musste sie auch noch so früh sterben!

Ich ging weiter. »Und das ist Charles, mein Großvater und der Sohn von Horace«, stellte ich fest. Auch hier hing das Gemälde seiner Frau, meiner Großmutter Lauren, direkt gegenüber.

Obwohl beide viel moderner gekleidet waren, wirkten ihre Gesichter so ausdruckslos, als wäre es eine Zumutung, von ihnen ein Lächeln zu erwarten. Gab es irgendeinen in dieser langen Ahnengalerie, der Spaß am Leben gehabt hatte?

Onkel Julian gab sich einen Ruck. »Beeilen wir uns, bald ist Schlafenszeit.«

Doch ich blieb vor dem Gemälde von Lauren stehen. »Schau mal, ist das nicht merkwürdig?«

»Was?«

»Das Bild von Lauren Clifton ist kleiner als das der anderen. Aber die Tapete rundherum wirkt so bleich, als wäre hier einmal ein anderes Gemälde gehangen.«

»Das sieht nur im schlechten Licht so aus.«

»Nein, das ist eindeutig, siehst du hier den Übergang von ...«

Er seufzte genervt. »Vielleicht ist der Rahmen des Bildes irgendwann beschädigt und ausgetauscht worden, das ist doch nicht so wichtig.«

Das stimmte natürlich, aber plötzlich wollte ich das Treffen mit Großmutter unbedingt hinauszögern. Ich hatte regelrecht Angst davor – nicht weil sie womöglich so verwirrt war, dass sie mich nicht erkannte, sondern weil sie mich mit ihrer Tochter Ellen verwechseln und nach ihr fragen könnte.

So erschöpft und müde wie ich war, konnte ich die Vorstellung einfach nicht ertragen, ihr sagen zu müssen, dass Mum tot war. Doch ehe ich einen Einwand vorbringen konnte, hatte Julian schon an eine der Türen geklopft.

Die ältere Frau, die uns hereinbat, wirkte so gar nicht verwirrt. Ihre grauen Haare waren im Nacken zu einem strengen Knoten gebunden, ihr Gesicht war von vielen Falten durchzogen, und die Schlupflider hingen so tief, dass es den Anschein machte, sie könne die Augen nur einen Spaltbreit öffnen. Trotzdem: So schnell wie sie auf uns zuging, wirkte sie ziemlich rüstig.

Merkwürdig, ich hatte erwartet, dass Großmutter im Bett liegen würde.

»Guten Abend, Großmutter«, murmelte ich.

Kurz überlegte ich mir, Granny oder Grandma zu sagen, aber das wäre dann doch zu vertraulich gewesen. Auch wenn ich mit ihr verwandt war, war sie doch eine Fremde für mich.

Die ältere Dame lächelte flüchtig, überließ es aber Onkel Julian, mich auf meinen Fehler aufmerksam zu machen.

»Das ist doch nicht deine Großmutter, sondern Mrs Donovan. Sie kümmert sich um Mum.«

Erst jetzt sah ich, dass hinter dem Flur, in dem wir standen, das Schlafzimmer folgte. Ein riesiges Himmelbett füllte den Raum zu mindestens einem Drittel aus. Die Vorhänge waren halb zugezogen, doch dazwischen konnte man die Gestalt erkennen, die unter einer Unmenge von Decken lag und die, so winzig wie sie war, das Bett noch größer wirken ließ.

Mein Fehler war mir schrecklich peinlich, aber Mrs Donovan hob beschwichtigend die Hand. »Ich kenne deine Großmutter, seit ich ein junges Mädchen war. Früher war ich ihre Zofe, mittlerweile bin ich wohl eher so etwas wie eine Krankenschwester. Sie mag es nicht, wenn fremde Leute auftauchen.«

»Dann wird sie mich wohl auch nicht sehen wollen«, sagte ich.

Mrs Donovan ging nicht darauf ein. »Du bist deiner Mutter wie aus dem Gesicht geschnitten«, sagte sie nur.

Täuschte ich mich oder klang ihre Stimme unglaublich traurig?

Im Hinterkopf vermerkte ich, dass ich vielleicht Mrs Donovan mal fragen könnte, warum Mum überstürzt abgereist war und ob sie mehr über diese Séancen und ein verschwundenes Mädchen wisse, aber vor Onkel Julian wollte ich nicht darüber reden. Außerdem ertönte vom Himmelbett her ein Ächzen.

Onkel Julian schob mich geradezu dorthin.

Das Gesicht meiner Großmutter Lauren erinnerte mich an einen Vogel. Alles darin war spitz, die Nase, das Kinn, selbst die Ohren. Die Haut war nicht einfach nur faltig, sondern so schlaff, dass man das Gefühl hatte, sie wäre zu groß geworden und wie eine Maske verrutscht. Ein leicht süßlicher Geruch lag in der Luft, der offenbar von einer Duftkerze auf dem

Nachtkästchen stammte und Brechreiz in mir auslöste. Heftig schluckte ich dagegen an.

Die Augen der alten Frau waren geschlossen. Ich hoffte schon, sie würde tief und fest schlafen, und ich könnte gleich wieder gehen, doch plötzlich riss sie sie auf. Die Augen waren so hell, dass sie fast weißlich schienen. Kurz dachte ich, dass sie blind sei, aber ihr Blick war starr auf mich gerichtet.

»Wer … wer ist da?« Es klang mehr nach dem Krächzen eines Tieres als nach einer menschlichen Stimme.

Ich brachte kein Wort hervor, aber Onkel Julian antwortete hastig: »Ich bin es, Julian … und das ist deine Enkeltochter Theodora. Ellens Tochter.«

Sie antwortete nur mit einem Stöhnen. Ich war nicht sicher, ob seine Worte sie erreicht hatten, nur fühlte ich plötzlich kein Unbehagen, auch keine Scheu, sondern nur … Mitleid. Und Trauer. Wenn sie keinen Schlaganfall erlitten hätte und noch ganz gesund wäre, dann wäre sie eine Großmutter, bei der ich Zuflucht finden könnte. Sie würde sich von Herzen freuen, dass ich hier war, und nicht vor Verlegenheit vergehen wie Onkel Julian, würde mich mit mütterlicher Wärme überschütten, anstatt steif Distanz zu wahren.

Auf einmal war es trotz dieses grässlichen Geruchs ganz selbstverständlich, noch näher aufs Bett zuzutreten, mich hinzusetzen und ihre Hand zu nehmen. Auch an dieser Stelle ihres Körpers schien die Haut zu groß geworden und die Knochen darunter regelrecht geschrumpft zu sein, aber sie wehrte sich nicht, und der Druck ihrer Hand war erstaunlich fest.

»Ellen …«, murmelte sie. »Ellen …«

Ich hatte keine Ahnung, ob sie mich für ihre Tochter hielt oder vielmehr nach ihr fragte, aber dass sie so ruhig liegen blieb und mich anstarrte, werteten sowohl Mrs Donovan als auch Onkel Julian als ein gutes Zeichen.

»Ich lasse Sie einen Augenblick lang alleine«, erklärte Mrs Donovan und zog sich zurück. Wahrscheinlich war sie froh über eine kurze Pause. Es musste ziemlich trist sein, den ganzen Tag mit einer Frau zu verbringen, die so gut wie gar nichts sagte.

Ich überlegte, ob ich meinerseits etwas sagen sollte, aber es war mir unmöglich, auszusprechen, dass Mum gestorben war. Und die Fragen, die mir auf den Lippen lagen, konnte ich wiederum nicht vor Onkel Julian stellen.

Doch dann kam mir der Zufall zu Hilfe: Onkel Julians Handy läutete, und er ging in den Vorraum, um den Anruf entgegenzunehmen. Zwei Minuten später erklärte er, dass er dringend zur Rezeption müsse, weil irgendeine Beschwerde wegen einer nicht funktionierenden Dusche vorliege, und bald war ich unverhofft mit meiner Großmutter allein.

Sie hielt immer noch meine Hand, stöhnte nicht mehr, sondern atmete ganz ruhig und entspannt.

Ihre Augen waren nicht geschlossen, aber ihre Pupillen schienen immer weiter nach hinten zu rutschen. Eigentlich war das ein gruseliger Anblick, aber dass ihr Blick nun nicht mehr starr auf mich gerichtet war, gab mir den Mut zu reden.

»Ich würde so gerne wissen, warum Mum damals einfach abgehauen ist«, sagte ich. »Sie hat nie mit mir darüber gesprochen.«

Lauren Clifton rührte sich nicht. Ihr Atem klang nun etwas rasselnd, und ich war mir nicht sicher, ob sie womöglich eingeschlafen war. Würden dann allerdings ihre Lider so heftig zucken?

»Ich habe heute Eric kennengelernt, den Sohn von Toby Parker. Mum war in Toby sehr verliebt, nicht wahr?«

Keine Reaktion. Auch von Onkel Julian war nichts zu hören. Schweiß brach mir aus, das Zimmer war völlig überheizt.

»Wir sind in den Gartenpavillon gegangen«, fuhr ich fort, »und dort haben wir ganz merkwürdige Aufzeichnungen gefunden. Es sind Augenzeugenberichte von Séancen mit einem Medium namens Orphelia.«

Die Lider zuckten nicht länger, sondern waren nun ganz geschlossen, der Atem ging nicht mehr rasselnd, sondern lautlos. Ich wollte ihre Hand loslassen, aber sie hielt mich fest.

»Wusstest du von den Séancen?«, flüsterte ich. »Ein Geist ist in den Körper des Mediums geschlüpft.

Ein junges Mädchen. Sie hat gesagt, dass sie Rache nehmen wolle.«

In dem Augenblick, da ich den letzten Satz aussprach, umkrallten ihre Finger meine Hand, und ihre Nägel gruben sich schmerzhaft in meine Haut. Ich hätte ihr nicht zugetraut, noch so viel Kraft zu haben, und noch erschreckender war, dass sie plötzlich ihre Augen aufriss – viel weiter als zuvor. Panik stand in dem Blick, und diese wuchs noch, als sie sich ruckartig aufsetzte. Die eben noch so schlaffe Haut spannte sich über ihr hageres Gesicht, und obwohl der Anblick mich erschreckte, fühlte ich mich zugleich vage an die junge Frau auf dem Gemälde erinnert.

»Sag es nicht!«, schrie sie keuchend. »Du darfst es niemandem sagen!«

»Was? Ja, was denn? Was ist damals passiert?«

Sie brachte keine Worte mehr hervor. Zu meinem Entsetzen begann die alte Frau, hemmungslos zu schluchzen.

Mrs Donovan schien zu spüren, dass es ihrem Schützling schlecht ging. Sie kam herbeigerannt, scheuchte mich wortlos vom Bett und umarmte meine Großmutter. Deren Weinen ging in trockene Schluchzer über und schließlich wurden auch diese immer leiser. Mrs Donovan drückte Grandmas Oberkörper auf das Kissen zurück und endlich schlossen sich auch die weit aufgerissenen Augen.

Mein Herz raste.

»Was… was hast du zu ihr gesagt?«, fragte Mrs Donovan.

Kurz hätte ich ihr am liebsten alles anvertraut, doch in dem Augenblick kam Onkel Julian zurück.

»Ich weiß nicht…«, murmelte ich hilflos. »Ich habe ihre Hand gehalten und dann habe ich Mum erwähnt…«

Mrs Donovan nickte. »Das dürfte sie tief erschüttert haben. Besser, du gehst jetzt.«

Sie klang nicht wirklich streng, aber auch nicht freundlich.

Ich erhob mich und folgte Onkel Julian nach draußen.

»Was war denn los?«, fragte er.

Ich zuckte die Schultern. »Großmutter hat sich ziemlich aufgeregt. Kann ich jetzt auf mein Zimmer gehen? Ich bin wirklich hundemüde.«

Zu meinem Erstaunen wirkte er sehr betroffen. Seine Mundwinkel zuckten, als würde auch er gleich zu weinen beginnen. »Es kommt nicht oft vor, dass sie auf jemanden reagiert. Meist liegt sie tagelang reglos im Bett.«

Erneut zuckte ich die Schultern, sagte aber nichts mehr. Wieder gingen wir den Gang entlang, an der Ahnengalerie vorbei. Ich wurde das Gefühl nicht los, dass mich der strenge Blick von Horace Clifton verfolgte. Die Gesichter der anderen hingegen, von

Charles, Lauren und Horace' Frau Nathalie, wirkten plötzlich nicht einfach nur ausdruckslos und ernst, sondern … traurig.

Als ich in mein Zimmer kam, stellte ich fest, dass Molly doch noch nicht Dienstschluss hatte. Eben brachte sie mir auf einem Tablett eine Tasse heiße Schokolade und außerdem ein Stück Kuchen. Er stammte von Kate und von dieser sollte sie mich auch schön grüßen lassen.

»Deine Sachen habe ich übrigens alle aufgehängt«, erklärte sie und deutete auf meinen Schrank. Ich wurde den Verdacht nicht los, dass sie ein paar sogar anprobiert hatte, aber das machte mir nichts aus – im Gegenteil: Ich überlegte, ob ich ihr irgendein Teil schenken konnte.

Die heiße Schokolade schmeckte wirklich köstlich, und obwohl ich geglaubt hatte, pappsatt zu sein, verschlang ich auch das Stück Kuchen. Er schmeckte supersaftig und hatte nichts mit den trockenen Scones gemein.

»Wo warst du denn den ganzen Nachmittag?«, fragte Molly und machte keine Anstalten zu gehen.

»Nur ein wenig spazieren …« Ich zögerte kurz, um dann entschlossen hinzuzufügen: »Was weißt du eigentlich von meiner Familie?«

»Na ja, von Familie kann man in diesem Fall nicht reden. Dein Onkel Julian ist ein eiserner Junggeselle, wir haben oft gerätselt, ob er irgendwann heiraten würde, aber ich kann mich nicht erinnern, jemals eine Frau an seiner Seite gesehen zu haben.«

»Ich denke eher an seine Eltern und Großeltern. Charles und Lauren. Horace und Nathalie.«

»Hast du etwa Lauren kennengelernt? Ich habe sie noch nie zu Gesicht bekommen, nur gehört, dass sie bettlägrig ist. Was für eine arme alte Frau … Wenn ich mal sterbe, geht's hoffentlich ratzfatz. Von den anderen Cliftons weiß ich nichts, aber warum interessierst du dich denn für diese alten Geschichten?«

Kurz lag es mir auf den Lippen, die Séance zu erwähnen, aber dann sagte ich mir, dass Molly damals ja noch nicht im Clifton-Resort gearbeitet hatte.

»Großmutter tut mir ziemlich leid«, murmelte ich lediglich.

»Das verstehe ich.« Molly trat zu mir und legte mir tröstend ihren Arm auf die Schulter. »Sie muss sich damals ziemlich aufgeregt haben, als deine Mutter abgehauen ist. Ich meine, dass sie gleich danach einen Schlaganfall hatte …«

Ich starrte sie verwirrt an. Vom Schlaganfall wusste ich ja, aber nicht, wann genau sie ihn erlitten hatte.

»Sie hatte den Schlaganfall, kurz nachdem Mum die Insel verlassen hatte?«, fragte ich.

»Soweit ich weiß, ja. Zumindest den ersten. Danach konnte sie das Bett noch manchmal verlassen. Aber einige Jahre später folgte ein zweiter.«

Was hatte Mum da nur angerichtet?

Auch wenn ich nicht wusste, was vorgefallen war – dass Toby so feindselig war und Lauren schwer krank, musste etwas mit ihrer Entscheidung zu tun haben, die Insel Knall auf Fall zu verlassen.

Molly war ziemlich betroffen, dass ihre Worte mich so aufwühlten. »Vielleicht habe ich auch etwas falsch verstanden«, sagte sie schnell.

»Ist schon gut.« Ich stellte die Tasse ab. »Ich wäre jetzt nur gern allein.«

»Klar, du musst schrecklich müde sein.«

Rasch putzte ich mir im kleinen Bad nebenan die Zähne. Anstatt mich unter die Dusche zu stellen, schlüpfte ich gleich in den Pyjama. Kaum lag ich allerdings im Bett, konnte ich trotz Müdigkeit nicht einschlafen. Nach diesem langen Tag war ich viel zu aufgewühlt.

Gegen Mitternacht gab ich es auf und knipste die Schreibtischlampe an. Erst jetzt fiel mir auf, dass ich in der Eile kein einziges Buch mitgenommen und darum nichts zu lesen hatte.

Mein Blick fiel auf Mums Augenzeugenbericht. Als ich vorhin das Hotel verlassen hatte, hatte ich die Blätter wieder unauffällig unter meine Jacke geschoben.

Eigentlich hatte ich mit Eric ja abgemacht, dass wir sie morgen gemeinsam entziffern würden, aber jetzt wurde ich von meiner Neugierde besiegt. Und bevor ich hier stundenlang wach in meinem Bett saß, konnte ich die Zeit doch auch vernünftig nutzen!

Mein Herz klopfte, als ich mich zum zweiten Mal an diesem Tag in die Aufzeichnungen meiner Mutter vertiefte.

Fünftes Kapitel

Juni 1988

Nach der ersten Séance konnte ich nächtelang nicht einschlafen, und wenn doch, wurde ich von dunklen Träumen gepeinigt.

Vor Toby und Kate konnte ich natürlich nicht zugeben, dass mich das, was während der Séance geschehen war, einfach nicht mehr losließ. Toby hatte am nächsten Tag ganz cool getan, als hätte er niemals vor Angst geschlottert, und Kate weigerte sich, überhaupt auch nur ein Wort darüber zu verlieren. Als ich mit ihr Vermutungen anstellen wollte, wer nun dieses junge Mädchen gewesen war, das Rache üben wollte, wurde sie fuchsteufelswild.

»Ich bin heilfroh gewesen, dass dieser Geist so plötzlich verschwunden ist, wie er gekommen war, und Orphelia wieder zu sich gekommen ist!«, rief sie empört. »Das Ganze war eine saublöde Idee!«

Also musste ich ganz alleine damit fertigwerden.

Die Träume glichen einander. Jedes Mal ging ich an den Klippen spazieren, die noch viel weißer waren als in Wirklichkeit und auch viel höher. Das Meer darunter rauschte stürmisch und rau, die Möwen kreischten dicht über meinen Kopf hinweg, und ihr Laut mischte sich mit Gelächter, nein, vielmehr Gekicher. Ein junges Mädchen stieß es aus, das nicht weit von mir die Klippen entlangrannte – so nahe am Abgrund, dass ich Angst hatte, sie würde gleich in die Tiefe stürzen.

Diese Angst schien sie nicht zu teilen, im Gegenteil: Sie lachte immer lauter.

Ich sah sie nur von hinten. Sie war groß, schlank und ihre wehende, offene Mähne fiel ihr in weichen Locken über den Rücken. Ich war ziemlich neidisch auf die Haare: Wenn ich meine eindrehe, hängen sie nach kürzester Zeit wieder in glatten, schweren Strähnen herunter.

Die Brust tat mir weh, weil ich dem Mädchen so schnell nachlief und ihr immer wieder etwas zurief, obwohl ich ihren Namen nicht kannte.

Endlich blieb sie stehen, doch sie drehte sich nicht zu mir um. Ihr Gekicher glich immer mehr dem Kreischen der Möwen. Es klang weder fröhlich noch befreit, sondern spöttisch.

»Wer bist du denn?«, rief ich.

»Ich bin gekommen, um mich zu rächen.«

Die Stimme hatte nichts mit dem schrillen Gekicher gemein, klang raunend und… gefährlich. Langsam, ganz langsam drehte sich die junge Frau jetzt doch noch zu mir um, und da sah ich: Es war ja gar kein hübsches Mädchen… es war ein abstoßendes Wesen mit Haaren grün wie Algen, Augen, die schwarzen Löchern glichen, und einer Nase, aus der Blut zu fließen schien – oder waren es Würmer?

Wieder wollte ich rennen – diesmal von dem Wesen weg, doch es gelang mir nicht. Meine Füße waren wie gelähmt. Ich konnte nichts tun, als das Wesen näher kam, immer näher …

An dieser Stelle des Traums schreckte ich jedes Mal mit einem lauten Schrei auf, schweißgebadet und zitternd. Nach der dritten Nacht hielt ich es nicht länger aus. Auch wenn ich mich weder Toby noch Kate anvertrauen wollte – es gab noch jemand anderen, an den ich mich wenden konnte.

Ich traf sie im Frühstücksraum.

Papa will eigentlich nicht, dass Julian oder ich mit den Gästen in zu engen Kontakt treten, und deswegen frühstücken wir im ehemaligen Dienstbotenhaus, aber Papa war heute nach Ventnor gefahren, und Mr Crumbley würde mich, so er mich denn hier sah, zwar später bei ihm verpetzen, aber mich nicht vor aller Augen zur Rede stellen.

Wie immer war Orphelia stark geschminkt, und ihre Haare waren zu einem riesigen Knoten, der einem Vogelnest glich, aufgetürmt. Das Kleid changierte in allen Regenbogenfarben, und neben der großen Kette trug sie ein Paar Ohrringe, die ihre Ohrläppchen deutlich nach unten zogen.

Ihr Blick war wie immer ein wenig distanziert – die

Lider hingen etwas über den Augen, als lohne es sich nicht, sie ganz zu öffnen –, aber zumindest schenkte sie mir die Andeutung eines Lächelns.

»Du bist ja leichenblass, Ellen.«

Vorhin hatte ich mir ein paarmal in die Wangen gekniffen, aber das hatte wohl nichts genutzt.

»Willst du dich zu mir setzen?«, fragte sie.

Ich nickte.

Nach der Seánce hatte Orphelia gesagt, dass sie sich an nichts mehr erinnern könne, und lediglich so tief nach Luft geschnappt, als wäre sie kurz davor gewesen zu ersticken. Sie wirkte nicht ganz so hoheitsvoll wie zuvor, sondern schwer erschöpft, aber hatte uns erklärt, dass das nichts Außergewöhnliches sei. Alles in allem sei sie nur ein Sprachrohr der Toten und trete nicht selber mit ihnen in Kontakt.

Wir hatten ihr natürlich erzählt, was im Laufe der Séance passiert war, und jetzt fragte ich leise: »Die junge Frau hat gesagt, dass sie sich rächen will, aber ich frage mich: Kann sie das denn überhaupt? Steht es in ihrer Macht, irgendwelchen Schaden anzurichten? Geister sind doch nicht aus Fleisch und Blut.«

Sie betrachtete mich nachdenklich. »Scheinbar hat dieser Geist bei dir trotzdem großen Eindruck hinterlassen. Er kann also durchaus was bewirken. Was allerdings das Reden von Rache anbelangt – vielleicht ist es nur ein Weg auszudrücken, dass das junge Mädchen Frieden sucht.«

»Denken Sie, dass sie eines gewaltsamen Todes gestorben ist und es dieses Unrecht ist, wofür sie sich rächen will?«

»Vielleicht. Aber wie gesagt: Es genügt ihr möglicherweise, wenn alle Welt weiß, was ihr widerfahren ist. Nicht selten finden die Toten keine Ruhe, wenn die wahren Umstände ihres Todes verschleiert worden sind.«

»Sollen wir sie etwa aufdecken?« Die bleierne Müdigkeit fiel von mir ab und wich Erregung. »Aber wie sollen wir das tun, wenn wir doch nichts von ihr wissen?«

»Nun«, meinte Orphelia gedehnt. »Wenn du es unbedingt möchtest, kann ich noch einmal versuchen, mit ihr in Kontakt zu treten.«

Ich sah sie zweifelnd an. Auch wenn Orphelia dazu bereit war, sich erneut als Medium zur Verfügung zu stellen – ich war mir sicher, dass weder Toby noch Kate mitmachen würden. Und wenn ich mir vorstellte, dass ich allein mit ihr und diesem … Wesen im Gartenpavillon war … Nein, das kam gar nicht infrage!

»Ich verstehe natürlich, dass es euch ziemlich große Angst gemacht hat, als aus mir plötzlich diese Tote sprach«, meinte Orphelia, »aber es gäbe noch eine andere Möglichkeit, mit ihr in Kontakt zu treten. Nicht immer ist dazu ein Medium notwendig.«

»Welche denn?«

»Begleite mich doch einfach auf meinem Morgen-

spaziergang. Dann erzähle ich dir mehr. Und später könnt du und deine Freunde selbst entscheiden, was ihr tun werdet.«

Zwei Tage später brachen wir wieder kurz vor Mitternacht zum Gartenpavillon auf. Zugegeben, es war ziemlich schwer Toby und Kate davon zu überzeugen, mich zu begleiten, und genau genommen hatte ich sie auch nicht überzeugt, sondern erpresst. Toby hatte ich angedroht, ihn ansonsten nie wieder zu küssen. (Die Vorstellung, diese Drohung wahr zu machen, war mir natürlich selbst unerträglich, aber das musste er ja nicht unbedingt wissen.) Kate wiederum war zwar ein viel härterer Brocken aber bei ihr nutzte am Ende der Hinweis darauf, dass sie im Internat immer von mir abschrieb – sowohl in Physik als auch Mathe. »Wenn du jetzt nicht mitkommst, kannst du das zukünftig vergessen.«

Ihre Angst davor, durchzufallen, war noch größer als die vor Gespenstern.

»Und du denkst, es funktioniert mit diesem … diesem …«

»Mit diesem Ouija?«, schloss ich den Satz. »Ja, ich denke schon. Orphelia hat gesagt, dass schon viele Menschen mithilfe dieses Hexenbretts mit Geistern in Kontakt getreten sind. Sie wird natürlich wieder dabei sein, und da sie diesmal nicht das Bewusstsein verlieren wird, kann sie uns helfen.«

Kate machte zwar nicht den Eindruck, dass sie das sonderlich tröstete, aber sie ergab sich ihrem Schicksal.

Wie beim letzten Mal wartete Orphelia bereits im Pavillon. Sie hatte das erwähnte Ouija mitgebracht, aber darauf verzichtet, Kerzen aufzustellen. Die Deckenlampe einzuschalten und ein paar Taschenlampen mitzubringen, war nämlich eine Bedingung von Kate, mitzumachen. Und tatsächlich: Im grellen Licht, das nicht flackern oder gar erlöschen würde, kam nicht auch nur die geringste gruselige Stimmung auf.

Orphelia hatte mir vom Hexenbrett bis jetzt nur erzählt, und ein wenig hatte ich mich vor seinem Anblick gefürchtet, aber nun, da es vor uns auf dem Tisch lag, sah es gar nicht so gruselig aus wie gedacht. Auf den ersten Blick glich es einem Schachbrett, nur mit dem Unterschied, dass die einzelnen Felder nicht quadratisch, sondern kreisrund wie eine Uhr angeordnet waren und dass darauf Buchstaben standen – das ganze Alphabet –, außerdem die Ziffern Eins bis Zehn und die Wörter »ja« und »nein«. Bei manchen Brettern, hatte Orphelia mir erklärt, gab es oft zusätzlich Wörter wie »Danke«, »Ich warte« »Ich gehe« oder Ähnliches, aber bis jetzt hatte sie die Erfahrung gemacht, dass sich die Geister auch ohne diese gut verständlich machen konnten. Am wichtigsten war der Zeiger in der Mitte, der sich auf die einzelnen Buchstaben oder Zahlen richten würde, sobald sich der Geist einschalten würde – vorausgesetzt, dass es uns gelang, ihn herbeizurufen.

Zu diesem Zweck, so begann Orphelia nun mit ihrer tiefen Stimme, Anweisungen zu geben, müssten wir alle die Hände auf das Brett legen, allerdings so, dass wir weder Ziffern noch Buchstaben und schon gar nicht den Zeiger berührten. Dann gelte es, einige Zeit zu warten, bis sich der Zeiger bewegen und Botschaften des Geistes verkündigen würde.

Wir taten wie geheißen – Kate etwas widerwilliger als der Rest – und schließlich saßen wir rund um den Tisch und hatten beide Hände auf dem Quija ruhen.

»Eure Füße dürfen sich nicht berühren!«, ermahnte uns Orphelia. »Nicht, dass ihr euch untereinander Signale gebt – bewusst oder unbewusst.«

Kate war schon wieder ganz bleich, Toby grinste nur, aber ich hatte plötzlich das Gefühl, es ginge um Leben und Tod.

»Und jetzt? Geht es bald los?«, fragte Toby ungeduldig.

»Psst!«, machte Orphelia streng. »Ihr müsst absolut still sein!«

»Aber woran sollen wir denn denken?«, schaltete ich mich ein. »An das Mädchen?«

»Nein, das bringt gar nichts. Ihr müsst euch wie ein Medium verhalten und versuchen, den Geist ganz leer zu machen. Wenn ihr das nicht schafft, dann versucht, euch irgendetwas ganz Banales vorzustellen, was nichts mit dieser Situation zu tun hat.«

»Ach, da fällt mir jede Menge ein!«, rief Toby grin-

send und erntete erneut einen strengen Blick von Orphelia.

Endlich war es still. Ich wurde das Gefühl nicht los, eine Uhr ticken zu hören, obwohl es hier keine gab. Vielleicht war es ja mein eigener Herzschlag, der so laut im Kopf dröhnte.

Als plötzlich ein Kichern ertönte, zuckte ich zusammen und hätte beinahe meine Hände vom Brett weggezogen, doch es war nur Toby, der aufgelacht hatte.

»Tut mir leid, aber da ich an irgendetwas Banales denken sollte, ist mir plötzlich unser Biolehrer eingefallen, ihr wisst schon, Mr Rickett. Könnt ihr euch erinnern, wie er rot angelaufen ist, als wir ihm den Streich mit der nassen Kreide spielten? Ich dachte schon, er würde wie ein Luftballon platzen, und ...«

»Halt die Klappe!«, fuhr ich ihn an.

Orphelia runzelte die Stirn, Kate hingegen pflichtete bei: »Wenn wir das alles hinter uns bringen wollen, dann müssen wir uns jetzt konzentrieren.«

»Ich dachte, wir sollten uns eben auf nichts konzentrieren«, maulte Toby.

»Halt die Klappe!«, rief ich erneut.

Diesmal schwieg er und ich schloss die Augen. Mein Herzschlag beruhigte sich etwas, und ich konnte meine Angst bezwingen, aber mit jedem Atemzug wuchs die Gewissheit, dass bald etwas geschehen würde, was mein Leben für immer veränderte.

Minute um Minute verrann. Zuerst hatte ich meine

Hände regelrecht auf das Brett gepresst, doch sie begannen nun, schweißnass zu werden und leicht zu zittern, sodass ich sie etwas zurückzog. Das Zittern ließ nach, aber ausgerechnet jetzt juckte mir die Nase. So ein Mist! Ob ich mich kurz kratzen durfte?

Ehe ich mich dazu durchrang, verkündete Orphelia mit ihrer dunklen Stimme: »Es ist so weit.«

Der Zeiger hatte sich kein Jota bewegt, aber ihre Sinne waren wohl geschulter als unsere. Vielleicht spürte sie die Gegenwart einer anderen … Existenz früher als wir.

Das Jucken verging, stattdessen rannen mir Schauder über den Rücken.

»Was … was sollen wir nun tun?«, flüsterte ich.

»Stellt eine Frage!«

Klar, irgendwie logisch: Damit sich die Scheibe überhaupt bewegte, mussten wir eine Frage an den Geist stellen. Ich leckte mir über die Lippen, aber ich brachte kein Wort hervor. Von Toby und Kate war keine große Hilfe zu erwarten – wobei mir im Zweifelsfall lieber war, Toby hielt den Mund, anstatt irgendwelche albernen Bemerkungen zu machen.

Orphelia beugte sich ihrerseits vor.

»Wie fühlst du dich?«

Die Frage klang eigentlich banal, aber dann musste ich an meinen immer wiederkehrenden Traum denken. Die Frau, der die Würmer aus der Nase quollen, fühlte sich sicher grauenhaft. Ich dachte so intensiv an sie, dass ich erst verspätet das Quietschen wahrnahm.

Da! Die Pfeilscheibe hatte sich bewegt! Zuerst nur um wenige Millimeter, doch dann fuhr sie plötzlich ruckartig zu einem Buchstaben.

Ich sah Kate an, dass sie vor Schreck am liebsten ihre Hände zurückgezogen hätte, aber sie beherrschte sich. Toby war zwar zusammengezuckt, aber saß völlig steif, und auch mir gelang es, die Fassung zu bewahren. Orphelia hatte sich sowieso unter Kontrolle.

Eine Weile verharrte der Zeiger beim ersten Buchstaben, dann quietschte es wieder, und er zeigte langsam, aber bestimmt weitere Buchstaben an. Mehrmals berührte er beinahe unsere Fingerspitzen, aber ich hätte schwören können, dass er sich von selbst bewegte und nicht etwa von einem von uns angestupst wurde. Es wirkte vielmehr so, als würde jemand unter dem Tisch sitzen und den Zeiger in die richtige Richtung schieben.

Ich war so aufgeregt, dass ich aus den einzelnen Buchstaben kein Wort gebildet hatte. Doch als der Zeiger endlich stillstand, verkündete Toby: »Mir ist kalt.«

Obwohl mein Herz wieder schneller klopfte, fand ich diese Aussage nicht so sensationell. Kalt war uns schließlich allen.

»Warum?«, fragte Toby laut.

Die Antwort ließ nicht lange auf sich warten und bestand dieses Mal aus den zwei Worten: »Schlimmer Sturm.«

»Was hat denn das zu bedeuten?«, fragte Kate. »Ob sie während eines Sturms umgekommen ist?«

Kurz zuckten ihre Hände zurück, aber als ich sie streng ansah, legte sie sie wieder aufs Brett.

»Wo bist du jetzt?«, fragte ich.

Ich befürchtete schon, dass Kates Verhalten den Geist vertrieben habe, doch nach quälend langen Minuten kam eine Antwort: »Im Meer.«

»Lieber Himmel, sie ist ertrunken!«, stieß Kate aus.

»Aber beim letzten Mal hat sie doch geleugnet, dass sie bei einem Unfall gestorben ist«, rief ich.

»Wollt ihr von einem Geist wirklich Logik erwarten?«, fragte Toby.

»Pssst«, machte Orphelia streng. Sie wartete, bis wir uns wieder gesammelt hatten, um ihrerseits die nächste Frage zu stellen: »Wo warst du zu Hause?«

»Auf Clifton Manor.«

Toby schnaufte. »Also wirklich, Ellen, gib's doch zu. Du hast die Scheibe bewegt, weil du unbedingt einen Hausgeist haben willst.«

Ich zog meine Hand zurück und tippte auf die Stirn. »Du spinnst ja! So, wie du das sagst, klingt es, als würde man sich einen Geist wie eine Katze oder ein Meerschweinchen wünschen! Ich kann gerne darauf verzichten.«

»Wenn hier mal ein Mädchen ertrunken wäre, wüsstest du das doch!«, rief er.

Noch nie hatte er so barsch mit mir gesprochen, und mir ging auf, dass er damit nur sein Unbehagen verbergen wollte.

Ich zuckte die Schultern. »Ich kann mich nicht daran erinnern. Aber ich könnte Mum und Dad danach fragen.«

»Warum die Sache verkomplizieren?«, hielt Toby entgegen. »Wenn der Geist tatsächlich hier gelebt hat, müsste er doch etwas über das Herrenhaus wissen. Frag ihn einfach etwas, worüber nur ein Bewohner Kenntnis hat.«

»Blödsinn!«, rief Kate dazwischen. »Du hast doch Ellen eben selber vorgeworfen, dass sie den Zeiger bewegt hat. Sie ist hier groß geworden und kennt alle Räume in- und auswendig, natürlich weiß sie alles über das Haus.«

»Du glaubst doch nicht ernsthaft, dass ich …«, setzte ich empört an.

Kate wich meinem Blick aus. Wahrscheinlich wollte sie mir gar nichts Böses unterstellen, aber es war für sie ein tröstlicher Gedanke, dass ich dahintersteckte … keine fremde Existenz.

»Es gibt ein Zimmer, das ich nie betreten habe«, sagte ich. »Die Tür ist immer versperrt, Mum und Dad wollten mir nie sagen, warum.«

»Welches Zimmer?«

»Es liegt direkt unter dem Dach. Das letzte Zimmer im Gang, wenn man von der Treppe aus nach rechts geht. Mr Crumbley hat mal behauptet, es sei ein Abstellraum, und der Schlüssel sei verloren gegangen.«

»Also gut, Geist«, murmelte Toby. »Kennst du das Zimmer?«

Nach unserem hitzigen Wortgefecht fürchtete ich schon, wir hätten den Geist vertrieben. Eine Weile verging in vollkommener Stille, und an Orphelias missbilligendem Gesichtsausdruck erkannte ich, dass auch sie nicht mehr mit einer erneuten Äußerung des Geistes rechnete.

Doch wenig später sprang der Zeiger auf »Ja«.

Und das war nicht alles. Wenig später fügte er hinzu: »Mein Zimmer.«

Mir wurde mulmig zumute. Ich hatte das Zimmer aufs Geratewohl erwähnt und nie und nimmer gedacht, dass es mit der jungen Frau zu tun hatte!

»Welche Farbe hat die Tapete?«

»Rot.«

»Und die Vorhänge?«

»Aus Samt. Grün.«

»Der Boden?«

»Eichendielen.«

Toby blickte uns grinsend an. »Vielleicht sollten wir den Geist als Innenarchitekten einstellen?«

»Das ist nicht lustig«, zischte Kate.

»Nun, aber in jedem Fall wird es schwierig, das alles nachzuprüfen, wenn das Zimmer doch verschlossen ist. Der Geist ist eindeutig im Vorteil, er kann durch die Wände gehen. Vielleicht macht er uns einen besseren Vorschlag, um seine Behauptung zu beweisen?«

Wir warteten schweigend, doch der Zeiger bewegte sich kein Jota mehr.

»Jetzt hast du den Geist endgültig vertrieben.«

Ich funkelte Toby wütend an, doch ehe er sich verteidigen konnte, beugte sich Orphelia vor.

»Kein Grund zu streiten«, sagte sie. »So leicht lassen sich Geister nicht vertreiben. Er hat alles gesagt, was er euch für heute sagen wollte.«

»Gott sei Dank!« Kate sprang auf. »Können wir jetzt gehen?«

Wenn ich ehrlich war, war ich froh, bald ins Warme zurückkehren zu können. Schweigend machten wir uns auf den Rückweg, und ich überlegte fieberhaft, wie wir in das verschlossene Zimmer gelangen könnten. Doch mir fiel keine Lösung ein.

In dieser Nacht träumte ich nicht von der jungen Frau, sondern dachte bis zum Morgengrauen nach. Erst dann kam mir eine Idee, wie wir in das Zimmer gelangen könnten, und ich schlief doch noch ein.

Am nächsten Tag stellte sich heraus, dass auf Mr Crumbley wie immer Verlass war. Ich wusste, er würde den Anblick einer zerbrochenen Fensterscheibe nicht ertragen – auch wenn das Zimmer dahinter seit Ewigkeiten nicht mehr benutzt wurde.

Wie wir das Fenster einschlagen konnten, war wiederum Tobys Idee. Er war ein begeisterter Tennisspieler, und er schaffte es, den Ball zielgenau auf besagtes Fenster im zweiten Stock zu schlagen.

Kate hatte als Einzige Skrupel. »Wegen der Worte

eines Geistes einfach so ein Fenster kaputt machen ...«, nörgelte sie rum.

»Jetzt tu das mal nicht so ab! Du selbst hattest vor dem Geist doch Riesenschiss!«

»Eigentlich ist mir Orphelia noch viel unheimlicher.«

Die hatte sich heute beim Frühstück als sehr hoheitsvoll und wortkarg erwiesen. Als ich ihr von meiner Idee erzählte, meinte sie, dass sie es ganz uns überlassen wolle, wie wir weiter vorgingen.

Der Plan ging auf jeden Fall auf. Als wir Mr Crumbley kleinlaut beichteten, was passiert war, hielt er erst mal eine gründliche Standpauke –, gab dann aber Anweisungen, dass das Fenster unbedingt repariert werden müsse.

Einen halben Tag lang wurde vergebens nach dem Schlüssel gesucht, dann schlug Mr Crumbley vor, das Zimmer aufzubrechen, und Dad gab seine Zustimmung.

»Findest du nicht merkwürdig, dass niemand weiß, was in diesem Zimmer ist?«, fragte ich. »Warum wurde die Tür nicht schon früher aufgebrochen?«

»Da befindet sich sicher nur irgendwelches altes Zeugs drin. Es hat mich nie interessiert ...«

Er lächelte, aber sein Blick wirkte fahrig, und ich hätte plötzlich schwören können, dass er mir etwas verschwieg. Ich stand kurz davor zu fragen, ob jemals eine junge Frau auf Clifton Manor im Meer ertrunken war, doch plötzlich erschien Mum. »Was ist denn hier los?«, fragte sie.

Als Dad ihr von dem kaputten Fenster berichtete, verzog sie gequält die Stirn, aber das musste nicht unbedingt mit dem Raum zu tun haben, es konnte auch an den Kopfschmerzen liegen, an denen sie in letzter Zeit häufig litt.

Sie zog sich bald wieder zurück, und Dad war auch nicht dabei, als zwei Angestellte die Tür aufbrachen. Wir drei hingegen warteten gespannt im Gang, und Mr Crumbley kam Gott sei Dank nicht auf die Idee, uns wegzuschicken.

Als die Tür geöffnet wurde, drang uns ein Schwall stickiger Luft entgegen. Es schien, als würden sich meine Lungen nicht mit Sauerstoff, sondern mit Staub füllen. Seit Ewigkeiten war hier nicht mehr gelüftet worden, und so ranzig-süß wie es stank, musste wohl irgendwo Essen verschimmelt oder – noch schlimmer – gar eine Maus verwest sein. Igitt! Hoffentlich gab es nicht auch noch Spinnen in dem Raum!

Aber im nächsten Augenblick war mir das egal. Ich nahm die roten Tapeten wahr, die grünen Samtvorhänge, die braunen Eichendielen. Noch mehr Staub stieg mir in die Nase und ich musste niesen.

»Gesundheit!«, sagte Mr Crumbley.

Umständlich schnäuzte ich mich in ein Taschentuch und nutzte die Gelegenheit, um meine Fassung wiederzugewinnen. Der Geist hatte nicht gelogen, so viel stand fest.

Sechstes Kapitel

Als ich am nächsten Morgen erwachte, stach irgendetwas schmerzhaft in meinen Ellbogen. Ich wusste nicht, was es war, konnte mich nicht einmal richtig orientieren.

Nur langsam kehrten die Erinnerungen zurück … Mum war tot … ich lebte jetzt im Clifton-Resort … hatte bis tief in die Nacht den Bericht über die Séancen gelesen.

Über der Lektüre war ich eingeschlafen und das ohnehin wellige Papier war völlig zerknüllt. Hastig strich ich es glatt und war erleichtert, dass ich keinen größeren Schaden angerichtet hatte. Als ich die letzte Seite überflog, die ich entziffert hatte, kam ich erneut ins Grübeln: Wer war diese junge Frau, die einst auf Clifton Manor gelebt hatte und deren Zimmer – vielleicht seit ihrem Tod – versperrt war?

Auch wenn sich seit diesen Tagen das Herrenhaus verändert hatte – das Zimmer musste es immer noch geben; laut Beschreibung war es vom selben Gang aus zu erreichen wie das meiner Großmutter Lauren. Und auch wenn man es nach der Reparatur der Fensterscheibe wieder abgeschlossen hatte – einen Versuch war es wert.

Ein Klopfen riss mich aus den Gedanken. Molly kam mit einem randvollen Tablett. »Ich dachte, du willst vielleicht mal im Bett frühstücken«, sagte sie augenzwinkernd.

Da waren Porridge, Eier mit Speck, Toast und Orangenmarmelade. Es sah wahnsinnig lecker aus, aber anstatt mich zurück ins Bett fallen zu lassen, erhob ich mich, um mich hastig anzuziehen.

Ich hatte tief und fest geschlafen und fühlte mich noch etwas benommen, wurde zugleich aber von fiebriger Aufregung erfasst. Normalerweise packte mich jeden Morgen die Trauer um Mum mit ganzer Wucht, doch heute gelang es mir, sie zu verdrängen. Während ich ein Stück Toast in den Mund stopfte, fragte ich Molly nach dem Zimmer.

Sie starrte mich verwirrt an und konnte wohl nicht verstehen, wie man ein gemütliches Frühstück im Bett ausschlagen konnte. Prompt packte mich ein schlechtes Gewissen. Da gab sie sich so viel Mühe und ich wusste das gar nicht richtig zu schätzen! Doch bevor ich noch viele Worte machen konnte, lächelte sie schon wieder und erklärte, dass sie ein Zimmer mit der von mir beschriebenen Einrichtung noch nie gesehen habe, aber mir gerne helfen würde, es zu suchen.

Auf dem Weg ins Hotel verschlang ich das zweite

Stück Toast. Gerade war eine große Reisegruppe eingetroffen und hatte an der Rezeption eine lange Schlange gebildet. Niemand beachtete uns und auch von Onkel Julian war nichts zu sehen. Bald hatten wir das oberste Stockwerk erreicht. Jemand hatte die Nacht über eines der Gangfenster einen Spalt offen gelassen und kalte Morgenluft drang uns entgegen. Im fahlen, grauen Licht wirkte alles noch trostloser als gestern: An manchen Stellen begann sich die Tapete abzulösen und einige Bilderrahmen waren mit Grünspann überzogen.

Der alte Horace Clifton wirkte noch mürrischer, als litte er unter Magenschmerzen, und die Augenbrauen von seinem Sohn Charles waren, wie mir nun auffiel, total asymmetrisch (was vielleicht aber schlichtweg die Schuld eines stümperhaften Porträtmalers war). Mein Blick ging zu dem Gemälde von meiner Großmutter Lauren Clifton. Was mir gestern schon aufgefallen war, wurde bei Tageslicht noch augenscheinlicher: An dieser Stelle hatte einst ein anderes, deutlich größeres Gemälde gehangen.

Vielleicht das einer jungen Frau, die irgendwann spurlos verschwunden war …

Während ich stehen geblieben war, ging Molly am Zimmer meiner Grandma vorbei, erreichte die letzte Tür im Gang und öffnete sie.

»Dieses Zimmer musst du meinen!«, rief sie. »Die Wände sind zwar frisch gestrichen worden, und die

Vorhänge wurden auch ausgewechselt, aber am dunkelbraunen Holzboden wurde nichts verändert.«

Neugierig folgte ich ihr – und wurde enttäuscht. Ich hatte ein Schlafzimmer erwartet mit Schränken voller persönlicher Sachen, die man nach und nach durchwühlen konnte, doch stattdessen betrat ich eine Bibliothek. An allen vier Wänden standen Bücherregale und in der Mitte des Raums ein paar Sofas rund um kleine Tischchen.

»Jetzt fällt es mir wieder ein«, sagte Molly, »dieser Raum ist offenbar mal als Bibliothek für die Gäste eingerichtet worden, damit sie sich bei Regenwetter hierher zurückziehen können, aber ich glaube, dieses Angebot wird so gut wie gar nicht genutzt.«

Ich überflog die Buchrücken: Es waren allesamt Klassiker wie Moby Dick, Jane Eyre oder Oliver Twist. Auf den kleinen Tischchen stapelten sich Illustrierte, die mindestens ein Jahr alt waren.

Ich trat zum Fenster. Nichts erinnerte daran, dass Toby Parker mal eine Scheibe mit einem Tennisball eingeschlagen hatte, so wie es im ganzen Raum keine Spuren gab, die auf die Vergangenheit hindeuteten. Die Chance, hier was Interessantes zu finden, lag wohl bei null.

Doch da deutete Molly auf eines der Bücherregale.

»Guck mal hier, da steht eine Familienchronik der Cliftons.«

Das Buch war riesengroß, größer noch als mein

Schulatlas, und der Einband aus Leder wirkte speckig. Und welches Gewicht es hatte! Ich ächzte, als ich es hervorzog, und wurde sofort von einer Staubwolke eingehüllt. Nachdem ich das Buch zu einem der Tischchen geschleppt und geöffnet hatte, stellte ich fest, dass es aus einer Sammlung von Zeitungsartikeln bestand, die alle irgendetwas mit den Cliftons zu tun hatten: Irgendwer musste sie kopiert, nach dem Datum geordnet und zu einem Buch binden haben lassen. Die ersten Artikel waren in einer sehr hochgestochenen, künstlichen Sprache verfasst und berichteten von irgendwelchen Partys und festlichen Dinners, die auf Clifton Manor gefeiert und zu denen die namenhaften Familien der Isle of Wight eingeladen worden waren. Manchmal wurden die Berichte mit Fotos ergänzt, doch die meisten waren nach dem Kopieren kaum mehr kenntlich. Es würde Ewigkeiten dauern, alle Artikel gründlich zu studieren, und fürs Erste beschränkte ich mich darauf, nach vertrauten Gesichtern auf den wenigen scharfen Fotos zu suchen.

Als Erstes fiel mir Charles auf, mein Großvater, der etwas sympathischer als auf dem Gemälde wirkte oder zumindest nicht ganz so steif. Auf einem Foto stand er lässig auf seinem Segelboot, genoss sichtlich Meerwind und Sonne, aber legte doch etwas Überhebliches an den Tag – ein Eindruck, der von der unbequemen Krawatte, die er trug, unterstrichen wurde.

Wie Mum sich wohl mit ihrem Vater verstanden hatte?

Ich selber hatte mir oft einen Vater gewünscht, aber wenn sie mit knapp achtzehn die Familie einfach verlassen hatte, konnte das Verhältnis wohl nicht sonderlich gut gewesen sein. Allerdings deuteten die wenigen Erwähnungen in den Séance-Berichten auch auf kein Zerwürfnis hin.

Ich blätterte weiter nach vorne, sah nun ein Bild von Horace im Kreise seiner Familie. Obwohl er damals noch jünger gewesen sein musste als auf dem Gemälde, war der Zug um den Mund bereits grimmig, und Frisur und Bart waren ähnlich streng. Irgendwie hatte ich das Gefühl, dass er schon als Greis auf die Welt gekommen war. Unmöglich, sich ihn als Kind beim ausgelassenen Spiel vorzustellen!

Hinter ihm standen zwei ältere Frauen mit ausdruckslosen Gesichtern – vielleicht unverheiratete Tanten – und neben ihm saß, scheinbar noch kinderlos, seine junge Frau Nathalie. Während Horace mit geradem Rücken regelrecht thronte, schien sie sich so klein wie möglich zu machen.

Ich wollte noch mehr Fotos betrachten, aber da stupste mich Molly an.

»Guck mal hier!«

Ich folgte ihrem Blick. Im Regal war noch mehr Material aufbewahrt worden, das die Geschichte der Cliftons dokumentierte – so eine Reihe von Fotoalben. Molly zog aufs Geratewohl eins heraus, musterte es und lachte auf.

»Ist das nicht seltsam?«

Sie deutete auf ein Foto – dieses in Farbe und ziemlich scharf –, das ebenfalls Horace mit seiner Frau zeigte. Sie trugen beide Kleidung, die überhaupt nicht zusammenpasste: er ein Harlekinkostüm, das in nahezu groteskem Kontrast zu seinen zurückgegelten Haaren stand, sie ein mittelalterliches Kleid, das viel zu groß und weit für ihren schmächtigen Körper wirkte.

»Das muss auf einem Kostümfest gemacht worden sein«, murmelte ich.

»Das steht ihnen ja überhaupt nicht, und …«

Ich hörte ihr nicht weiter zu. Eben war mir etwas aufgefallen, was noch viel seltsamer war als die Kostüme.

Molly hörte nicht auf, sich über die Mode früherer Jahrzehnte zu echauffieren. Als sie weiterblätterte, waren zwar keine unpassenden Kostüme zu sehen, jedoch steife Hemdkragen und knielange Faltenröcke, die mich ein bisschen an die Klamotten in Mums altem Kleiderschrank erinnerten.

»Guck dir das mal an!«, rief Molly und verdrehte die Augen.

Ich hatte gar keinen Sinn für das Detail, auf das sie deutete. Etwas anderes fesselte meine Aufmerksamkeit umso mehr. Beim ersten Foto hätte es ja noch Zufall sein können, aber ganz sicher nicht bei all den weiteren, die folgten.

»Fällt dir denn gar nichts auf?«, rief ich.

»Doch. Die spitzen Schnurrbärte der Männer müssen beim Küssen ziemlich gestochen haben. Nicht, dass die Männer so aussehen, als hätten sie viel geküsst …«

Ich grinste halbherzig, wurde aber rasch wieder ernst. »Ich meine etwas anderes«, sagte ich schnell. »Schau doch mal, dieses Foto ist kleiner als das andere!«

»Ja und? Dann wurde es eben mit einer anderen Kamera gemacht.«

»Nein, ich glaube, da wurde etwas weggeschnitten. Sieh doch, da ist gerade noch eine Hand zu sehen.«

»Was auch an einem stümperhaften Fotografen liegen kann.«

»Aber hier fehlt eine Ecke, und dieses Foto sieht überhaupt so aus, als hätte man es entzweigerissen.«

»Was beweist, dass man nicht gerade pfleglich mit diesem Album umgegangen ist.«

»Ich glaube eher, da steckt Absicht dahinter. Irgendjemand hat systematisch die Fotos zerstört.«

»Und wen, glaubst du, würden die fehlenden Teile zeigen?«

Ich hatte natürlich eine Vermutung, aber die wollte ich nicht offen aussprechen, zumal Molly sich nicht wirklich dafür zu interessieren schien.

»Ich fürchte, ich muss jetzt wieder runter.«

Onkel Julian hatte sie wohl angewiesen, mir das Frühstück zu bringen, aber das bedeutete nicht, dass sie ihre Arbeit als Zimmermädchen vernachlässigen durfte. Ich bekam ein schlechtes Gewissen, weil ich ihr Zeit gestohlen hatte, die sie anderswo wieder einbringen musste, doch ihr Grinsen verriet, dass sie ganz froh gewesen war, unliebsame Pflichten für eine Weile aufschieben zu können. »Meld dich einfach, wenn du etwas brauchst.«

»Da gibt es tatsächlich was. Kannst du mir sagen, wo ich Kate finde? Sie hat erwähnt, dass sie nicht weit von hier wohnt.«

»Klar doch!«

Sie beschrieb mir den Weg, ehe sie mich allein ließ. Bevor ich zu Kate aufbrach, studierte ich noch einmal das Fotoalbum. Bei den neueren Aufnahmen war niemand mehr weggeschnitten worden: Einige zeigten meine Mutter, eine fröhliche, junge Frau, die manchmal mit Kate und anderen Freundinnen zu sehen war. Von Toby gab es zwar keine Aufnahme, aber ihre gute Laune musste daher rühren, dass sie frisch in ihn verliebt war. In jedem Fall deutete nichts darauf hin, dass sie sich in ihrem Zuhause unwohl gefühlt hatte.

Ich schlug das Album zu, nahm noch einmal die Chronik zur Hand und durchblätterte sie. Erst jetzt sah ich, dass jemand auf der letzten Seite einen

Stammbaum eingezeichnet hatte, offenbar nur mit einem Bleistift, denn die Schrift war etwas verblichen. Ich hielt das Buch ins Licht, um die einzelnen Buchstaben besser lesen zu können.

Der Stammbaum reichte bis ins 15. Jahrhundert zurück. Fast alle Männer hießen Charles oder Horace, hin und wieder waren auch ein Lloyd oder Henry dabei, die Frauen trugen vorzugsweise klassische Namen wie Elizabeth, Victoria oder Mary. Frühere Generationen hatten teilweise sehr viele Kinder gehabt, von denen etliche noch im jungen Alter gestorben waren, gegen Ende hin wurde der Stammbaum jedoch übersichtlicher. Der Vater von Horace hatte nur drei Kinder gehabt – Horace und zwei Schwestern – und Horace überhaupt nur einen Sohn.

Oder etwa doch mehr? Irgendetwas stand doch da neben Charles' Namen!

Ich hielt die Chronik noch näher ans Fenster, und tatsächlich, ich hatte mich nicht getäuscht: Da war ein weiterer Name zu erahnen, der später wieder ausradiert worden war. Ein »l« und »e« ließen sich noch ziemlich deutlich erkennen, die andern Buchstaben hingegen überhaupt nicht, doch alles sprach dafür, dass Charles einen Bruder gehabt hatte.

Oder eine Schwester.

Eine junge Frau… die lange Zeit nach ihrem Tod in den Séancen zu Mum und Toby gesprochen hatte… die Rache üben wollte… und die in einer stürmischen Nacht nicht einfach nur gestorben war, nein, deren Existenz ihre Familie vielmehr mit allen Mitteln zu vertuschen suchte: Sie war von den Fotos entfernt worden und vom Stammbaum; ihr Gemälde im Gang hatte man gegen ein anderes ausgetauscht, und ihr einstiges Zimmer war jahrelang versperrt gewesen.

War es der unerträgliche Schmerz über ihren Verlust, der die Familie dazu veranlasst hatte? Schlicht-weg Ignoranz? Scham? Oder … Schuldgefühle?

Kate wohnte am Ende einer Reihe völlig identischer Häuser. Sie waren weiß, wenngleich der Verputz an manchen Stellen bröckelte, und nicht sehr groß. Etliche wurden wohl zwischendurch an Urlauber vermietet und standen, wie die geschlossenen Fensterläden verrieten, im Moment leer. So unpersönlich, fast kalt das Häuschen von außen wirkte – als Kate die Tür öffnete, drang mir sofort ein köstlicher Geruch in die Nase und erinnerte mich daran, dass ich heute noch nicht viel gegessen hatte.

»Ich habe gerade Apfelkuchen gebacken«, rief sie, um augenzwinkernd hinzuzufügen: »Wenn man meine Oberschenkel betrachtet, sollte ich ja eigentlich lieber Gemüse kochen. So dürr wie du allerdings bist, kannst du ein Stück gut gebrauchen. In ein paar Minuten ist er fertig.«

In den Wochen nach Mums Tod hatte ich kaum etwas gegessen, doch jetzt konnte ich es kaum erwarten, bis sie den Kuchen aus dem Ofen holte und ein großes Stück abschnitt. Obwohl noch heiß, nahm ich einen Riesenbissen. Erst danach sah ich mich um und musterte das Innere des Reihenhäuschens.

Die Einrichtung passte zu Kates schrill gefärbten Haaren und dem bunten Schal, den sie heute trug, denn auch bei der Auswahl des Mobiliars hatte sie nicht gerade auf eine klare, nüchterne Linie gesetzt – im Gegenteil: Nicht nur dass die einzelnen Möbelstücke überhaupt nicht zueinanderpassten, obendrein war alles bis zum letzten Zentimeter mit ebenso unnützem wie kitschigem Krimskrams vollgestellt: Vasen, Kerzenständern und Porzellanfiguren. Dazwischen rekelten sich drei Siamkatzen.

Als Kate ein leises Pfeifen ausstieß, kamen sie zu ihr gerannt und wenig später umschnurrten sie meine Beine. Plötzlich war mir vollkommen egal, wie geschmacklos die Wohnung eingerichtet war – ich fühlte mich einfach nur warm und behaglich.

»Gestatten, das sind Lucy, Sally und Francis«, sagte Kate und deutete auf die Katzen. Ich beugte mich nieder und streichelte sie, worauf sie noch wohliger schnurrten, doch nicht lange, dann spähten sie neidisch auf meinen Kuchen.

»Sie sind genauso verfressen wie ich«, meinte Kate entschuldigend. »Iss schnell auf, dann bleibt nichts übrig für sie. Und willst du etwas trinken, heiße Schokolade, Tee?«

Ich schüttelte den Kopf, aß hastig die letzten Bissen und strich mir die Krümel von meinen Lippen. »Eigentlich bin ich hier, um dich etwas zu fragen.«

»Nur zu!«

Sie nickte mir aufmunternd zu, doch als ich geradewegs auf die Séancen zu sprechen kam und dass ich Mums Aufzeichnungen gefunden hätte, in denen sie von diesen berichtete, wurde ihr Gesichtsausdruck immer angespannter. Obwohl ich noch nicht einmal erwähnt hatte, was mir aufgefallen war, als ich mir das Fotoalbum und den Stammbaum der Cliftons betrachtet hatte, war sie ziemlich blass, als ich endete.

»Ich … ich wusste gar nicht, dass Ellen aufgeschrieben hat, was damals bei den Séancen passiert ist«, stammelte sie.

»Orphelia hat ihr dazu geraten. Ich bin noch nicht durch mit dem Lesen, die Aufzeichnungen sind ziemlich schwer zu entziffern, aber …«

»Kann ich sie mal sehen?«

Entschuldigend zuckte ich die Schultern. »Ich habe sie nicht mitgebracht.«

»Ach so …« Sie erhob sich hastig, schnitt den restlichen Kuchen in Stücke und wickelte sie umständlich in Frischhaltefolie ein. Mir kam der Verdacht, dass sie das nur tat, um Zeit zu schinden und zu überlegen, was sie nun sagen sollte. Als sie sich mir wieder zuwandte, hatte sie jedenfalls ein gleichmütiges Gesicht aufgesetzt.

»Die Séancen … mein Gott, ist das lange her!« Sie lachte, doch es klang unnatürlich. »Das war schon 'ne ziemlich aufregende Sache damals, ich habe mich schrecklich gegruselt. Himmel, was war ich naiv! Heute sind die jungen Mädchen mit achtzehn schon so viel reifer, aber wir haben uns ja aufgeführt wie kleine Kinder.« Sie machte eine wegwerfende Handbewegung. »Du darfst das alles nicht ernst nehmen. Diese Orphelia … ich glaube, sie war eine ziemlich gerissene Betrügerin. Sie hat uns alle an der Nase herumgeführt und am Ende haben wir das auch eingesehen.«

Das war nicht das, was ich zu hören erwartet hatte.

»Aber dieses verschwundene Mädchen!«, rief ich. »Was hatte es mit ihr auf sich? Und ihr Geist hat doch genau das Zimmer beschrieben …«

Kate lachte noch schriller. »Das hat uns sehr verblüfft, stimmt schon. Aber rückblickend gibt es eine logische Erklärung dafür. Orphelia war offenbar schon früher Gast im Hotel. Vielleicht konnte sie mal einen Blick in das Zimmer werfen.«

»Aber das war doch abgesperrt!«

»Behauptete zumindest Mr Crumbley. Mein Gott, was haben wir uns über den das Maul zerrissen! So ein freudloser, alter …«

Mr Crumbley interessierte mich nun überhaupt

nicht. »Und du weißt nicht, wer dieses verschwundene Mädchen sein könnte?«

Sie setzte sich aufs Sofa ganz dicht neben mich. Ihr blumiges Parfüm stieg mir in die Nase, als sie meine Hände ergriff. Obwohl ihr Druck warm und fest war, war mir ihre Nähe plötzlich unangenehm. Zu deutlich fühlte ich, dass sie log.

»Das ist alles so lange her, Dora. Und diese Geschichte mit dem Mädchen … nun, ich bin sicher, wir haben uns das alles nur eingebildet, oder Orphelia hat uns etwas vorgelogen. Wir waren eben von der Vorstellung fasziniert, dass es auf Clifton Manor einen Geist gibt.«

»Wenn man Mums Aufzeichnung Glauben schenken darf, warst du nicht fasziniert davon, sondern vor Schreck wie erstarrt.«

Kate kicherte. »Ich war ein richtiger Angsthase, nicht wahr? Heute würde ich mich bei so was ja totlachen …«

Ich spielte mit dem Gedanken, das Fotoalbum und den Stammbaum zu erwähnen, aber ich ahnte, dass sie auch das mit ein paar belanglosen Sätzen abtun würde.

»Kurz nach den Séancen hat Mum sich doch von Toby getrennt und überstürzt ihre Heimat verlassen«, sagte ich, »und ihre Mutter, meine Großmutter, hat daraufhin einen Schlaganfall erlitten. Und das alles hat nichts miteinander zu tun?«

In ihrem Gesicht blitzte für eine Sekunde blankes Entsetzen auf, doch sie fasste sich rasch. »Um Himmels willen, was soll denn das damit zu tun haben?«

Abrupt entzog ich ihr meine Hände. »Das weiß ich eben nicht!«, schrie ich. »Warum hat Mum die Insel denn verlassen?«

Kate rang nach Worten, brachte aber keine hervor. Sie schien erleichtert, als eine der Katzen auf ihren Schoß sprang und sie sie ausgiebig streichelte.

»Warum denn nun?«, drängte ich, als sie beharrlich schwieg.

Die Katze schnurrte. »Warum was? Ach so, Ellen und ihr abrupter Aufbruch … Wenn ich ehrlich bin, weiß ich bis heute nicht genau, was dahintersteckte. Und ich bin mir sicher, wenn deine Mum gewollt hätte, dass du davon weißt, hätte sie mit dir darüber gesprochen. Dass sie es nicht getan hat, beweist doch, dass es später keine Rolle mehr für sie gespielt hat.«

»Dass sie mit ihrer Familie gebrochen hat … dass Onkel Julian ein Fremder für mich ist … das soll nicht wichtig sein?«, rief ich empört.

Kate seufzte. »Wenn sie gewusst hätte, dass sie dich so früh alleine lassen muss, hätte sie vielleicht anders gehandelt. Aber nun kann man nichts mehr daran ändern.« Sie seufzte wieder. »Dora, du musst mir glauben! Es tut mir schrecklich leid, was passiert ist, und ich kann mir nicht annähernd vorstellen, was du gerade durchmachst. Dass du von einem auf den anderen Tag London verlassen musstest und jetzt bei Onkel Julian lebst – das … das ist sicher die Hölle. Ich verspreche dir: Wann immer du etwas brauchst, ich bin Tag und Nacht für dich da. Aber ich fürchte, das alles wird nicht leichter für dich, wenn du dich in die Vergangenheit verbeißt. Damit ist niemandem geholfen, dir am allerwenigsten.«

Sie sah mich eindringlich an, und kurz dachte ich, dass sie recht hatte. Dass ich die Schriften entziffert und nach dem Zimmer gesucht hatte, hatte mich zwar kurzfristig von Mums Tod abgelenkt, aber auf Dauer konnte ich meinem Schmerz nicht davonlaufen. Vielleicht würde er mich bald umso heftiger einholen. Und dennoch: Meine Neugierde rührte nicht nur daher, dass ich meinen Geist betäuben und meine Trauer verdrängen wollte! Und in Kates Blick war nicht nur Mitleid zu lesen, sondern auch … Unbehagen. Ich war mir sicher: Sie wollte mich nicht nur vor Kummer bewahren, sondern wie die Cliftons die Existenz dieser jungen Frau vertuschen.

Ich stand auf, denn es hatte keinen Sinn, sie weiter zu bedrängen. Vielleicht würde ich später mehr herausfinden können, wenn ich fürs Erste so tat, als würde ich nachgeben.

»Wahrscheinlich hast du recht«, sagte ich. »Übrigens bin ich heute mit Eric verabredet.«

»Eric Parker?«

»Wir haben uns gestern kennengelernt.«

Sie zog die Brauen hoch. »Ein schnuckeliger Junge.«

Das wäre zwar nicht gerade meine Wortwahl gewesen, aber ich musste trotzdem grinsen. Auch sie lächelte nun, doch es erreichte ihre Augen nicht. In diesen stand immer noch Unbehagen, sogar … Angst. Dass ich Eric erwähnt hatte, vertrieb diese nicht, im Gegenteil. Auch wenn sie es nicht aussprach, fühlte ich doch ganz deutlich: Sie war alles andere als glücklich, dass wir beide uns kennengelernt hatten.

Siebtes Kapitel

Ich hatte mich mit Eric am Nachmittag in der Nähe einer alten Mühle verabredet. Sie befand sich nicht weit von der Küste inmitten der Felder und war – vor allem bei klarem Himmel – schon in der Ferne gut zu sehen. Ein paar Trauerweiden säumten die holprige Straße, über die ich radelte. Das Rad hatte ich mir im Hotel ausgeborgt, doch leider gab es nur mehr ein Herrenrad, und so krumm, wie ich daraufhing, bot ich wohl keinen sehr eleganten Anblick. Ich musste mich so auf den Weg konzentrieren, dass ich meinen Kopf erst hob, als ich ankam. Eric wartete schon auf mich, und als ich ihn sah, zog sich mein Magen fast schmerzhaft zusammen. Mein Herz pochte noch ein bisschen schneller, und ich gab mir alle Mühe, so lässig wie nur möglich vom Rad zu steigen. Das klappte leider nicht so gut wie erhofft. Als ich mein rechtes Bein über die Stange schwingen wollte, blieb ich am Sattel hängen und wäre fast umgekippt, aber da hatte Eric nicht nur das Lenkrad gepackt, sondern auch meine Schultern, sodass ich rasch festen Stand fand.

Na super. Gestern wäre ich beinahe auf den Allerwertesten gekracht, heute fast vom Rad gefallen, was musste er bloß von mir denken?

Offenbar war es nichts Schlechtes, sonst würde er mich nicht so breit anlächeln.

Mein Gott, er sah ja noch besser aus als gestern! Im Sonnenlicht waren seine Augen so blau wie das Meer und seine Zähne blitzten weiß.

Unwillkürlich musste ich an Kates Worte denken. Warum ließ ich die Vergangenheit nicht einfach ruhen? Warum genoss ich es nicht einfach, mit ihm hier zu sein?

Doch bevor ich etwas sagen konnte, berichtete er: »Ich habe gestern Abend noch mit meiner Großmutter geredet.«

Wie ich erfuhr, führte sie gemeinsam mit seinem Vater die Bed-&-Breakfast-Pension. Offenbar war sie – ganz anders als meine bettlägerige Großmutter Lauren – eine robuste, tatkräftige Frau.

»Und?«, fragte ich.

»Sie kannte deine Familie sehr gut. Früher, als Clifton Manor noch kein Hotel war, hat sie als Dienstmädchen dort gearbeitet. Horace Clifton – das muss dein Urgroßvater gewesen sein – war damals noch am Leben. Scheinbar ein ziemlich strenger Dienstherr.«

Das konnte ich mir lebhaft vorstellen.

»Und weiß sie mehr über die Vergangenheit der Cliftons?«, fragte ich aufgeregt. »Womöglich sogar etwas von einem verschwundenen Mädchen? Sag schon!«

Er zuckte die Schultern. »Zumindest wollte sie mir nichts sagen. Als ich erzählte, dass Dad auf dich so feindselig reagiert hat, schob sie alles auf einen Grundstreit. Da ging's offenbar um eine Wiese. Mein Vater hat sie für sich beansprucht, doch die Cliftons haben behauptet, dass sie zu ihrem Grundstück gehöre. Am Ende haben sie gewonnen.«

»Und wann war das?«

»Das muss acht, neun Jahre her sein.«

»Meine Mutter war damals schon fort, damit hat sie ganz sicher nichts zu tun. Denkst du, deine Grandma verschweigt dir absichtlich etwas?«

Wieder zuckte er die Schultern. »Und was hast du herausgefunden?«

Schnell berichtete ich alles: dass ich weiter in den Aufzeichnungen von den Séancen gelesen hatte, wie ich meine Grandma kennengelernt hatte, von der Familienchronik, dem Stammbaum und dem Fotoalbum und auch von dem Verdacht, dass im Gang eines der Gemälde ausgetauscht worden war. »Und Kate, die ich darauf angesprochen habe, hat total unbehaglich reagiert«, schloss ich. »Sie tut so, als hätten die Séancen rein gar nichts mit Mums Entscheidung zu tun, die Insel zu verlassen, aber das glaube ich ihr nicht. Ich denke vielmehr, dass damals das Schicksal dieser verschwundenen Frau ans Tageslicht gekommen ist.

Und dass das der Auslöser für alles war – ihre Trennung von deinem Vater und ihre Flucht nach London, ja sogar für den Schlaganfall meiner Grandma.«

Eric nickte nachdenklich. »Wenn wir nur wüssten, wer sie ist!«

»Onkel Julian wird mir sicher nichts sagen, und sonst ist alles, was auf ihre Existenz hinweist, verschwunden. Wir sollten den Rest der Aufzeichnungen lesen, ich habe sie mitgebracht.«

»Das können wir auch noch später tun. Aber mir fällt grade ein, wie wir schon jetzt rausfinden, wer diese Frau war. Dafür müssten wir allerdings ein gutes Stück mit dem Rad fahren, schaffst du das?«

Er grinste etwas anzüglich, was mich darin bestätigte, dass ich auf dem Fahrrad tatsächlich einen jämmerlichen Anblick geboten hatte. Es war wenig verführerisch, mich gleich wieder auf den Sattel zu schwingen und mich vor ihm zu blamieren, aber meine Neugierde war größer – und vor allem der Wunsch, so viel Zeit wie möglich mit Eric zu verbringen.

»Aber klar doch!«, rief ich energisch.

Wir radelten ins Landesinnere. Auch wenn es weitgehend flach war – die wenigen Hügel auf diesem unbequemen Rad hochzufahren, war 'ne ziemlich schweißtreibende Angelegenheit. Ich wischte mir immer wieder verstohlen die Stirn ab und unterdrückte ein Keuchen, damit Eric nicht bemerkte, wie sehr ich mich anstrengte. Mehrmals blieb er stehen und fragte: »Geht's noch?«, doch jedes Mal rang ich mir ein Lächeln ab und nickte entschlossen.

Die Feldwege wurden von Wiesen in sattem Grün gesäumt, durch die dann und wann das weiße Kalkgestein klaffte, etlichen Feldern, deren Halme im Wind wogten, und vielen kleinen Steincottages. Einige waren mit Reet gedeckt, andere mit Schieferdach. Von höheren Punkten aus konnte man in der Ferne einen Streifen vom Meer sehen, die weißen Klippen und im Osten rötlich braunes Gestein, das dahinter wohl steil zum Strand hin abfiel. Mit der Zeit wurde der Wind heftiger. Wenn er von hinten kam, trieb er uns an, falls von vorne, musste ich noch heftiger in die Pedale treten. Meine gekrümmte Haltung machte es nicht leichter, und irgendwann überwog die Erschöpfung meinen Willen, mir nur ja keine Blöße zu geben. Das letzte Stück schoben wir die Räder, doch bald darauf hatten wir unser Ziel, eine Kirche, erreicht, deren schiefer Glockenturm schon von Weitem zu sehen war. Sie war aus großen, grauen Steinen erbaut worden, die im Sonnenlicht fast silbrig wirkten, während die unzähligen Grabsteine aus rötlichem Sandstein, die auf der großen Wiese davor standen, so aussahen, als wären sie rostig geworden. Einige waren teilweise so verwittert und von Moos überzogen, dass man ihre Inschriften nicht mehr lesen konnte – andere hatten den Gezeiten getrotzt.

»Das hier sind die Gräber von Seeleuten«, erklärte Eric, als wir an einer Reihe vorbeigingen. »Die meisten stammen aus dem 19. Jahrhundert. An den unruhigen Küsten haben viele junge Männer ihr Leben gelassen.«

Obwohl mir so warm war, erschauderte ich.

»Hier!«, Eric deutete auf eine größere Gruft. »Dort muss es sein!«

Die Gruft glich einem riesigen Steinwürfel, dessen protzigen Eindruck auch der Engel, der daraufstand und seine Hände flehentlich gen Himmel erhob, nicht mindern konnte. Verglichen mit den verwitterten Grabsteinen schien die letzte Ruhestätte der Cliftons aller Welt zu verkünden: Wir sind reicher und etwas Besseres.

Modrige Luft drang uns entgegen, als wir die Gruft durch eine niedrige Tür betraten. Auf der hinteren Seite waren die Namen meiner Vorfahren eingraviert und die einzelnen Buchstaben mit Blattgold überzogen worden. Die schwarzen Ränder darum herum machten es ein wenig leichter, sie im düsteren Licht zu lesen, und bald hatten wir die ersten entziffert.

Viele Namen kannte ich schon vom Stammbaum, unter anderem auch die meiner Urgroßeltern, Horace und Nathalie, und meines Großvaters, Charles. Neben seinem Namen hatte man Platz gelassen: Irgendwann würde hier wohl »Lauren« stehen.

Ich hatte Erics Vorschlag, zum Friedhof zu radeln, sofort zugestimmt, aber je länger wir hier in der Gruft standen, desto unbehaglicher wurde mir zumute. Meine Kehle wurde plötzlich ganz eng, und meine Schultern wurden so schwer, als müsste ich einen dieser schweren Steine schleppen, aus denen die Gruft errichtet worden war. Die Wände schienen sich immer enger um mich zu ziehen, bis keine Luft mehr zum Atmen blieb. Mir schwindelte, und ehe ich ein Wort hervorbrachte, stürzte ich nach draußen und stützte mich auf einen der Grabsteine.

»Ich … kann … nicht …«, stammelte ich.

Mein Herz schien ein riesiger Klumpen zu sein, dem es nicht gelang, frisches Blut in meine Glieder zu pumpen. Schweiß stand mir nicht länger nur auf der Stirn, sondern auch auf meiner zitternden Oberlippe, und mir wurde so speiübel, dass ich schon Angst hatte, ich müsse mich hier auf dem Friedhof übergeben. Als ich den Mund aufmachte, kam allerdings nur ein trockenes Schluchzen raus.

Eric war mir gefolgt, doch ich nahm ihn kaum wahr, spürte auch nicht, wie er meine Schultern umfasste, mich an sich zog. Erst nach einer Weile wich die Kälte aus meinen Gliedern.

»Meine Mum … das Begräbnis …«, ich atmete tief durch. »Sie wurde in London begraben. Nicht einmal im Tod wollte sie zurück auf die Insel kehren … warum … warum dieser Hass? Ihre Eltern … was haben sie ihr bloß angetan? Ich verstehe das alles nicht.«

Ich geriet immer mehr ins Stammeln.

»Schscht«, machte Eric und streichelte mir über den Arm. Die Übelkeit ließ nach, auch der Druck auf meiner Brust, aber meine Glieder fühlten sich so schlaff an, als wäre ich eine Marionette, deren Fäden man durchschnitten hatte.

Dennoch löste ich mich nach einer Weile von ihm. »Es geht schon wieder.«

Ich wollte zurück in die Gruft, aber Eric hielt mich davon ab. »Ich habe alle Namen gelesen und auch die Geburts- und Sterbedaten. Da war keine junge Frau dabei …« Er zögerte kurz, ehe er abrupt das Thema wechselte. »Du bist sehr tapfer«, murmelte er. »Ich meine, ich habe mich ständig mit meiner Mum gestritten, und dass sie so plötzlich nach Indien abgehauen ist, hat mich total wütend gemacht. Aber trotzdem, wenn sie auf einmal … weg wäre … ich meine, für immer … ich wüsste nicht, was ich dann tun sollte. Vor ihrer Abreise habe ich ziemlich böse Dinge zu ihr gesagt. Dass ich froh sei, bei Dad zu bleiben, dass ich sie nicht brauchte und sie mir gestohlen bleiben könne … Dass … dass …«

Er brach ab. Seine Stimme klang immer gepresster.

Ich rang mir ein Lächeln ab. »Wenigstens habe ich nicht mit Mum gestritten, als wir uns das letzte Mal gesehen haben. Während sie sich für ihren Termin in Bristol fertig gemacht hat, haben wir ausgemacht, am nächsten Wochenende ins Kino zu gehen. Ich weiß gar nicht mehr, welchen Film wir uns anschauen wollten.«

»In Newport gibt es auch ein Kino. Wenn du magst, können wir mal ...«

Ich schüttelte den Kopf. »Eigentlich ist mir nicht nach Kino. Aber ich bin froh, dass wir diesen Ausflug hierher gemacht haben, auch wenn er nichts gebracht hat.«

Er nahm meine Hand und drückte sie.

»Nun, auch wenn wir kein Grab einer jungen Frau gefunden haben, heißt das nicht, dass wir hier nicht doch etwas über sie herausfinden können.«

»Wie denn? Und vor allem wo?«

Er deutete auf das Gebäude neben der Kirche. »Im Pfarrhaus. Dort gibt es sicher ein Taufregister.«

Wenig später gingen wir unverrichteter Dinge an der Rückseite des Pfarrhauses auf und ab.

Die gute Nachricht lautete, dass es tatsächlich ein Taufregister gab, wie die Pfarrsekretärin uns bestätigte. Die schlechte Nachricht war, dass sie ein ziemlicher Drache und nicht bereit war, uns einen Blick in diese Bücher werfen zu lassen.

»Ich kann sie euch nur mit Zustimmung des Pfarrers aushändigen, und wie ihr seht, ist der nicht hier«, hatte sie schnippisch erklärt.

Als ich daraufhin fragte, wann er denn zurückkommen würde, traf mich ein vernichtender Blick.

Offenbar war sie der Meinung, dass Hochwürden nicht dazu verpflichtet war, seine Termine mit uns abzustimmen. »Das kann ich euch nicht sagen und jetzt muss ich in Ruhe weiterarbeiten.«

Ihr Schreibtisch war mustergültig aufgeräumt, und es sah nicht so aus, als hätte sie Dringendes zu erledigen. Ich hätte mich am liebsten mit ihr angelegt, aber Eric zog mich hinaus.

»Was für 'ne blöde Kuh!«, entfuhr es mir.

»Das stimmt. Leider sitzt sie am längeren Hebel.«

»Was sollen wir denn jetzt tun? Auf den Pfarrer warten? Oder morgen wieder kommen?«

Eric hatte eine andere Idee. Er zog mich hinter das Pfarrhaus und deutete nun zu einem Fenster hoch. »Wir könnten versuchen, reinzuklettern.«

Ich folgte seinem Blick. Unter dem weißen Verputz kamen an manchen Stellen graue Ziegelsteine zum Vorschein. Efeu kletterte die Wand hoch, war jedoch entweder vertrocknet oder verfault, sodass es die Schäden kaum verdeckte. Einst waren hier wohl Rosenstöcke gewachsen, wie ein Gitter bewies, doch mittlerweile ragten nur noch kümmerliche Zweige aus der Erde.

Ich blickte prüfend hoch zum Fenster. Es war nur angelehnt, aber leider lag es außerhalb unserer Reichweite. Versuchsweise stützte ich mich auf das Rosengitter, doch das knirschte prompt. »Das hält nie!«, rief ich enttäuscht.

Er nickte. »Aber wir könnten eine Räuberleiter machen. Wenn du auf meine Schultern steigst, gelangst du locker bis zum Fenster.«

Ich blickte Eric etwas zweifelnd an. Es war ja nicht so, dass ich nur auf einem Herrenfahrrad eine etwas lächerliche Figur abgab. Im Geräteturnen bin ich überhaupt eine Null. Vom Reck hänge ich wie eine welke Liane, beim Hochspringen gibt's ein großes Problem, nämlich die Latte, die einfach immer fällt, wenn ich zum Sprung ansetze, und auf dem Schwebebalken das Gleichgewicht zu halten, ist bei Menschen wie mir ungefähr so erfolgsträchtig, wie auf rohen Eiern Schlittschuh zu laufen.

Allerdings wollte ich Eric das nicht unter die Nase reiben, zumal er ja recht hatte: Heimlich ins Pfarrhaus einzusteigen, war unsere einzige Chance, ans Taufregister ranzukommen.

»Also gut, wir probieren es«, sagte ich seufzend.

Versuch Nummer 1 ging gleich mal mächtig schief: Eric überkreuzte die Hände und wollte, dass ich draufstieg. Das tat ich auch, stützte mich auf seine Schultern und verlagerte mein Gewicht. Augenblicklich schrie er: »Aua!« Ich trug meine Sportschuhe und deren Sohle war ziemlich hart und presste sich schmerzhaft in seine Handinnenfläche.

»Du musst deine Schuhe ausziehen!«

Versuch Nummer 2: Immerhin gelang es Eric nun, mein Gewicht zu halten; ich umklammerte seinen

Hals, richtete mich auf und versuchte, nach dem Fensterbrett zu tasten, um mich hochzuziehen. Allerdings griff ich nur ins Efeu, das prompt riss. Diesmal war ich es, die »Aua!« rief, als ich unsanft auf dem Boden landete.

»Noch mal!«, forderte Eric.

Seine Entschlossenheit schien bei jedem Fehlversuch noch zu wachsen. Dasselbe konnte ich von mir nicht behaupten.

Das schaffe ich nie, dachte ich.

Aber aufgeben galt nicht.

Versuch Nummer 3: Ich atmete tief durch, stieg auf seine Hände, hielt mich an den Schultern fest, richtete mich langsam auf, tastete mich zum Fenster vor. Da! Jetzt berührte ich das Fensterbrett, stieß auf Glas, drückte dagegen …

So ein Mist! Von wegen nur angelehnt! Das Fenster war mit einer Halterung verschlossen, sodass es nur einen Spalt weit aufging, und der war so schmal, dass ich nie hindurchkommen würde. Und außerdem verlor ich gerade das Gleichgewicht. Ich klammerte mich zwar mit aller Macht an Eric fest, aber das hatte nur zur Folge, dass wir beide der Länge nach hinfielen.

Und dann lag ich auf der Wiese und er auf mir.

Jeder Fluch blieb mir in der Kehle stecken. Zugegeben, mein Hintern fühlte sich an, als hätte ich eine Tracht Prügel abbekommen, aber eigentlich …

eigentlich gab es Schlimmeres, als unter Eric zu liegen. Noch nie war sein Gesicht so nahe vor meinem gewesen, und er machte keine Anstalten zurückzuweichen, sondern strich über meine Haare, besorgt und liebevoll zugleich.

»Hast du dir wehgetan?«, fragte er.

Ich spürte keinen Schmerz mehr … nur sein Gewicht. Wenn ich mich ein wenig aufrichten würde und er weiterhin an gleicher Stelle verharrte, könnte ich ihn auf den Mund küssen. Seine Lippen waren sicher ganz weich …

Ich hatte noch nie einen Jungen geküsst, oder na ja, zumindest fast nicht.

Da hatte es mal James aus der Nebenklasse gegeben und eine Halloweenparty, bei der wir beim Flaschendrehen vor der Wahl gestanden hatten, uns zu küssen oder ein peinliches Geheimnis zu verraten. Wir hatten uns fürs Küssen entschieden, was sich hinterher als Fehler herausgestellt hatte. Zugegeben, James hatte gar nicht mal so schlecht ausgesehen, aber ihn zu küssen hatte sich angefühlt, als würde man eine Schnecke essen. Wobei ich das genau genommen noch nie getan hatte und auch nicht vorhatte. Egal jetzt. Die Erinnerungen an James verblassten. Erics Lippen würden sich ganz sicher nicht wie eine Schnecke anfühlen.

Ich atmete immer schwerer. Wenn wir uns küssten – sollte ich dann die Augen aufbehalten oder schließen? Ich war immer davon ausgegangen, dass man sich mit geschlossenen Augen küsst, aber das hätte bedeutet, dass ich ihn nicht mehr länger hätte betrachten können, sehen, wie ihm die Haare in die Stirn fielen, wie ein Grübchen auf seinen Wangen erschien, wie sein Kinn leicht bebte.

Jetzt küssen wir uns. Oder nein, *gleich* küssen wir uns. In fünf Sekunden, vier, drei …

Abrupt richtete sich Eric auf.

»Was ist denn das?«

Erst jetzt, als ich von seinem Gewicht befreit war, merkte ich, wie sehr mir mein Rücken wehtat. Ich unterdrückte ein Stöhnen, als ich mich aufrappelte, zog hastig meine Schuhe wieder an und folgte seinem Blick.

Nicht weit vom Pfarrhaus entfernt wuchs eine Buche, und zwischen zwei mächtigen Wurzeln, die aus der Erde ragten, stand ein Grabstein. Diese Fläche gehörte zwar offiziell zum Friedhof, aber weit und breit konnte man kein weiteres Grab sehen. Wer immer hier zur letzten Ruhe gebettet worden war, sollte offenbar so bald wie möglich vergessen werden. Weder Blumenvase noch Kerze schmückten das Grab. Nur ein Strauch kletterte den verwitterten Stein hoch.

Als wir vor dem Grabstein in die Knie gingen, verfing sich mein Bein im Gestrüpp, und dessen Dornen waren so spitz, dass sie sich durch meine Jeans gruben. Na super, irgendwie wurde ich vom Pech regelrecht verfolgt! Aber dann achtete ich nicht länger auf die Schmerzen, denn mein Blick war auf den Namen gefallen, der auf dem Grabstein eingraviert war. Er war völlig von Moos überwuchert, das hier im Schatten der Bäume nicht grünlich, sondern fast bläulich wirkte, doch wenn man es wegkratzte, waren zumindest einzelne Buchstaben deutlich zu lesen, zumindest die letzten vier: *fton*.

Der erste Teil des Namens war nicht zu entziffern, denn die oberste Steinschicht hatte sich gelöst, doch umso deutlicher konnten wir die Jahreszahlen lesen.

1943 bis 1962.

»Wie jung sie gestorben ist!«

Zwar konnten wir uns nicht sicher sein, dass hier wirklich eine Frau begraben lag, aber ich war überzeugt, die verschollene Clifton entdeckt zu haben.

Zwischen den Jahresdaten und dem Namen waren einige Worte zu lesen. Sie waren nicht von Moos, sondern von einer undefinierbaren gräulichen Masse bedeckt, die sich mit den Fingernägeln jedoch leicht beseitigen ließ:

In einer Sturmnacht ist sie spurlos verschwunden,
doch in unserem Herzen wird sie ewig weiterleben.

»Das ist gar kein Grabstein, nur ein Gedenkstein!«, rief ich verblüfft.

Ich musste daran denken, was der Geist während der Séancen gesagt hatte: Kalt sei ihm und er sei im Meer.

Dass die junge Frau ertrunken war, hatte ich ja schon vermutet – nun wurde mir klar, dass man ihren Leichnam nie gefunden hatte. Aber wofür wollte sie Rache?

Eines stand fest: Das Versprechen, sie im Herzen zu bewahren, hatten die Cliftons nicht gehalten. Allein dass der Stein so versteckt und weit entfernt von der Familiengruft aufgestellt worden war, war doch ein Zeichen, dass man zwar der Konvention folgte, danach aber so schnell wie möglich zur Tagesordnung zurückkehren und die junge Frau der Vergessenheit anheimgeben wollte. Nicht einmal ihren rechtmäßigen Platz im Stammbaum wollte man ihr zugestehen – geschweige denn sich ihrer erinnern, wenn man sich alte Fotos ansah.

Gedankenverloren zeichnete ich die Jahreszahlen nach. Wie blöd, dass man ihren Namen nicht lesen konnte!

Erics Blick war unterdessen an einem ganz anderen Detail hängen geblieben. »Das ist aber merkwürdig!«

»Was denn?«

Er zog an der dornigen Ranke, an der ich vorhin hängen geblieben war. Dahinter befand sich doch noch eine kleine Blumenvase, die mit grünlichem Wasser gefüllt war und in der ein paar Blumen verwelkten.

»Irgendjemand hat sie also nicht vergessen«, murmelte ich. Auch wenn die Blumen ihre Köpfe hängen ließen – es konnte höchstens ein paar Wochen, wenn nicht gar nur Tage her sein, dass sie jemand zum Gedenkstein gebracht hatte.

»Das war nicht irgendwer«, sagte Eric. »Diese Blumen sind Hortensien in einem ganz bestimmten Lilaton. Meine Großmutter behauptet, dass es auf der ganzen Insel nur ihr gelingt, diesen speziellen Farbton zu züchten. In unserem Garten wachsen kaum andere Blumen als diese Hortensien. Sie ist wahnsinnig stolz auf sie.«

»Du meinst, sie war es, die die Blumen hier aufgestellt hat? Aber du hast doch mit ihr über die Cliftons gesprochen!«

Er nickte düster. »Sie hat so getan, als hätte sie für die Cliftons nur kurze Zeit als Zimmermädchen gearbeitet, aber wenn sie nach all den Jahren immer noch Blumen hier aufstellt, muss sie eine engere Beziehung zu der Familie gehabt haben. Vor allem muss ihr die junge Frau, die hier begraben liegt, viel bedeutet haben.«

»Sicher weiß sie mehr über sie.«

Bis jetzt hatte ich Eric immer sanft und freundlich erlebt – nun stand ein grimmiger Zug in seinem Gesicht. Entschlossen ging er zum Fahrrad, um seine Großmutter so bald wie möglich zur Rede zu stellen.

Ich folgte ihm nur zögerlich. Auch wenn es nun die Möglichkeit gab, mehr über die junge Frau herauszufinden, konnte ich mich fast nicht von dem Gedenkstein lösen. Klar, ihr Leichnam war nie hier begraben worden, sondern im Meer umhergetrieben, und doch wurde ich, als ich das Rad bestieg, das Gefühl nicht los, sie im Stich zu lassen und dass sie – ohne unsere Gesellschaft – das einsamste Geschöpf auf Erden war.

Am liebsten wäre ich mit Eric zur Pension der Parkers geradelt und dabei gewesen, wenn er seine Großmutter zur Rede stellte, doch er erklärte, dass er sie sich besser allein vornahm.

»Du könntest in der Zwischenzeit weiter in den Aufzeichnungen der Séancen lesen.«

Darauf war ich in der Tat neugierig.

Ein paar Hundert Meter von der Pension entfernt stiegen wir vom Rad, um uns zu verabschieden. Eric wollte nicht, dass sein Vater uns gemeinsam sah, und wenn ich ehrlich war, konnte ich auf eine Begegnung mit Toby auch gut und gerne verzichten. Obwohl wir uns vorhin fast geküsst hätten, standen wir jetzt ziemlich linkisch voreinander. Jeder hielt die Lenkstange seines Fahrrads fest umklammert und das Schweigen wurde immer angespannter.

Zögernd hob Eric schließlich seine Hand und strich mir zärtlich eine Haarlocke aus dem Gesicht. Die Berührung seiner Fingerkuppen war nur flüchtig und doch ging sie mir durch Mark und Bein. Als er seine Hand wieder zurückziehen wollte, packte ich sie und ließ sie nicht mehr los.

»Ich … ich bin froh, dass wir das gemeinsam tun …«, rutschte es mir heraus. »Ich mag dich … sehr sogar.«

Wenn ich länger darüber nachgedacht hätte, ob das der richtige Zeitpunkt für dieses Bekenntnis war, hätte ich mich vielleicht nie überwinden können, so etwas zu sagen. Doch nun, da es draußen war, fühlte es sich ganz selbstverständlich an.

Eric lächelte sanft und öffnete den Mund – offenbar, um mein Bekenntnis zu erwidern. Doch stattdessen beugte er sich blitzschnell vor und hauchte mir einen Kuss auf die Lippen. Wieder war die Berührung so schnell vorüber, dass ich kurz dachte, ich hätte sie nur geträumt. Aber dann würden meine Lippen nicht so brennen! Und nicht nur das – mein ganzes Gesicht glühte!

Sein Lächeln wurde breiter, aber anstatt etwas zu sagen, senkte er den Blick, stieg aufs Rad und trat in die Pedale.

Ich blieb stehen, meine Hand an den Lippen.

»Und jetzt?«, rief ich ihm nach.

Er blieb noch einmal stehen. »Wir gehen nach Plan

vor – ich spreche mit Grandma, du liest in den Aufzeichnungen.«

Das hatte ich eigentlich gar nicht gemeint. Ich wollte nicht wissen, wie es mit unseren Nachforschungen weiterging, sondern mit … *uns*.

Aber plötzlich war gar nicht so wichtig, was er dazu zu sagen hatte. Er hatte mich geküsst, wenn auch nur flüchtig. Er mochte mich, so wie ich ihn. Wir gehörten zusammen, was bedurfte es da schon vieler Worte.

Über unseren Köpfen kreischten Möwen. Die Sonne blendete mich, aber ich schloss meine Augen nicht, sondern blickte ihm so lange nach, bis fast nichts mehr von ihm zu sehen war. Im hellen Licht wirkte sein Haar fast golden, und in diesem Augenblick dachte ich weder an die Vergangenheit und die verschollene junge Frau noch an Mum oder an seinen Vater, sondern nur: Ich bin glücklich. Ich kann ja noch glücklich sein.

Achtes Kapitel

»Sie hat hier gelebt, so viel steht fest. Der abgeschlossene Raum muss ihr Zimmer gewesen sein.«

Orphelia nickte nachdenklich, sagte aber nichts. Wie gestern saß sie beim Frühstück, als ich mit ihr sprach. Sie war gerade dabei, eine Grapefruit auszulöffeln, und tat so, als sei sie intensiv mit der Frucht beschäftigt.

»Das Zimmer ist wieder abgesperrt worden«, fuhr ich fort. »Ich habe natürlich versucht, etwas Persönliches von ihr zu finden, aber … nichts.«

Die Schränke waren allesamt leer gewesen. Da gab es keine Kleidungsstücke, keine Bücher, keine alten Spielsachen.

»Das ist doch merkwürdig!«, rief ich. »Ich meine, dieser Raum wurde abgesperrt, wahrscheinlich hat ihn seit Jahren niemand betreten, und doch deutet nichts darin auf ihre Existenz hin.«

Die Grapefruit spritzte ein wenig. Orphelia nahm eine Serviette und tupfte sich die kleinen Tropfen vom Gesicht. Sie schenkte sich etwas Tee nach, ehe sie sich hoheitsvoll zurücklehnte und mich prüfend ansah.

»Was sagen deine Freunde denn dazu?«

»Kate weigert sich, noch einmal bei einer Séance teil-

zunehmen.« Das war noch milde ausgedrückt, wörtlich hatte sie gesagt, dass sie die Schnauze voll habe von all dem Geisterzeug.

»Und Toby?«

Ich zuckte die Schultern. Toby hatte beklagt, dass sich alles nur mehr um die junge Frau drehen würde, nicht mehr um uns.

»Warum gehen wir denn nicht einfach mal wieder schwimmen bei dem schönen Wetter?«, hatte er vorwurfsvoll gefragt und gesagt, dass er sich gar nicht erinnern könne, wann wir uns das letzte Mal geküsst hätten.

Ich sehnte mich ja auch danach, aber trotzdem …

»Und deine Eltern?«

»Gestern Abend habe ich sie direkt gefragt, ob sie von einer jungen Frau wissen, die verschwunden ist.«

»Und?«

Ich war mir nicht sicher, aber zum ersten Mal schien Orphelia echte Neugierde zu zeigen. Bis jetzt hatte sie sich so kühl und gleichgültig verhalten, als wolle sie mit jeder Geste sagen, dass sie im Laufe ihres Lebens mit so vielen unerlösten Geistern zu tun gehabt habe, dass ein weiterer nicht von Belang für sie sei. Wie tragisch das Schicksal der jungen Frau auch gewesen war, es schien sie nicht zu berühren – zumindest bis jetzt nicht.

»Ich weiß nicht«, wieder zuckte ich die Schultern, »sie haben behauptet, nichts zu wissen, aber ich bin mir nicht sicher, ob ich ihnen glauben soll. Mum fühlt

sich im Moment ziemlich unwohl, und Dad hat gesagt, ich solle sie nicht aufregen …«

Orphelia trank ihren Tee und löffelte ihre Grapefruit auf. »Das heißt, die einzige Möglichkeit, mehr herauszufinden, ist, den Geist noch einmal zu befragen. Wir können das auch gerne alleine machen, wenn du willst.«

Die Vorstellung, alleine mit Orphelia und dem Geist zu sein, jagte mir schon bei Tageslicht Schrecken ein.

»Toby macht sicher mit«, sagte ich schnell.

»Wie auch immer, heute Abend ist die letzte Gelegenheit. Ich reise morgen ab.«

In dieser Nacht war kein Stern zu sehen. Auch die Mondsichel war von Wolken verborgen. Seit Stunden regnete es, und der Schirm nützte kaum: Durch den Wind fielen die Tropfen fast waagerecht und bald war mein Haar ebenso nass wie mein Gesicht. Am schlimmsten war, dass es mir kalt in den Nacken tropfte und über den Rücken lief. Auf dem nassen Gras wäre ich um ein Haar ausgerutscht, doch Toby packte mich rechtzeitig und hielt mich fest.

»So ein Sauwetter!«, schimpfte er.

Vermutlich war er nicht wirklich wegen des Regens so sauer, sondern weil er genug von unseren nächtlichen Ausflügen hatte.

»Im Gartenpavillon ist es wenigstens trocken«, murmelte ich.

»Aber kalt«, murrte Toby.

Damit hatte er natürlich recht. Die Regentropfen prasselten so laut wie Gewehrsalven gegen die Fenster. Orphelia war schon da und auch ihr langes Kleid war vom Regen durchweicht. Erstaunlicherweise saß ihr Haarturm akkurat wie eh und je, und erstmals kam mir der Verdacht, dass sie eine Perücke trug.

Als Tobys Blick auf das Ouija-Brett fiel, verdrehte er die Augen.

»Nun komm schon«, mahnte ich. »Ich habe dir doch versprochen, dass es das letzte Mal ist. Falls wir heute nicht mehr rauskriegen, werde ich nie wieder davon anfangen. Und gib's doch zu, du bist auch neugierig auf den Geist.«

»Ich hab über das Zimmer nachgedacht«, sagte Toby. »Vielleicht hast du es mal gesehen, als du noch ein kleines Kind warst. Du kannst dich zwar nicht mehr daran erinnern, aber es ist irgendwo in deinem Unbewussten haften geblieben und …«

Schon den ganzen Nachmittag, als ich auf ihn eingeredet hatte, hatte er versucht, irgendwelche Bedenken gegen die Séance vorzubringen. Zugegeben, dieses Argument hatte etwas für sich, aber es fiel ihm ziemlich spät ein.

»Jetzt sind wir doch schon hier«, unterbrach ich ihn heftig. »Warten wir doch erst mal ab, was passiert.«

Fürs Erste passierte gar nichts. Wie beim letzten Mal nahmen wir rund um den Tisch Platz, wobei Kates

Stuhl diesmal natürlich leer blieb. Das Brett lag in der Mitte des Tisches und wir legten unsere Hände darauf. Als wir schwiegen, klang das Prasseln des Regens noch lauter und übertönte sogar meinen Herzschlag. Erst ging er aufgeregt schnell, doch als sich nichts und nichts tat, entspannte ich mich. Auch beim letzten Mal hatten wir eine Weile warten müssen, doch diesmal war es fast eine halbe Stunde.

Ich sah Toby an, dass er nur mühsam seinen Überdruss unterdrückte. Orphelia wiederum runzelte die Stirn, als hätte sie Kopfschmerzen wie Mum.

»Spüren Sie irgendetwas?«, fragte ich.

Sie nickte zögernd. Wie immer versuchte sie, so ausdruckslos wie möglich zu blicken, und doch fühlte ich, dass heute etwas anders war: Ihre Hände erzitterten ganz leicht. Vor Kälte? Oder vor Angst?

Erstaunlicherweise war mir selbst diesmal überhaupt nicht zum Fürchten. Klar, die Kälte war unangenehm, das lange Warten auch, und zu wissen, dass Toby nur halbherzig bei der Sache war, machte es nicht leichter. Und dennoch: Die übliche Anspannung fehlte, diese Erwartungshaltung, dass etwas Schreckliches, Bedrohliches bevorstand. Wobei: der Geist – er war weder schrecklich noch bedrohlich. Er … er brauchte mich vielmehr.

»Sprich zu uns!«, rief ich. »Ich bitte dich, sprich zu uns!«

Der Regen war so laut, dass sich diesmal kein Quietschen der Scheibe vernehmen ließ, doch diese begann, sich erst langsam, dann immer schneller zu drehen. Sie zeigte auf keinen bestimmten Buchstaben, drehte sich nur weiterhin im Kreis, als würde man eine Uhr aufziehen.

»Seht ihr das? Was will sie uns damit bloß sagen?«

Orphelia beugte sich etwas vor. »Sie erklärt uns, dass sie hier ist.«

Ihre ansonsten so dunkle Stimme klang unnatürlich hoch. Einmal mehr war ich mir sicher, dass sie verunsichert war... und voller Zweifel. Plötzlich hätte ich schwören können, dass sie mit sich rang, ob sie den Gartenpavillon nicht besser verlassen sollte. Doch auch wenn sie das getan hätte, ja selbst wenn Toby ihr gefolgt wäre – ich wäre hiergeblieben, um Zwiesprache mit der Toten zu halten.

»Sag uns deinen Namen!«, befahl ich laut.

Der Zeiger stand still, ehe er zu den einzelnen Buchstaben zeigte. Erst fielen die Bewegungen ruckartig aus, dann verlangsamten sie sich, als würde alles in Zeitlupe ablaufen.

Der erste Buchstabe war ein V.

»V...«, sinnierte ich. »Victoria? Valentina?«

Keine Antwort.

Ich dachte fieberhaft nach, welche Namen noch mit V beginnen, aber mir fiel keiner ein. Plötzlich bewegte sich der Zeiger erst zum I und dann zum O.

»Violet«, schrie ich. »Heißt du Violet?«

Die Scheibe ging zum Ja.

»Violet«, murmelte ich. Der Geist hatte nun also einen Namen, und ob es daran lag oder an etwas anderem – wieder hatte ich das Gefühl, dass er mich brauchte und ich keine Angst vor ihm haben musste.

Ein Gesicht stieg vor mir auf, nicht das unheimliche aus meinen nächtlichen Träumen mit den Haaren wie Schlangen und den Würmern, die aus der Nase quollen, sondern das einer jungen Frau mit wehender Haarmähne, einem ebenmäßigen Gesicht, ein paar Sommersprossen auf der Nase, großen Augen und weichen Lippen, die zu einem Lächeln verzogen waren.

»Violet«, sagte ich ganz ruhig, »Violet – wofür willst du Rache?«

Kurz, so kurz, dass ich es fast für eine Sinnestäuschung hielt, zog Orphelia ihre Hand zurück. Auch wenn sie ihre Beherrschung gleich wiederfand und so tat, als wäre nichts geschehen, war ich mir sicher, dass sie die Séance abbrechen wollte.

Wusste sie mehr als wir?

Egal jetzt. »Wir müssen weitermachen!«, rief ich. »Nun sag schon, wofür willst du Rache?«

»Jetzt schrei doch nicht so!«, sagte Toby unwillig.

Obwohl er sich genervt gab, stand ihm das Unbehagen nur allzu deutlich ins Gesicht geschrieben. Er spürte dasselbe wie ich: dass eine wesentliche Enthüllung bevorstand. Doch was mich noch entschlossener machte, schien ihn mit tiefstem Unbehagen zu erfüllen.

»Ellen, vielleicht sollten wir …«

»Still!«, fuhr ich ihn an. Ich wandte mich wieder an Violet: »Sag es uns!«

Diesmal bewegte sich der Zeiger blitzschnell.

»Mord«, lautete das Wort, auf das er deutete.

Zugegeben, das kam nicht ganz überraschend. Schließlich wussten wir bereits, dass sie jung gestorben war, und das nicht durch einen Unfall oder eine Krankheit. Und dennoch …

»Wer … wer hat dich ermordet, Violet?«

Wieder vermeinte ich die junge Frau vor mir zu sehen – diesmal nicht bei Tageslicht, sondern in einer Nacht wie heute. Regen prasselte aufs Land, der Sturm tobte. In einem hellen Kleid stand sie auf der Klippe … ganz allein … oder doch nicht ganz allein … da war jemand bei ihr. Eine dunkle Gestalt. Ihr Mörder … der sich ob des scheußlichen Wetters sicher sein konnte, dass es keine Zeugen für die Tat gab. Und selbst wenn jemand sah, wie sie in die Tiefe stürzte – später konnte er, der sie gewaltsam gestoßen hatte, ja doch den Sturm dafür verantwortlich machen.

Ich schloss die Augen, öffnete sie wieder. Vielleicht gaukelte mir nur meine lebendige Fantasie dieses Bild vor, vielleicht gab der Geist es mir ein. In jedem Fall begnügte er sich nicht damit: Munter drehte sich der Zeiger weiter, deutete wieder auf einzelne Buchstaben.

»Clifton.«

Der Name meiner Familie.

»Die Cliftons sind schuld? Hat dich etwa einer von ihnen getötet? Aber warum?«

Das nächste Wort, zu dem ich die einzelnen Buchstaben verband, war eines, mit dem ich nicht gerechnet hatte.

»Liebe.«

Wurde sie aus Liebe getötet? Oder vielmehr weil sie selbst jemanden geliebt hatte?

Eben noch in fiebrige Aufregung versetzt, war es mir plötzlich, als würde eine dunkle Welle über mir zusammenschlagen. Ich hatte sie nicht kommen gesehen und wurde doch ganz und gar verschluckt … von Unbehagen … Angst … Trauer … Verzweiflung.

Toby riss seine Hände zurück. Er rang nach Atem, und seine Zähne klapperten, doch als er seine Sprache wiederfand, gab er erneut den Spötter: »Was für ein Melodram!«

»Toby!«, schimpfte ich. »Jetzt gib gefälligst …«

Ich brach ab, denn mittlerweile hatte auch Orphelia ihre Hände zurückgerissen.

»Ich glaube, es ist genug.«

»Aber wenn Violet doch …«

»Es ist genug!«

Ihre Stimme klang noch höher und schriller als vorhin, sodass ich kurz vermeinte, es sei gar nicht Orphelia, die so schrie, sondern der Geist, der von ihr Besitz ergriffen hatte. Doch nein, es waren ihre Augen, die mich anstarrten.

»Es ist genug!«, wiederholte sie, zwar etwas gemäßigter, aber nicht ohne Panik.

Ich verstand immer weniger. Als Medium war sie mit zig Geistern in Kontakt getreten, warum schüchterte ausgerechnet der von Violet sie regelrecht ein?

Ehe ich etwas sagen konnte, erhob sie sich. Auch Toby blieb nicht länger sitzen, nur ich – ich wollte einfach nicht aufgeben. Beharrlich ließ ich meine Hände auf dem Brett liegen, doch der Zeiger stand nun still.

»Violet!«, rief ich, »Violet, hast du …«

Ehe ich den Satz zu Ende bringen konnte, ertönten erst Schritte, dann Schreie. Ich starrte Orphelia und Toby an, doch die beiden hatten sich nicht bewegt. Der Lärm kam von draußen.

Die Schritte näherten sich, auch die Rufe wurden lauter. Wegen des Prasselns des Regens verstand ich nicht, wer da unsere Namen schrie, nur dass es mehrere Leute sein mussten, die zum Gartenpavillon rannten.

Erst jetzt zog ich die Hand vom Brett. Die Tür wurde aufgerissen, und Regentropfen, kalt und schmerzhaft wie kleine Nadeln, trafen mein Gesicht.

Es ist alles so schrecklich … so furchtbar schrecklich. Wenn ich nur gewusst hätte … wenn irgendjemand mich gewarnt hätte … aber ich konnte doch nicht wissen …

Drei Tage sind seit der letzten Séance vergangen. Aber… aber ich kann einfach nicht aufschreiben, was passiert ist.

Neuntes Kapitel

Ich hatte mir ein Tablett mit kaltem Hühnchen, Kartoffelsalat und roter Grütze mit aufs Zimmer genommen – und während ich las, gegessen. Nach der Radtour war ich ziemlich hungrig, doch je weiter ich kam, desto mehr vergaß ich das Kauen. Der Teller war noch halb voll, als ich – nach den wirren letzten Sätzen – nur mehr auf leere Seiten stieß. Ich blätterte zurück, dachte schon, dass ich vielleicht eine Seite übersehen hatte, aber tatsächlich: Der Bericht endete abrupt.

Ich war so verwirrt, dass ein Löffel roter Grütze auf meinem T-Shirt landete.

So ein Mist!

Ich hastete ins Bad und rieb daran, doch der Fleck wurde dadurch nur größer … und meine Verwirrung auch.

Wer oder was hatte die Séancen gestört? Und warum war Mum am Ende so ratlos, ja verzweifelt, dass sie nicht mal mehr aufschreiben konnte, was passiert war?

Auch wenn Kate etwas anderes beteuert hatte – ich hätte schwören können, dass ihr fluchtartiges

Verschwinden mit den Ereignissen dieser Nacht zu tun hatte, zumal Kate bei der letzten Séance nicht mehr dabei gewesen war, aber es blieb mir ein Rätsel, warum Mums Welt damals so völlig aus den Fugen geraten war.

Ich warf einen Blick auf die Uhr. Noch nicht mal sechs. Eigentlich hatte ich mich erst morgen wieder mit Eric treffen wollen, doch nach dem, was ich gelesen hatte, konnte ich unmöglich warten. Ich würde mir ja doch nur die ganze Nacht den Kopf zerbrechen.

Schnell zog ich mir ein frisches T-Shirt und meine Jacke an. Auf dem Weg nach unten lief ich Onkel Julian über den Weg, der etwas missmutig fragte, warum ich nicht mit ihm gegessen habe und ob wir nicht wenigstens Tee zusammen trinken könnten. Als ich ihm allerdings erklärte, dass ich noch eine Runde Radfahren wollte, schien er nicht wirklich enttäuscht darüber zu sein.

Und dann war ich schon auf dem Weg zu Eric.

Mir war etwas mulmig zumute, wenn ich an Toby Parker dachte, der zu dieser Tageszeit wohl zu Hause sein würde, aber als ich die Pension erreichte, war nichts von ihm zu sehen, nur die ältere Dame, der ich schon beim letzten Mal begegnet war.

Sie lachte, als sie mich sah. »Du siehst ja aus, als wäre der Teufel hinter dir her.«

Nicht der Teufel, nur ein dunkles Geheimnis …

Sie saß auf einer Bank und hielt ihr Gesicht in die letzten Sonnenstrahlen des Tages. »Wenn du Mr Parker suchst, der ist gerade losgefahren. Ich glaube, er besucht Freunde.«

Na, Gott sei Dank!

»Eigentlich will ich zu Eric.«

Sie lächelte verschmitzt. »Der wiederum ist so gar kein Teufel. Vorhin habe ich ihn drinnen gesehen. Seine Großmutter übrigens auch.«

Wie beim letzten Mal war die Rezeption nicht besetzt, doch ich hörte schon von Weitem die Stimmen. Die von Eric klang ziemlich laut und aufgebracht, die einer Frau etwas kleinlauter. Dennoch hielt sie ihm mehrmals entgegen: »Es ist jetzt genug. Bitte, Eric, lass mich endlich in Ruhe damit!«

Ohne Zweifel: Die beiden stritten. Und ich konnte mir auch denken, worüber.

Als ich den Speisesaal betrat, sah ich, dass hier bereits fürs Frühstück gedeckt worden war. Offenbar war es nicht üblich, in der Pension zu Abend zu essen. Eric und seine Großmutter bemerkten mich nicht, sondern fuhren erst herum, als ich mich räusperte. Erics Großmutter war eine ziemlich große Frau, drahtig, selbstbewusst, mit einem energischen Zug um den Mund und eigentlich warmen Augen. Als sie mich allerdings betrachtete, stand kurz blankes Entsetzen darin, und sie fand nur mit Mühe wieder ihre Fassung.

»Entschuldigung«, stammelte sie, »ich … ich wollte dich nicht so anstarren, aber du siehst aus wie Ellen …«

Ich war mir nicht sicher, ob ich mich in den Streit einmischen sollte, aber nun entschied ich, das Überraschungsmoment zu nutzen. »Ich würde so gerne wissen, warum meine Mum die Insel damals verlassen«, setzte ich ohne Begrüßung an, »und was es mit der verschollenen Frau zu tun hat, an die auf dem Friedhof nur ein ziemlich versteckter Gedenkstein erinnert.«

Wie es aussah, hatte Eric sie schon die ganze Zeit bedrängt, genau auf diese Fragen zu antworten, und sie hatte mit aller Entschlossenheit dagegengehalten, die Vergangenheit ruhen zu lassen, aber mir gegenüber gab sie ihren Widerstand auf.

Plötzlich schien sämtliche Kraft aus ihren Gliedern zu schwinden. Schwerfällig ließ sie sich auf einen Stuhl fallen, doch anstatt ihr Zeit zu geben, sich zu fassen, setzte ich ihr noch weiter zu.

»Sie hieß Violet«, sagte ich. »Violet Clifton. Und Sie haben sie gekannt.«

Erst jetzt ging mir auf, dass Erics Grandma in etwa gleich alt wie sie gewesen sein musste.

Eric setzte sich zu seiner Großmutter. »Granny, was hast du denn? Warum willst du denn nicht darüber sprechen?«

Er wirkte nicht länger verärgert, sondern betroffen, und auch ich war bestürzt, als ich sah, dass ihre Lippen zitterten.

»Weil es so wehtut«, brachte sie mit tränenerstickter Stimme hervor.

Ihr Schmerz schwappte auf mich über. Ich spürte eine Trauer, die zwar viel älter war als meine und doch die gleiche Ursache hatte: Wie ich hatte sie einen geliebten Menschen für immer verloren.

In den letzten Wochen hatte ich oft zu hören bekommen, dass die Zeit alle Wunden heile, und vielleicht war es tatsächlich so, dass man irgendwann lernt, besser mit dem Schmerz zu leben, doch mancher Verlust ist so groß, dass auch Jahre später der Gedanke daran noch unerträglich wehtut.

»Also gut«, presste sie über ihre Lippen, »ich erzähle euch alles.«

Anstatt damit anzufangen, erhob sie sich und verließ den Speisesaal.

Ich blickte Eric fragend an. »Sie macht sich einen Tee«, erklärte er, »das ist für sie das beste Mittel, um sich zu beruhigen.«

Tatsächlich kehrte sie nach wenigen Minuten mit drei dampfenden Tassen wieder, außerdem einem Teller mit Karottenkuchen, den sie, wie sie sagte, nach einem Spezialrezept von der Isle of Wight gebacken hatte – und einem Foto.

»Das ist sie.« Ihre Stimme klang nicht mehr tränenerstickt, aber dennoch heiser. »Violet Clifton.«

Auf dem Foto war nicht nur eine junge Frau zu sehen, sondern auch Erics Großmutter als junges Mädchen. Die beiden standen in der Nähe einer Kirche. Die vielen im Freien aufgestellten Tische und die bunten Bänder verrieten, dass ein Pfarrfest oder Ähnliches gefeiert wurde. Offenbar hatten es die beiden Mädchen gemeinsam besucht.

Ich drehte das Foto um.

Violet und Marian, 1960

Das Foto war also zwei Jahre vor Violets Verschwinden gemacht worden.

Marian war damals schon sehr groß gewesen. Ihr schwarzes Kleid wirkte etwas unförmig und ihre sehnigen Hände verrieten, dass sie körperliche Arbeit gewohnt war. Violet war mit einem altrosa Seidenkleid um vieles eleganter gekleidet – und sehr hübsch. Ihre Züge waren ebenmäßig, ihre Augen grün, die rotbraunen Haare lang und lockig.

Ich hatte oft überlegt, von wem ich meine Locken hatte, da Mum sich doch so oft über ihre glatten Haare beklagt hatte, und immer vermutet, dass sie ein Erbe von meinem unbekannten Vater waren. Doch womöglich hatte ich sie von Violet, wenngleich der Farbton ihrer Mähne etwas heller war als mein Kastanienbraun. Dem Alter nach könnte sie die Schwester meines Großvaters Charles sein. Meine Großtante.

Ihre Haare wurden mit einer altmodischen Schleife aus der Stirn gehalten, was ihr etwas Mädchenhaftes gab, doch der Blick wirkte nicht kindlich unschuldig. Etwas Forderndes, Trotziges stand darin.

»Sie strahlt«, murmelte ich, »aber sie wirkt nicht wirklich glücklich.«

Zumindest nicht, wenn Glück bedeutete, entspannt und friedlich zu leben. Violet machte eher den Eindruck, als wäre sie jederzeit bereit, in den Kampf zu ziehen.

»Das war sie auch nicht, nicht wirklich zumindest.«

Marian Parker rührte in der Teetasse und gewann darüber die Fassung wieder.

»Violet war die Tochter von Horace und Nathalie Clifton«, bestätigte sie meine Vermutung. »Sie war zwei Jahre jünger als ihr Bruder Charles und das, was man das schwarze Schaf der Familie nennt. Schon als Kind war sie sehr wild. Sie ist auf jeden Baum geklettert, hat jedes noch so wilde Pferd geritten und hatte eigentlich immer aufgeschrammte Knie und zerrissene Kleider. Von klein auf war sie mit mir befreundet, was ihrem Vater ein Dorn im Auge war. Ich war alles andere als eine standesgemäße Gefährtin, als Kind von Bauern viel zu minder. Als ich später als Dienstmädchen angestellt worden bin, war unsere Freundschaft noch skandalöser. Die Cliftons redeten kaum mit dem Personal, es sei denn, sie gaben ihm Befehle. Doch für Violet war ich so etwas wie eine Schwester. Sie hat sich ihrem Vater einfach widersetzt.«

Ich dachte an Horace Cliftons strenges Gesicht und konnte mir lebhaft vorstellen, dass ihm eine wilde, selbstbewusste Tochter gegen den Strich gegangen war.

»Ihr Vater hat sich gewünscht, dass sie einen reichen, standesgemäßen Mann heiratet«, fuhr Marian fort, »aber Violet hatte ganz andere Vorstellungen vom Leben. Sie war eine begeisterte Reiterin und vor allem eine Fotografin. Es war nicht einfach nur ein Hobby für sie. Sie träumte davon, eine zweite Emma Barton zu werden.«

»Emma Barton?«, fragte ich.

»Die war hier auf der Insel eine ziemliche Berühmtheit und lebte in der Mitte des letzten Jahrhunderts einige Jahre in Shanklin. Nachdem sie 1901 auf einer Schau der Royal Photographic Society erstmals ein einzelnes Bild hatte ausstellen können, wurden ihr später sogar etliche Einzelausstellungen ermöglicht. Für Violet war sie ein großes Vorbild, aber ihr Vater war über ihren Berufswunsch entsetzt und ihr Bruder auch. Der hatte schon früh geheiratet – deine Großmutter Lauren –, und die war eine brave, angepasste Gattin, die sich zu benehmen wusste und Horace Cliftons Ansprüchen, die er an eine Frau stellte, genügte: nie unnötig den Mund aufzumachen nämlich und schon gar nicht eigene Wünsche zu hegen, die denen vom Ehemann oder Vater zuwiderliefen. Violet war in seinen Augen eine Rebellin, die es unbedingt zu brechen galt, aber das ist ihm nicht gelungen. Wie oft wurde sie eingesperrt, um sie für irgendein Fehlverhalten zu bestrafen! Wie oft hat sie sich seine Standpauken anhören müssen! Aber sie hat all das stoisch ertragen und auch weiterhin getan und gelassen, was sie wollte. Manchmal habe ich richtig Angst um sie gehabt.«

Eigentlich wirkte auch Marian ziemlich stark und selbstbewusst, sah man mal von ihrem vorigen Gefühlsausbruch ab, doch was die Energie und den festen Wille anbelangte, musste sie damals im Schatten der noch lebhafteren Freundin gestanden haben.

»Und stimmt es, dass Violet in einer stürmischen Nacht verschwunden ist?«

Marian nickte. Sie wollte uns nicht anschauen, als sie es aussprach, und senkte rasch den Blick. »Das sah ihr ähnlich – trotz schlechten Wetters zu einem Spaziergang aufzubrechen. Offenbar ist sie über die Klippen gefallen und im Meer ertrunken. Als ich damals erfahren habe, dass sie nicht nach Hause gekommen ist, habe ich mir schreckliche Sorgen gemacht. Wir haben sie bis zum Morgengrauen gesucht, aber nicht auch nur den geringsten Hinweis darauf gefunden, was ihr zugestoßen ist.«

Sie umkrampfte die Teetasse.

»Aber warum wurde ihre Existenz regelrecht … ausgelöscht?«, fragte ich. Als Marian mich fragend ansah, erzählte ich ihr rasch vom Stammbaum, von den Fotografien und dem Gemälde.

Marian zuckte die Schultern. »Ich kann es mir nur so erklären, dass es für ihre Familie ungemein schmerzvoll war, nicht zu wissen, was genau mit ihr passiert ist. Noch wochenlang wurde nach ihrem Leichnam gesucht – vergeblich. Und zugleich war es ihnen wohl auch ungemein peinlich. Horace Clifton gab so viel auf seinen guten Ruf, doch jetzt wurde getuschelt, wie schwierig Violet Zeit ihres Lebens war und dass er sie nicht gut erzogen habe. Es gab sogar Gerüchte, wonach sie gar nicht tot, sondern mit einem Mann abgehauen sei. Das war für ihn natürlich eine große Schmach, und so, wie ich Horace einschätze, hat er wohl irgendwann beschlossen, dass ihr Name nie wieder in seiner Gegenwart ausgesprochen werden dürfe. Männern von seinem Schlag gelingt es, allein kraft ihres Willens alles Unangenehme einfach auszublenden und zu verdrängen.«

Marian sah uns immer noch nicht an. Sie sprach ziemlich überzeugend, aber ich wurde den Eindruck nicht los, dass sie uns nicht alles sagte, was sie wusste.

Ich will Rache …

Das klang nicht danach, als wäre Violet über die Klippen gefallen. In der letzten Séance hatte sie ja auch angedeutet, ermordet worden zu sein.

Allerdings: Als Marian sich schließlich einen Ruck gab und sich die Nase putzte, war ihre Miene ausdruckslos. Und ich war mir plötzlich sicher: Auch wenn wir sie noch so bedrängten – sie würde uns nicht mehr sagen.

»Ich verstehe ja, dass euch die Geschichte eines verschwundenen Mädchens ungemein fasziniert«, sagte sie. »Aber in Wahrheit ist diese Geschichte einfach nur traurig. Ihr seid noch jung, ihr habt euer Leben vor euch, und ihr werdet nicht von einer strengen Familie und der Konvention eingeschränkt. Violet würde am allerwenigsten verstehen, warum ihr eure Zeit vergeudet und euch mit ihr beschäftigt, anstatt den Sommer zu genießen.«

Ich überlegte, die Séancen anzusprechen, aber Eric schüttelte kaum merklich den Kopf. Klar, es war wohl besser, sich einen Trumpf aufzubewahren, um später noch mal nachzubohren. Für heute hatten wir mehr erfahren als erhofft.

»Nutzt doch eure Zeit, um Ausflüge zu machen«, Marians Stimme klang nun nahezu übertrieben vergnügt. »Fahrt zur Compton Bay, das ist einer der berühmtesten Bade- und Surfstrände der Insel. Oder nach Compton Down, um den Drachenfliegern zuzusehen. Vielleicht wollt ihr es selbst mal probieren.«

Sie schob den Teller mit dem Karottenkuchen zu mir und zog mit der anderen Hand zugleich das Foto weg.

»Ihr könnt natürlich auch nach Blackgang fahren«, fuhr sie fort und klang mittlerweile wie eine Reiseführerin. »Da kann man eine alte Sägemühle aus der Viktorianischen Zeit anschauen, eine Schmiede und Wassergärten, und einen Abenteuerpark gibt es dort auch. Unsere Insel ist zwar nicht so großartig wie London, aber hat doch einiges zu bieten.«

Ich rang mir ein Lächeln ab, und vielleicht war es das, was ihre Miene plötzlich ganz weich werden ließ. »Violet hat sich immer nach London gesehnt …«, murmelte sie.

Hatte meine Mutter einen Traum verwirklicht, den zu leben ihrer Tante immer verwehrt geblieben war?

Gut möglich, aber dafür hätte sie nicht mit ihrer gesamten Familie brechen müssen. Nein, da steckte noch viel, viel mehr dahinter.

Während ich noch darüber nachdachte, ob ich Ellen erwähnen sollte, traf mich eine wütende Stimme.

»Was macht sie denn schon wieder hier?«

Ich fuhr erschrocken hoch.

In der Tür stand Toby.

Du liebe Güte, er sah ja noch strenger drein als beim letzten Mal! Und zugleich war da ein verzweifelter Zug um seinen Mund, als er mich fassungslos anstarrte.

Wütend fuhr er Eric an: »Ich habe dir doch gesagt, dass ich nichts mit den Cliftons zu tun haben will.«

Etwas gemäßigter grummelte er in Richtung seiner Mutter: »Und du unterstützt das auch noch.«

Marian und Eric widersprachen ihm gleichzeitig.

»Ich lasse mir von dir nicht vorschreiben, mit wem ich befreundet bin. Wir leben ja nicht im Mittelalter«, erklärte Eric grimmig.

Marian ging etwas diplomatischer vor: »Ach, Toby. Sie ist doch noch ein junges Mädchen. Was immer zwischen dir und ihrer Mutter vorgefallen ist – sie kann doch nichts dafür.«

Von wegen Grundstreitigkeiten! Wie schon gedacht, hatte Tobys Feindseligkeit nichts damit zu tun, sondern mit der Entscheidung meiner Mum, die Insel zu verlassen!

Toby wirkte hin- und hergerissen. Immer noch tobte Wut in ihm, doch eine vernünftige Stimme in ihm sagte ihm wohl, dass seine Mutter und sein Sohn recht hatten. Ehe er dieses Zwiespalts Herr wurde, erhob ich mich.

»Besser, ich gehe jetzt.«

Ich nickte Marian zu und zwinkerte zugleich in Erics Richtung – ein Zeichen, dass er mir unauffällig folgen solle – und dann ging ich schon an Toby vorbei. Dass er mich ziemlich einschüchterte, wollte ich ihm nicht zeigen.

»Auf Wiedersehen, Mr Parker«, sagte ich kühl und war stolz darauf, dass meine Stimme nicht zitterte.

Noch drei Schritte, dann hatte ich den Speisesaal

verlassen. Sowohl Toby als auch Marian, ja sogar Eric war entgangen, dass ich unauffällig das Foto der beiden Freundinnen eingesteckt hatte. Natürlich würde ich es so bald wie möglich wieder zurückbringen, aber zuvor wollte ich Violet ausgiebig betrachten.

Die ältere Frau saß immer noch auf der Bank, als ich aus dem Haus stürmte.

»Nanu, irgendwie schaust du schon wieder so aus, als wäre dir der Teufel auf den Fersen.«

Der Teufel war in dem Fall Toby Parker, aber das konnte ich ihr natürlich nicht sagen. Ich nickte ihr nur zu und beschleunigte meinen Schritt. Erst als die Pension außer Sichtweite war, hielt ich inne, und wie erhofft kam Eric mir bald nachgelaufen.

»Es tut mir leid«, sagte er, »ich weiß einfach nicht, was in meinen Vater gefahren ist.«

»Du musst dich doch nicht entschuldigen. Zumindest wissen wir jetzt, dass er sich meiner Familie gegenüber nicht wegen dieser Grundstreitigkeiten so feindselig verhält.«

»Was hat ihm deine Mutter bloß angetan?«

Mir fiel wieder ein, warum ich überhaupt hierhergekommen war, und berichtete ihm hastig von den Séancen.

Mit jedem Wort wurde er ratloser. »Ich verstehe einfach nicht, was damals passiert ist. Angenommen, Violet ist tatsächlich nicht einfach nur verunglückt, sondern wurde ermordet … das allein wäre doch kein Grund, dass mein Vater so hasserfüllt ist und deine Mutter abrupt von der Insel geflohen ist.«

Wir standen dicht nebeneinander. Die Sonne war zu kraftlos, um uns zu wärmen, aber ihre Strahlen schimmerten so rötlich, dass das weiße Kalkgestein in der Ferne einen nahezu kitschigen Rosaton annahm.

»Was sollen wir denn jetzt tun?«, fragte ich.

»Ich würde die Aufzeichnungen über die Séancen auch gerne lesen. Vielleicht fällt mir irgendein Detail auf, das uns weiterhilft.«

»Aber sie sind noch bei mir im Zimmer …«

Er grinste schwach. »Meine Großmutter ist wahrscheinlich ganz erleichtert, wenn ich eine Weile fortbleibe und sie nicht gleich wieder bedränge.«

Die Vorstellung, dass er mit mir aufs Zimmer kam, war ziemlich aufregend, doch Onkel Julian würde darüber wahrscheinlich nicht sehr begeistert sein.

Gleiches schien auch Eric durch den Kopf zu gehen. »Gibt es denn eine Möglichkeit, mich heimlich zu dir aufs Zimmer zu schmuggeln?«

Mir kam ein Gedanke. »Ich glaube schon«, sagte ich grinsend.

Auf Molly war natürlich Verlass. Als ich ihr unser »Problem« schilderte, lachte sie.

»Unerlaubter Herrenbesuch, na, so was!«, rief sie und zwinkerte mir vielsagend zu. »Dein Onkel hat übrigens gerade nach dir gefragt und wollte wissen, ob du nicht doch eine Tasse Tee mit ihm trinken willst.«

»Kannst du ihm sagen, dass ich Kopfschmerzen habe?«

Molly nickte. »Und damit er nicht sieht, wie Eric auf dein Zimmer geht, kann ich das hier anbieten …«

Grinsend zeigte sie auf einen Wagen, mit dem Schmutzwäsche transportiert wurde und der groß genug war, dass Eric sich darin verstecken konnte, auch wenn das bedeutete, dass er eine Weile ziemlich gekrümmt sitzen musste.

Obwohl der Dienstbotentrakt nicht so gründlich renoviert worden war wie das einstige Herrenhaus, gab es zumindest einen Aufzug. Problemlos erreichte Molly mit dem Wäschewagen den ersten Stock, wo ich schon in meinem Zimmer auf die beiden wartete.

»Hier, bitte schön! Ein Paket abzuliefern!«, rief sie lachend, als sie den Wagen über die Schwelle schob. Danach zog sie sich diskret, aber nicht ohne erneutes vielsagendes Augenzwinkern zurück.

Als Eric sich erhob, hatte er noch ein Leintuch über den Kopf gezogen.

»Jetzt schaust du auch aus wie ein Gespenst!«, rief ich.

Anstatt das Leintuch wegzuziehen, ging er auf mein Spiel ein. »Huhu, ich bin das Gespenst von Clifton Manor! Eine unglückliche junge Frau, die gekommen ist, um Rache zu üben!«

Er verstellte seine Stimme, die prompt unnatürlich hoch klang.

Zugegeben, es war vielleicht nicht gerade nett, Witze auf Kosten der armen Violet zu machen, aber ich musste hellauf lachen. In dem Ton entluden sich meine Anspannung und meine Verwirrung über so vieles, was ich nicht verstand.

Als Eric merkte, wie gut seine Darstellung des Gespenstes bei mir ankam, sprang er aus dem Gefährt und tobte mit dem Leintuch über dem Kopf durch das Zimmer, und als ich versuchte, ihn zu fangen und das Tuch wegzuziehen, lief er davon. Ich lachte noch lauter. Jetzt hatte ich ihn fast erwischt, doch als ich die Hand nach ihm ausstreckte, stolperte er. Er fiel aufs Bett und ich auf ihn drauf. Hastig zog ich das Leintuch von seinem Kopf und unsere Gesichter waren plötzlich ganz nahe beisammen.

Jetzt, dachte ich, jetzt passiert es. Jetzt küssen wir uns und diesmal nicht nur flüchtig, sondern so richtig.

Kurz verharrten wir beide wie erstarrt. Nach den hektischen Bewegungen schien alles wie in Zeitlupe abzulaufen: Mein Herz pochte aufgeregt, doch Scheu, gar Angst hatte ich keine. Es war so selbstverständlich, was nun passieren würde. Und dann spulte der Film rasend schnell weiter. Ich hatte kaum bemerkt, wie Eric die letzte Distanz überbrückte, als seine Lippen plötzlich auf meinen lagen.

Zunächst bewegten wir uns beide nicht. Ich wusste

zwar: Um uns richtig zu küssen, würden wir die Lippen öffnen müssen, aber noch machte er keine Anstalten und ich auch nicht. Egal, ich genoss es einfach. Seine Lippen waren weich und warm. Unwillkürlich hatte ich meine Augen geschlossen, doch das bedeutete, dass ich ihn nicht länger sehen konnte. Ich schlug sie wieder auf und in diesem Augenblick öffneten wir beide unsere Lippen ganz leicht. In der Erwartung, dass sich unsere Zungenspitzen gleich berühren würden, lief mir eine Gänsehaut über den ganzen Körper.

Doch plötzlich löste ich mich abrupt von ihm.

»Was ist denn los?«

Eric wirkte ziemlich enttäuscht, und zugegeben, ich war das auch, aber noch größer war mein Erstaunen. Ich deutete auf das Kopfkissen. Nicht weit von unseren Gesichtern entfernt lag ein Buch.

Ein sehr altes Buch.

Eine Weile rührte sich keiner von uns. Irgendwie schienen wir beide unschlüssig, ob wir das Buch einfach ignorieren sollten, um uns zu küssen, oder nicht. So oder so, die Magie des Augenblicks verflog. Wir setzten uns auf und betrachteten verwirrt das Buch.

Als ich vorhin das Zimmer verlassen hatte, war es noch nicht da gewesen, so viel stand fest. Eric ergriff es und strich vorsichtig darüber. Der rote Einband sah sehr weich aus, als wäre er aus Samt.

»Es ist mit der Hand beschrieben!«, stieß er aus, als er die erste Seite öffnete. »Das muss ein Tagebuch sein.«

Kurz versetzte es mir einen schmerzlichen Stich, denn ich war mir sicher, dass es das Tagebuch von Mum war und Onkel Julian es hierhergelegt hatte. Doch als ich mich vorbeugte, stellte ich enttäuscht fest, dass das nicht Mums Schrift war. Die einzelnen Buchstaben waren größer und spitzer und noch schwerer zu entziffern als die Berichte von den Séancen.

Doch meine Enttäuschung wich sofort der Aufregung, als Eric auf das Datum über dem ersten Eintrag zeigte.

»1961«, sagte er heiser.

Wir blickten uns an und riefen wie aus einem Mund: »Violet!«

Es konnte nur ihr Tagebuch sein, das wir da in den Händen hielten!

»Wer hat es wohl auf mein Bett gelegt?«, fragte ich.

Nicht länger fiel mein Verdacht auf Onkel Julian – ich vermutete eher, dass Kate dahinterstecken könnte. Vielleicht hatte sie das schlechte Gewissen geplagt, weil sie mir heute Morgen etwas verheimlicht hatte, auch wenn sie das nicht offen eingestehen wollte.

So oder so: Wir würden nun endlich erfahren, was damals passiert war.

»Was schreibt sie denn?«, fragte ich.

Eric hielt das Buch ans Licht, um die erste Zeile zu

entziffern, doch ehe er sie mir vorlesen konnte, ertönten plötzlich Schritte im Gang, gefolgt von einer Stimme.

»Dora? Dora, bist du da?«

Verdammt, das war Onkel Julian!

Eric sah sich hektisch nach einem Versteck um, aber die Schritte kamen näher, und die Tür öffnete sich, ehe er sich wieder im Wäschewagen verstecken konnte.

»Molly hat gesagt, du hast Kopfschmerzen, deswegen wollte ich nach dir sehen und dich fragen, ob du eine Tablette brauchst und ...«

Onkel Julian brach ab, als er Eric erblickte. Entgeistert starrte er ihn an.

Ich unterdrückte ein Seufzen. Warum musste er sich denn ausgerechnet jetzt als fürsorglicher Onkel erweisen?

Und leider war er nicht nur das, sondern auch äußerst missbilligend!

»Wenn du einen Gast mit auf dein Zimmer nimmst«, er sprach das Wort »Gast« irgendwie giftig aus, »dann musst du mich vorher um Erlaubnis fragen. So geht das wirklich nicht.«

Seine Stimme klang nicht streng, eher nörgelnd, und am liebsten hätte ich wütend protestiert und ihm an den Kopf geschmissen, dass er sich gefälligst nicht in mein Leben einmischen solle.

Aber ich beherrschte mich.

Eric hatte das Tagebuch unauffällig zur Seite gelegt und mir einen beschwörenden Blick zugeworfen, und ich verstand, was er mir damit sagen wollte: Falls Onkel Julian das Tagebuch entdeckte, würde er es mir womöglich sofort wegnehmen.

Ich verkniff mir jedes Widerwort und Eric trat seinerseits auf Onkel Julian zu und streckte ihm seine Hand entgegen. »Guten Abend, Mr Clifton. Ich möchte mich dafür entschuldigen, dass ich das Zimmer Ihrer Nichte ohne Ihre Erlaubnis betreten habe. Das wird nicht wieder vorkommen.«

Vermeintlich schuldbewusst hatte er den Kopf gesenkt. Onkel Julian blickte eine Weile ziemlich verwirrt auf die ausgestreckte Hand, ehe er sie etwas unwillig schüttelte. Ich nutzte die Gelegenheit, um mich vor das Tagebuch zu stellen.

Eric warf mir einen kurzen Blick zu. »Wir können ja morgen telefonieren«, sagte er leise.

Ich nickte und dann war er schon gegangen. Onkel Julians Stirn war immer noch missbilligend gerunzelt.

»Scheinbar hast du doch nicht so große Kopfschmerzen«, stellte er fest, »das heißt, wir können miteinander Tee trinken.«

Auf nichts hatte ich weniger Lust! Viel lieber wollte ich das Tagebuch lesen! Allerdings sah ich ein, dass es im Moment ratsam war, diplomatisch vorzugehen.

»Aber gerne!«, rief ich übertrieben enthusiastisch.

Ich wartete, bis er sich abgewandt hatte, dann

schob ich das Tagebuch unter meine Bettdecke und folgte ihm nach draußen.

Wie langweilig diese abendliche Teestunde war! Onkel Julian bereitete den Tee selber zu, und es dauerte gefühlte Ewigkeiten, bis er endlich das Wasser zum Kochen gebracht hatte und es umständlich in die Kanne goss. Immerhin, so lange blieb ich wenigstens von seinen Fragen verschont.

Als er endlich mir gegenüber Platz nahm, sah er mich eindringlich an. »Das war eben Eric Parker, nicht wahr?«

Ich nickte.

Auch wenn ich nicht unter den Tisch sehen konnte, war ich mir sicher, dass er seine Füße verknotete, weil er sich so unbehaglich fühlte.

»Warum fragst du?«

»Nun, unsere Familien … es gab mal einen Streit … vielleicht ist es besser, wenn du ihn nicht wiedersiehst. Ich meine, du hast ihn doch eben erst kennengelernt, sooo eng kann eure Freundschaft noch nicht sein.«

Er rechnete sichtlich mit meinem Protest und fragte sich innerlich wohl verzweifelt, warum ausgerechnet er ganz unverhofft eine Sechzehnjährige erziehen musste.

Ich musste wirklich mit mir kämpfen. Keine enge Freundschaft, hatte der eine Ahnung! Doch ich schluckte jedes Widerwort, hob nur die Tasse und trank sie hastig leer. Puh, war das heiß!

»Wenn du meinst«, sagte ich. »Eric ist ganz nett, aber so wichtig ist es mir auch wieder nicht, mit ihm Zeit zu verbringen. Kann ich jetzt gehen? Ich glaube, ich hatte genug Tee.«

Ich erhob mich, ohne seine Zustimmung abzuwarten. Onkel Julian war sichtlich verdattert, aber so erleichtert, auf keinen Widerstand zu stoßen, dass er nickte.

Ich lief in mein Zimmer, warf die Tür hinter mir zu und schnappte mir das Buch.

Es war nicht sonderlich dick, wie ich feststellte, sondern wirkte nur wegen des roten Samteinbands so. Auf jeder Seite waren Zeilen eingezeichnet, aber die Schrift war meist größer als diese. Manchmal waren zwei Zeilen auf einmal beschrieben, und das ziemlich schlampig. Obwohl ich noch keinen Satz entziffert hatte, ahnte ich gleich, dass Violet sehr erregt gewesen sein musste, als sie die einzelnen Einträge verfasste. Am liebsten hätte ich mit der letzten Seite begonnen, aber ich entschied, dass es besser war, die Sache systematisch anzugehen. Ich nahm ein leeres Blatt, einen Stift und begann, von der ersten Seite an Wort für Wort abzuschreiben, damit ich den Text später am Stück lesen und diese Reinschrift auch Eric zeigen konnte.

Zehntes Kapitel

5. Juni 1961

Ich besitze dieses Tagebuch nun schon seit einigen Monaten, genauer gesagt, seit meinem Geburtstag im Januar, aber wenn ich ehrlich bin, hatte ich bis jetzt keine Ahnung, was ich hineinschreiben soll. Es passiert einfach nichts in meinem Leben, was wert wäre, festgehalten zu werden!

Wenn ich mir allerdings vorstelle, dass ich morgen tot umfalle, jemand dieses Buch findet, nur auf leere Seiten stößt und zu dem Schluss kommt, dass ich überhaupt kein Leben hatte, ist mir ein langweiliges immer noch lieber. Ein sehr langweiliges im Übrigen.

Das Problem ist, dass jeder Tag dem anderen gleicht. Ich glaube, eigentlich würde es genügen, bloß einen Eintrag zu verfassen und diesen jeden Tag abzuschreiben. Das Einzige, was sich ändert, ist das Wetter, und über das Wetter wird auch stundenlang geredet, vorzugsweise beim Tee.

Die ganze Familie sitzt dann zusammen und meist sind irgendwelche Gäste zu Besuch – entweder ältere Damen, Kriegsversehrte oder junge Männer, die so steif dasitzen, als hätten sie einen Spazierstock verschluckt. Letztere werden von Vater eingeladen, der sie für hoffnungsvolle Partien für seine Tochter hält. Diese Männer sind übrigens nicht nur stocksteif, sondern auch schrecklich höflich, aber wenn Vater sie nach dem Tee zu einer Zigarre und einem Brandy in den Grünen Salon bittet, wirken sie immer erleichtert, der Gesellschaft der Damen zu entkommen. (Vater hält es nämlich für undenkbar, dass auch Frauen rauchen und Alkohol trinken, und erwartet, dass sie weiterhin bei Tee zusammensitzen.)

Nun, ich verstehe ihre Erleichterung; ich bin insgeheim auch froh, sie loszuwerden, wobei es nicht gerade lustiger wird, mit den älteren Damen allein zusammenzuhocken. Es wird dann zwar nicht länger nur übers Wetter geredet, sondern auch über den neuesten Klatsch aus London, aber genau betrachtet werden die echten Skandale ausgespart. Elend lang wird diskutiert, welches Kleid die Queen bei welchem Anlass getragen und ob es ihr gestanden hat, aber keineswegs, welche Schauspielerin ein uneheliches Kind erwartet. Das schickt sich nämlich nicht. Und obendrein rufen die Damen immer wieder begeistert, wie schön es auf Clifton Manor sei.

»Hier scheint die Zeit stehen geblieben zu sein«, sagen sie, »man rechnet jeden Augenblick damit, dass Königin Victoria um die Ecke kommt.«

Königin Victoria hat einst mit ihrem Mann Albert

viel Zeit auf der Isle of Wight verbracht, wenn auch nicht in der Nähe von Totland, wo wir wohnen, sondern im Osborne House im Norden der Insel. Irgendein Vorfahre der Cliftons war offenbar regelmäßig Gast dort – ein Umstand, auf den sich Vater immer noch ungemein viel einbildet. Königin Victoria wiederum ist auf der Insel gestorben – wenn sie also wirklich um die nächste Ecke käme, dann nur als Geist, doch ehrlich gesagt würde selbst ein solcher frischer und lebendiger wirken als diese alten Damen. Das Einzige, was sie mit Leidenschaft tun, ist, das Teegebäck in sich hineinzustopfen.

Wenn ich ihnen dabei zuschaue, wird mir die Kehle immer enger. Und es ist immer so schrecklich heiß! Ständig brennt ein Feuer im Kamin, auch im Sommer, und ich weiß nie, wie ich unauffällig den Schweiß von meiner Stirn wischen soll. Und wenn die Teestunde dann endlich vorbei ist, muss man sich schon aufs Dinner vorbereiten. Alle Damen kleiden sich noch einmal um, und Beatrice, meine Zofe, muss mir dabei helfen, die Haare hochzustecken. Es ziept immer ganz furchtbar, und wenn sie fertig ist, traue ich mich kaum, mich zu bewegen, aus Angst, eine meiner widerspenstigen Locken würde sich aus der Frisur lösen.

Um das Dinner zu überstehen – die steifen Herren sind nun wieder dabei –, flüchte ich mich meistens in irgendwelche Fantasien. Während ich Erbsen aufspieße und einzeln zum Mund führe, damit ich mich nicht am Gespräch beteiligen muss, stelle ich mir vor, wie ich die Küste entlang spazieren gehe, trotz Wind und Regen und mit offenen Haaren. Das Meer peitscht gegen die Felsen, die frische Luft färbt meine Wangen rosig, mein Haar wird ganz zerzaust, und ich laufe immer schneller.

Noch schöner, noch befreiender ist die Vorstellung zu reiten – nicht etwa im Damensitz, sondern wie die Herren. Ich würde mit dem Pferdekörper verschmelzen, ihn zu immer schnellerem Galopp antreiben, vielleicht sogar über einen Weidezaun springen. Und natürlich würde ich Hosen tragen. Vater hasst Hosen …

»Warum lächelst du so?«, fragte Charles plötzlich.

Hatte ich gelächelt? Es musste wohl so sein, denn eben stellte ich mir vor, nach so einem Ausritt den Salon zu betreten – die Haare wirr, die Hose voller Schlammspritzer und laut keuchend.

Ich deutete auf die Blumengestecke in der Mitte der Tafel: »Ich habe mir gerade gedacht, welchen hübschen Anblick sie bieten.«

Die alten Damen lächeln wohlwollend. Ja, sehen sie denn nicht, dass die Blumen in Wahrheit schon welk sind?

Aber dafür sind sie blind – und sie wissen auch nicht, was ich mir in diesem Augenblick gedacht habe: dass ich es wirklich tun werde. Dass ich heimlich ausreiten werde. Nicht irgendwann, sondern schon morgen.

Ich glaube, das ist der Grund, warum ich begonnen

habe, in mein Tagebuch zu schreiben: damit dieser Entschluss schwarz auf weiß dasteht und ich keine Ausrede finden kann, diesen Ausritt aufzuschieben.

7. Juni 1961

Ich habe es getan, ich habe es tatsächlich getan! Der Wind hat tatsächlich so stark geweht, dass ich manchmal das Gefühl hatte, gar nicht richtig atmen zu können, und meine Haare waren hinterher so verfilzt, dass Beatrice eine Stunde lang zu tun hatte, um sie auszubürsten. Doch das ist mir egal, es war großartig, einfach großartig, und als ich dann auch noch … aber nein, der Reihe nach.

Also: Ich bin morgens ganz zeitig aufgestanden, als alle anderen noch geschlafen haben. Beatrice hat mir dabei geholfen, mich anzukleiden. Sie war ziemlich verdutzt, als meine Wahl auf Hosen fiel, aber sie hat nichts gesagt. Auch wenn sie mein Vorhaben nicht gutgeheißen hat, konnte ich mich auf ihr Schweigen verlassen.

Wer ganz sicher nicht schweigen würde, ist unser Stallbursche Pete. Er hat mehrmals nachgefragt, ob ich wirklich schon zu dieser frühen Zeit ausreiten wolle, und das obendrein ganz allein. Ich finde es eigentlich schrecklich, wenn Vater und Charles abfällig mit dem Personal umgehen, sie entweder schroff anfahren oder durch die Bediensteten hindurchsehen, als wären sie Einrichtungsgegenstände, aber heute setzte ich selber eine ähnlich hoheitsvolle Miene auf und befahl ziemlich knapp: »Tun Sie, was ich Ihnen sage!«

Pete fügte sich, auch wenn ich mir ziemlich sicher war, dass er gleich danach zu Vater rennen würde oder zumindest zu unserem Butler, Mr Crumbley, aber das war mir egal. Bis der einschreiten könnte, wäre ich längst über alle Berge.

Ich ritt auf Diana, einer braunen Stute mit glänzendem Fell und feuchten Augen. Eigentlich ist sie ein gutmütiges, fast ein wenig scheues Tier, aber als ich sie zu immer größerem Tempo antrieb, galoppierte sie regelrecht entfesselt. Bald hatten wir das Herrenhaus hinter uns gelassen. In der Ferne waren noch vereinzelt Häuser im Umland von Totland zu sehen, aber ich wählte die andere Richtung, die zu den Needles führte. Der Sturm war heftig, aber der Regen, der die ganze Nacht über gegen mein Fenster geprasselt war, hatte nachgelassen. Die Morgensonne färbte den Himmel rostrot, und wenn ihre Strahlen auch noch nicht stark genug waren, um mich zu wärmen, brachte sie den Sand von Alum Bay in sämtlichen Nuancen zum Leuchten. Die Kreidefelsen weiter im Westen wirkten nicht weiß wie sonst, als hätte es frisch geschneit, sondern fast violett. Eigentlich wollte ich nur ein kurzes Stück reiten, dann absteigen und ein wenig spazieren gehen, aber als Diana erst mal in wilden Galopp verfallen war, gab es kein Halten mehr. Beatrice hatte mir die Haare zu einem festen Zopf geflochten, aber wie ich es mir ausgemalt hatte, lösten sich die Strähnen plötzlich. Der Wind riss an ihnen ebenso wild wie an der Mähne von Diana, blähte meine Hosen und gab mir das Gefühl, ich würde fliegen.

Das ist Freiheit, dachte ich. Sie klingt wie das Geschrei von Möwen, sie schmeckt wie der salzige Meerwind, sie ist so bunt wie die Wiesen, auf denen jetzt im Frühling so viele Blumen wachsen – Glockenblumen, Fingerhut, Narzissen. Auch der Ginster blüht inmitten von moosähnlichem Gras.

Und nicht nur Freiheit verheißt das alles, sondern … Glück, pures, tiefes, grenzenloses Glück.

Irgendwann war Diana erschöpft und ich auch. Ich zog an dem Zügel, sie verlangsamte den Schritt, und nicht weit von den Klippen entfernt kamen wir zum Stehen. Die Wellen trugen spitze Krönchen und in der Ferne ragten riesige Kalkfelsen steil aus dem Meer. Die Gischt spritzte hoch, und die Möwen schienen sie zu necken, indem sie haarscharf über das Meer hinwegflogen, jedoch wieder steil in die Höhe aufstiegen, ehe sie nass wurden. Diana schnaubte und warf mir einen auffordernden Blick zu, als wolle sie mir sagen: War das alles?

Ich atmete tief ein. Natürlich war das nicht alles.

Ich ließ die Needles hinter uns und ritt Richtung Freshwater Bay. Ich wusste zwar, dass ich mich eigent-

lich auf den Rückweg machen sollte, aber konnte mich einfach nicht dazu überwinden. Auf Clifton Manor würde sich ohnehin schon herumgesprochen haben, dass ich ausgeritten war, und wenn ich mich schon auf eine Standpauke von Vater oder Charles gefasst machen musste, wollte ich zuvor jede Minute auskosten.

In der Nähe vom Tennyson-Denkmal – einem riesigen Steinkreuz, das zum Andenken an den Dichter errichtet worden ist, der einst hier in Freshwater gelebt hat – stieg ich erneut vom Pferd. Tennyson hat mal behauptet, dass jeder Atemzug von der frischen Meeresluft einen Penny wert sei. Bislang habe ich das stets für dummes Geschwätz gehalten, aber jetzt hatte ich selbst das Gefühl, dass sich meine Brust immer mehr weiten würde und jede Faser meines Körpers von der salzigen Brise belebt wurde.

Ich trat zu einer kleinen hölzernen Absperrung, die den Küstenweg von den Klippen trennte, und wollte mich daraufstützen. Doch ehe ich sie erreicht hatte, erschrak ich. Nicht weit von mir entfernt stand ein junger Mann – und zwar nicht hinter der Absperrung, sondern darauf. Genauer gesagt stand er nicht, sondern balancierte über das schmale Holzstück. Nicht nur dass der Wind heftig wehte – obendrein war das Holz feucht von der Meeresluft. Wie schnell könnte es passieren, dass er ausrutschte, herunterfiel, gar über die Klippen stürzte!

Ich konnte kaum hinschauen und verhielt mich mucksmäuschenstill, um den Mann nicht zu erschre-

cken, aber Diana, die Angst vor Fremden hatte, wieherte aufgeregt.

Er blickte hoch und nun konnte auch ich mich nicht länger zurückhalten. »Ja, sind Sie denn wahnsinnig?«, entfuhr es mir.

Das war er ohne Zweifel, denn anstatt herunterzuspringen, drehte er sich auf dem schmalen Holzstück um und balancierte grinsend auf mich zu, und das in einem atemberaubenden Tempo. Ich hätte an seiner Stelle ja vorsichtig Fuß vor Fuß gesetzt, aber er lief regelrecht, und das so federnden Schrittes, als koste es ihn nicht die geringste Anstrengung und Konzentration.

Ja, er war ohne Zweifel wahnsinnig, aber – und auch daran bestand kein Zweifel – sehr gut aussehend.

Er hatte …

Ach verdammt, ich muss aufhören. Gerade höre ich Schritte. Wahrscheinlich kommt Vater oder Charles, um mir ins Gewissen zu reden …

Später … später schreibe ich mehr.

8. Juni 1961

Gestern habe ich leider keine Gelegenheit mehr gefunden, weiterzuschreiben. Ein elend langes Dinner erwartete mich, bei dem irgendein Minister aus London Gast war, der hier gerade Urlaub macht. Vater war unglaublich stolz darauf, dass der Mann Clifton Manor beehrte, er hat die ganze Zeit über Politik geredet, um sein Wissen zu demonstrieren, und auch Charles hat sich bemüht, geistreiche Bemerkungen zu machen. Einen Vorteil hatte das Ganze: Keiner der beiden achtete auf mich und mein Ausritt wurde nicht weiter erwähnt. Und ob das Gespräch nun langweilig war oder nicht – ich konnte mich ohnehin in meine Erinnerungen flüchten.

Jetzt endlich kann ich sie auch aufschreiben: Ich sah also diesen jungen Mann, wie er auf der Holzplanke balancierte, und rief empört, ob er denn wahnsinnig sei.

Doch er lächelte mich verschmitzt an, legte den Kopf etwas schief und sagte: »Du bist also der Meinung, dass ich nicht länger balancieren sollte?«

Zu diesem Zeitpunkt hatte es mir bereits die Stimme verschlagen, weil er so gut aussah. Er war groß und schlank, aber nicht dürr, hatte strahlend blaue Augen, die wegen seines gebräunten Gesichts noch heller wirkten, kräftige, aber feine Hände und vor allem diese Locken, braun und weich und füllig. Sie tanzten im Wind, als er sich plötzlich vorbeugte, einen Handstand machte und auf diese Weise weiterging.

Ich schrie entsetzt auf und da endlich sprang er wendig auf den Boden und blieb dicht vor mir stehen. Er trug braune Hosen und ein weißes Hemd. Beides war sehr schlicht, zwar sauber, aber voller Flicken. Vater und Charles würden ihn mit abfälligen Blicken taxieren, aber an die beiden wollte ich nicht denken, mich vielmehr auf dieses Lächeln konzentrieren, das irgendwie geheimnisvoll wirkte.

»Keine Angst, ich mache das nicht zum ersten Mal«, sagte er.

Plötzlich war es mir peinlich, dass ich die Fassung verloren und ihn angeschrien hatte. »Wer sagt denn, dass ich Angst gehabt habe?«, gab ich etwas schnippisch zurück.

»Es hat zumindest so geklungen.«

»Ganz sicher hatte ich keine Angst um dich«, beeilte ich mich zu sagen. »Aber was hätte ich denn tun sollen, wenn du runtergefallen wärst? Hinterherspringen?«

Er lachte auf – ein heller Ton, der im Gegensatz zu seiner ansonsten rauen Stimme stand. Als er nach kurzem Schweigen fortfuhr, fiel mir sein starker Akzent auf, der verriet, dass seine Muttersprache nicht Englisch war. Wegen seiner dunklen Gesichtsfarbe vermutete ich, dass er aus einem südlichen Land stamme.

»Wenn du fortreitest«, er deutete auf Diana, »müsstest du dich nicht mehr fragen, ob du mir nachspringen sollst oder nicht, und ich könnte in Ruhe weitertrainieren.«

Wollte er mich etwa loswerden? Na, so schnell wollte ich ihm diesen Gefallen nicht tun!

»Gewiss«, sagte ich, »aber wenn ich die Letzte wäre, die dich jemals gesehen hat, geriete ich womöglich in Verdacht, dich über die Klippen gestoßen zu haben.«

Er zwinkerte mir zu und plötzlich wurde mein Gesicht ganz heiß.

»Da hast du auch wieder recht. Also gut, dann werde ich mich eben bemühen, dass ich den Klippen nicht zu nahe komme.«

Er trat auf Diana zu, und obwohl sie ansonsten ein so scheues Tier ist, wehrte sie sich nicht, als er erst in einer fremden Sprache auf sie einredete, sie dann am Zügel nahm und sie schließlich sanft mit sich zog. Er handelte so selbstverständlich, dass ich gar nicht auf die Idee kam, sein Verhalten könnte anmaßend sein, sondern ihm bloß hastig folgte. Das trockene Gras raschelte unter meinen Füßen.

»In welcher Sprache hast du denn mit dem Tier geredet?«, fragte ich neugierig.

»In Italienisch.«

»Stammst du von dort?«

»Mein Eltern – ja. Aber ich bin überall und nirgendwo zu Hause.«

Das war eine etwas merkwürdige Antwort, aber ich hatte schon einen Verdacht, was es mit ihm auf sich hatte.

»Menschen, die aus dem Süden kommen, frieren in England immer«, sagte ich.

»Dann muss ich mich wohl bewegen.« Er deutete auf das Pferd. »Darf ich?«

Auf Diana reiten?

Unmöglich, dass ihr Vertrauen zu ihm so groß war, dass sie ihm das gestattete!

Allerdings, so selbstherrlich wie er sich benahm, hatte er es durchaus verdient, auf dem Hosenboden zu landen.

»Probier's doch!«, forderte ich ihn grinsend auf.

Ich traute meinen Augen nicht, als er blitzschnell aufs Pferd sprang. Diana warf mir einen kurzen Blick zu, aber der wirkte eher überrascht als ängstlich, und sie machte keine Anstalten, ihn abzuwerfen. Als er mit der Zunge schnalzte, trabte sie los, und plötzlich, gerade als er das Tempo ein wenig beschleunigt hatte, zog er die Beine hoch, richtete sich auf und stand auf dem Pferderücken.

Du lieber Himmel! Wenn er vom Pferd stürzte, würde er sich alle Knochen brechen!

Ich konnte gar nicht hinschauen, doch er lachte bloß. Als er sich wieder niederbeugte, hatte ich die Hoffnung, er würde sich wieder in den Sattel setzen, doch stattdessen machte er nun einen Handstand auf dem Pferderücken – im Galopp, wohlgemerkt.

Diana wurde das dann doch etwas unheimlich. Sie kam auf mich zu und blieb schnaubend vor mir stehen. Der junge Mann sprang elegant auf den Boden und erinnerte mich dabei an eine Katze. Egal von welcher Höhe er springen würde, er würde, dessen war ich mir sicher, immer weich landen.

Diesmal hatte ich immerhin nicht panisch aufgeschrien. Trotzdem fragte er gönnerhaft: »Und? Hast du Angst gehabt?«

»Ach was!«, rief ich. »Aber wenn das Pferd durchgegangen wäre, hätte ich zu Fuß nach Hause gehen müssen.«

»Von wo kommst du?«

Kurz lag es mir bereits auf den Lippen, aber dann verkniff ich es mir, Clifton Manor zu sagen. »Von überall und nirgendwo.«

Dass ich seine Worte wiedergab, ließ ihn grinsen. »Und wie ist dein Name?«

»Sag mir du zuerst, wie du heißt!«

»Antonio. Meine Großmutter nannte mich als Baby Nino … die meisten tun das immer noch.« Als er seine Großmutter erwähnte, klang seine Stimme nicht länger rau, sondern plötzlich samtig weich. Er musste sie sehr geliebt haben.

»Nino«, wiederholte ich.

»Und du?«

Wieder brachte ich es nicht über mich, die Wahrheit zu sagen. Hier auf den Klippen wollte ich nicht zugeben, wer ich war, vielmehr eine andere sein. Ich dachte an das Märchenbuch, das ich als kleines Kind verschlungen hatte.

»Morgana«, flunkerte ich.

Er musste an der Röte meiner Wangen erkannt haben, dass das nicht mein wirklicher Name war, doch er stellte mich nicht zur Rede.

»Der Name einer Fee«, sagte er lediglich. »Was würdest du mit der Macht zu zaubern anfangen?«

Die Zeit anhalten, dachte ich, ewig mit dir hier stehen bleiben, zusehen, wie deine Locken im Wind wehen …

Doch ich war nicht Morgana, die Fee. Ich musste wieder zurück nach Clifton Manor. Ich musste wieder ich sein.

»Ich würde gerne stehend reiten können wie du«, sagte ich leise.

»Dazu muss man nicht zaubern können. Ich kann es dir gerne zeigen.«

»Ein anderes Mal.«

»Vielleicht übermorgen? An der gleichen Stelle wie heute?«

Ich konnte mein Glück kaum fassen. Er wollte mich tatsächlich wiedersehen!

Ich rang um eine ausdruckslose Miene, nickte und wandte mich Diana zu. Als ich aufsteigen wollte, reichte er mir die Hand, um mir zu helfen. Ich konnte den Druck noch ganz deutlich spüren, nachdem ich ihn längst wieder losgelassen hatte.

Ich gab Diana die Sporen und ritt los. Erst nach etwa hundert Metern blieb ich noch einmal stehen und drehte mich zu ihm um.

Nino stand noch an der gleichen Stelle und winkte mir nach. Seine Hosen schlackerten am Leib, noch heftiger zerrte der Wind an seinen Locken, und trotz der Entfernung vermeinte ich, das Strahlen in seinen blauen Augen wahrzunehmen.

Das Kreischen der Möwen klang wie frohes Gelách-

ter, das Rauschen des silbrig schimmernden Meeres wie zustimmender Applaus.

So schmeckt Freiheit, dachte ich wieder. So schmeckt Glück. So schmeckt … Liebe.

Elftes Kapitel

Obwohl es anstrengend war, die einzelnen Wörter zu entziffern, konnte ich einfach nicht aufhören zu lesen. Es war schon nach 22 Uhr, als ich das Tagebuch versteckte und mein Zimmer noch einmal verließ.

Die Zeilen von Violet hatten mich sehr berührt. Ich konnte fast körperlich spüren, wie befreit und unbeschwert sie sich während ihres Ausritts gefühlt hatte, wie aufgeregt sie war, als sie Nino balancieren sah, und wie glücklich, als er ein neues Treffen vorschlug. Ich war mir sicher – ihr früher Tod hatte mit ihrer Liebe zu ihm zu tun. Weitaus weniger gewiss war ich mir, wer das Tagebuch auf mein Zimmer gebracht hatte.

Mein Hauptverdacht lag immer noch auf Kate, und ich war zu ungeduldig, um sie erst morgen zur Rede zu stellen.

Etwas unheimlich war es zwar schon, den Weg zu ihrem Reihenhäuschen im Finstern zurückzulegen, und unwillkürlich musste ich an die Nächte der Séancen denken und welche Ängste Mum damals ausgestanden hatte, aber so weit war es nun auch wieder nicht, und bald hatte ich es geschafft. Als ich das erste Mal läutete, tat sich nichts, erst beim zweiten Mal riss Kate die Tür auf.

Sie trug eine grüne Gesichtsmaske und hatte sich wohl eben die Haare gewaschen, weil sie sich ein leuchtend pinkes Handtuch um den Kopf geschlungen hatte. Die drei Siamkatzen umschnurrten ihre Füße.

Ich war etwas erschrocken über ihren Anblick – und sie, dass ich unangekündigt hier auftauchte.

»Mein Gott, Dora, ist etwas passiert?«

Sie schien sich ernsthaft Sorgen zu machen, und prompt war ich mir sicher, dass sie mir das Tagebuch doch nicht gebracht hatte. Ansonsten könnte sie sich ja denken, warum ich so spät am Abend bei ihr erschien.

»Ich hoffe, ich störe nicht.«

Wie blöd, dass ich mir nicht überlegt hatte, wie ich mich herausreden könnte, wenn sich mein Verdacht nicht bestätigte!

Eigentlich wäre ich am liebsten gleich wieder gegangen, doch Kate winkte mich energisch hinein. »Du siehst etwas erfroren aus. Ich mach dir 'ne heiße Schokolade und Kekse sind auch noch da.«

Obwohl ich mir schon meine Zähne geputzt hatte, konnte ich diesem Angebot nicht widerstehen, und zugleich war ich erleichtert, etwas Zeit schinden zu können, um mir einen Vorwand für meinen Besuch auszudenken.

Als wir etwa zehn Minuten später auf dem Sofa Platz nahmen, erzählte ich ihr, wie erbost Onkel Julian darauf reagiert hatte, Eric in meinem Zimmer anzutreffen.

Kate nickte verständnisvoll. »Für euch beide ist das sicher nicht besonders cool gewesen.« Sie gab sich sichtlich Mühe, möglichst jugendlich zu klingen, und das wirkte umso grotesker, da sie immer noch die grüne Gesichtsmaske trug. Die war mittlerweile eingetrocknet und wies etliche Risse auf – wie eine Statue, die auf den Boden gekracht ist.

»Aber ich verstehe deinen Onkel auch ein bisschen«, fuhr sie fort. »Er macht sich eben Sorgen um dich!«

»Er will, dass ich Eric nicht wiedersehe. Und das nur wegen dieses lächerlichen Familienstreits!«

In Kates Gesicht stand der ähnlich hilflose Ausdruck wie heute Morgen. Eigentlich wollte sie sich mir als Freundin erweisen, aber zugleich unbedingt etwas verschweigen.

»Na ja, die Vorgeschichte eurer Eltern … man könnte sie auch als schlechtes Omen ansehen …«

Ich gab mich ahnungslos. »Warum? Es ist doch so viele Jahre her, dass Mum und Erics Dad sich getrennt haben! Toby hat danach doch eine andere Frau geheiratet.«

»Ich glaube nicht, dass er je über Ellen hinweggekommen ist«, murmelte sie.

»Es war ja auch ziemlich heftig von ihr, einfach Schluss mit ihm zu machen und abzuhauen ...«

Kate hob den Kopf und kurz war sie nicht Herrin über ihre Züge. »Wer hat dir denn gesagt, dass sie es war, die mit ihm Schluss gemacht hat?«, entfuhr es ihr.

Die voreiligen Worte schienen ihr sofort leidzutun, denn sie biss sich auf die Lippen und bückte sich schnell, um Sally ein Wollknäuel wegzunehmen.

Ich war überrascht. »Aber Mum hat doch die Isle of Wight Knall auf Fall verlassen. Da erschien es mir irgendwie logisch, dass sie sich von ihm getrennt hat. Hat wirklich *er* Schluss gemacht? Aber warum denn nur?«

Ich hätte schwören können, dass Kate unter der Maske glühend rot wurde. »Wenn ich ehrlich bin, weiß ich es nicht mehr so genau. Vielleicht irre ich mich ja auch, und sie war's, die die Beziehung beendet hat. Unglücklich waren sie auf jeden Fall beide darüber und Toby hat es das Herz gebrochen.«

Ehe ich etwas einwenden konnte, erhob sie sich. »Ich will dich natürlich nicht rauswerfen. Du kannst gerne hierbleiben und in Ruhe die heiße Schokolade austrinken, aber ich muss mir jetzt die Maske abwaschen und meine Haare föhnen.«

Ganz klar, sie wollte jede weitere Frage vermeiden. Ohne meine Antwort abzuwarten, ging sie zur Treppe, die nach oben führte. Auf der dritten Stufe blieb sie allerdings kurz stehen.

»Eric ist ein lieber Junge«, murmelte sie. »Ich kann mir vorstellen, dass er dir gefällt. Wenn du dich wirklich in ihn verliebt hast, solltest du deinem Herzen folgen und dir von niemandem dreinreden lassen. Das hätte sich auch deine Mutter gewünscht, da bin ich mir sicher. Aber in diesem Fall solltest du die Vergangenheit besser ruhen lassen.«

Sie nickte mir zu, ehe sie endgültig nach oben ging. Wenig später hörte ich erst die Wasserleitung, dann den Föhn.

Ich trank die Tasse leer und machte mich auf den Rückweg.

Kate hatte das Tagebuch also definitiv nicht auf mein Zimmer gelegt, sonst hätte sie mich nicht dazu aufgefordert, die Vergangenheit ruhen zu lassen.

Doch was hatten die Ereignisse von damals mit mir und Eric zu tun? Und wer, wenn schon nicht Kate, wollte, dass sie ans Licht kamen?

»Am besten, du kommst zur Alum Bay«, schlug Eric am nächsten Tag vor, als ich ihn anrief, um ein Treffen zu vereinbaren. »Oberhalb vom Strand befindet sich ein Rummelplatz mit kleinen Karussells und Souvenirläden für Touristen. Wir treffen uns um 15 Uhr direkt davor. Früher schaffe ich es nicht – ich muss meinem Vater beim Großeinkauf helfen.«

Eigentlich hätte ich bis dahin Zeit genug gehabt, das Tagebuch weiterzulesen, doch Onkel Julian fühlte sich leider bemüßigt, mir das Clifton-Resort zu zeigen, und ich wollte nicht sein Misstrauen erwecken, indem ich schon wieder Kopfschmerzen vortäuschte. Immerhin, als ich so nebenbei erwähnte, dass ich heute Nachmittag zur Alum Bay radeln wolle, bekräftigte er mich darin.

»Das ist einer der schönsten Strände an der Westküste, ja der ganzen Insel. Ich gebe dir Geld mit – wenn du willst, kannst du von dort eine Bootsfahrt zu den Needles machen.«

Ich nickte und bedankte mich überschwänglich. Nach dem Mittagessen steckte ich die Abschrift vom Tagebuch in meine Innentasche und radelte los.

Der Wind war ziemlich kühl, aber der Himmel strahlend blau. Die Sonnenstrahlen brachen sich auf dem Meer und ließen es glitzern, als wären Diamanten darüber ausgegossen worden. Wie gestern nahm ich den Küstenweg, radelte jedoch an der Pension der Parkers vorbei. Ich passierte einen Buchenwald und musste mehrmals absteigen, um das Rad über die Wurzeln zu wuchten, die quer über den Weg wucherten. Die Wiese dahinter war gelb von dem vielen Ginster, der hier wuchs und einen durchdringend süßen Geruch verbreitete. Dann hatte ich schon die Bucht im äußersten Westen der Isle of Wight erreicht: Die Klippen waren hier nicht weiß, sondern aus farbigen Sandsteinschichten und fielen fast senkrecht zum Meer hinab. Eine Treppe führte zum Strand hinunter, aber auch ein Sessellift für die nicht ganz so eifrigen Wanderer. Der Parkplatz daneben war schon ziemlich voll und auch in den Souvenirläden drängte sich gerade eine große Gruppe Touristen.

Ich sah durchs Fenster hinein. Unglaublich! Da gab es tatsächlich kleine Glasgefäße randvoll mit dem Sand der Alum Bay zu kaufen. Er wies sämtliche Farbnuancen auf – von Rot über Braun bis hin zu Schwarz. Ich verstand zunächst nicht, warum jemand dafür bezahlte, las dann aber an etlichen Schildern ab, dass es verboten war, ihn einfach so mitzunehmen.

Ich fragte mich unwillkürlich, ob sich auch zu Violets Zeiten so viele Touristen hier rumgetrieben hatten oder ob die Strände noch menschenleer gewesen waren. An dem Morgen, als sie, nicht sonderlich weit von hier, Nino getroffen hatte, waren sie auf jeden Fall ganz alleine gewesen …

Ich zuckte zusammen, als sich plötzlich eine Hand auf meine Schultern legte. Unbemerkt hatte sich Eric angeschlichen.

»Der Geist von Clifton Manor«, stellte er sich vor.

Er hatte so gar nichts mit einem Geist gemein. Sein Gesicht war gerötet, nachdem er offenbar sehr schnell geradelt war, die Haare waren zerzaust, und seine weißen Zähne blitzten. Er trug kurze Shorts, unter denen ziemlich muskulöse Beine hervorsahen, und ein enges T-Shirt, unter dem sich der gleichfalls sehnige Oberkörper abzeichnete. Einmal mehr verkrampfte sich mein Magen auf wohlige Weise. Ich war so aufgeregt, dass ich nicht sicher war, wie wir uns begrüßen sollten. Doch er beugte sich einfach vor und küsste mich auf die Wangen.

Genau betrachtet hätte ich mir etwas mehr gewünscht – einen Kuss auf den Mund –, aber ich war sehr glücklich, als er meine Hand nahm und mich mit sich zog.

»Komm, ich zeig dir was!«

Wir gingen die Stufen zum Strand hinunter. So hoch und schief wie sie waren, musste ich mich ganz darauf konzentrieren, nicht zu stolpern, aber ich genoss den festen Druck seiner Hand. Unten angekommen, war ich etwas enttäuscht: Der Strand war nur fünf Meter breit.

»Es ist ja jetzt auch Flut«, erklärte Eric, »bei Ebbe gibt es mehr Platz.«

Laut schlugen die Wellen gegen das Ufer. Sonderlich einladend waren die graugrünen Fluten nicht – auf ein Bad konnte ich gerne verzichten –, doch es musste sicher Spaß machen, mit einer der Jachten oder einem Segelboot, wie sie nicht weit von uns vorbeifuhren, die Küste zu erkunden.

Wir gingen immer noch Hand in Hand weiter. Anfangs mussten wir ständig Touristen überholen, aber je weiter wir uns von der Treppe entfernten, desto einsamer wurde es. Schließlich erreichten wir einen

Felsvorsprung, der so aussah, als hätte sich ein Teil der Klippen gelöst und wäre einem lehmigen Tropfen gleich heruntergesackt. Dahinter befand sich der Eingang zu einer kleinen Höhle. So viel Klopapier wie hier herumlag, war es nicht sehr einladend, sie zu betreten, aber Eric führte mich daran vorbei zu einem kleinen Stück Strand, wo man nicht nur von Blicken, sondern auch vom Wind geschützt war. Wir ließen uns auf den Sand nieder, der in der Sonne wie Kupfer funkelte und angenehm warm war.

So begierig ich vorhin auch war, mich mit Eric auszutauschen, wäre ich jetzt eigentlich lieber schweigend mit ihm in der Sonne gelegen und hätte ihn geküsst, doch als er neugierig nach dem Tagebuch fragte, kam ich nicht umhin zu berichten, was ich bis jetzt herausgefunden hatte. Ich fasste den Inhalt in wenigen Stichworten zusammen und gab ihm dann die Abschrift, damit er sie selbst überfliegen konnte.

»Wer dieser Nino wohl gewesen ist?«, sinnierte ich.

»So einfach wie seine Kleidung war, stammte er auf jeden Fall nicht aus einer reichen Familie. Und dass er Italiener war, hätte dem engstirnigen Horace wohl auch nicht zugesagt.«

Ich nickte. »Eine standesgemäße Partie für seine Tochter war Nino in seinen Augen ganz sicher nicht. Denkst du, dass er von ihrer Liebe zu ihm erfahren hat?«

»Vielleicht«, Eric zuckte die Schultern. »Aber dass

sie deswegen ermordet wurde … das kann ich mir eigentlich nicht so recht vorstellen.«

Ich hatte schon die ganze Nacht darüber sinniert, aber wurde einfach nicht schlau aus der ganzen Sache. Selbst wenn Horace eine Mitverantwortung am viel zu frühen Tod seiner Tochter trug und dies während der Séancen aufgedeckt worden wäre, hätte meine Mum doch nicht mit Toby und ihrer Familie gebrochen. Etwas anders sah es schon aus, wenn ihr Vater Charles der Mörder gewesen wäre – Violets Bruder. Meine Mum wäre in diesem Fall sicher total entsetzt gewesen, vor allem falls auch ihre Mutter davon gewusst und die Tat vertuscht hätte. Angesichts von deren heftiger Reaktion auf meine Frage nach dem verschwundenen Mädchen lag das durchaus im Bereich des Möglichen, aber das erklärte noch nicht ihre und Tobys Trennung und schon gar nicht, dass Toby – wie Kate es zumindest angedeutet hatte – mit ihr Schluss gemacht hatte, nicht umgekehrt.

Eine Weile stellten wir gemeinsam Vermutungen an, aber wir kamen nicht weiter.

»Du hast noch nicht das ganze Tagebuch gelesen, oder?«

Ich schüttelte den Kopf. »Ich hatte Angst, es mitzunehmen, damit es nicht beschädigt wird, aber heute Abend lese ich weiter.«

»Meine Grandma ist verschlossen wie eine Auster. Ich habe sie gestern Abend noch einmal auf Violet angesprochen, aber sie wollte mir einfach nichts mehr sagen.«

»Bei Kate ist es genauso. Sie tut zwar wahnsinnig freundlich, doch ich bin mir sicher, dass sie etwas verschweigt.«

»Hast du schon mal darüber nachgedacht, dass es noch jemand anderen gibt, der damals bei den Séancen dabei gewesen ist und uns mehr darüber erzählen könnte?«

Ich sah ihn verblüfft an. »Kate, Toby, meine Mum und …« Ich schlug mir mit der Hand auf die Stirn. »Und Orphelia!«, rief ich.

»Vielleicht könnten wir mit ihr Kontakt aufnehmen«, rief Eric eifrig. »Ich meine, sie war doch offenbar ein berühmtes Medium. Wenn wir ihren Namen googeln, finden wir womöglich Kontaktdaten. Es ist zwar nicht gesagt, dass sie noch lebt – sie war ja schon damals nicht mehr die Jüngste –, aber auf einen Versuch käme es an.«

Das war ohne Zweifel eine gute Idee, doch das bedeutete auch, dass wir hier und jetzt nicht weiterkamen. Ich hatte schon Angst, dass Eric darauf drängen würde, sofort nach Hause zu fahren, aber er blieb träge im Sand liegen und dachte wohl das Gleiche wie ich: Die Rätsel der Vergangenheit hin oder her – die nächsten beiden Stunden gehörten uns. Und uns verband mehr als nur die Geheimnisse von früher.

Nachdem wir eine Weile schweigend die Sonne

genossen hatten, reichte er mir seine Hand und zog mich hoch.

»Wer ist als Erstes beim Wasser?«

Wir liefen los und schlüpften am Ufer aus den Schuhen. Um ganz unterzutauchen, war es zu kalt, aber es machte Spaß, bis zu den Knien in die Fluten zu laufen. Die Kälte schnitt in meine Beine und mein Gesicht glühte rot.

Eric spritzte mich an.

»Na warte!«, rief ich.

Ich wollte es ihm heimzahlen, doch als ich auf ihn losstürmte, trat ich auf einen Stein und kam ins Straucheln. Bevor ich ins Wasser klatschte, war er schon an meiner Seite und hielt mich fest. Und dann lag ich plötzlich in seinen Armen und wir küssten uns – nicht flüchtig wie gestern Abend, sondern so lange, als hätten wir alle Zeit der Welt. Erst schlugen ungebärdig unsere Zähne aufeinander, aber endlich fanden wir den gleichen Rhythmus. Lange konnten wir nicht im kalten Wasser stehen, doch ohne uns voneinander zu lösen, wateten wir zum Strand und küssten uns dort weiter.

Als wir uns lösten, wurde mein Haar vom Wind erfasst. Die Locken peitschten mir ins Gesicht.

Ich bin glücklich, dachte ich, so glücklich, wie damals Violet gewesen ist, als sie sich in Nino verliebt hat …

Leider musste ich später alleine nach Orphelia googeln. Eigentlich hatten wir vorgehabt, zu einem Internetcafé zu radeln, doch gerade als wir uns den Sand von der Kleidung strichen, bekam Eric einen Anruf von seinem Vater. Ein paar der Gäste wollten gerne segeln gehen und brauchten einen fachkundigen Begleiter.

»Das ist mein liebstes Hobby«, erklärte er. »Irgendwann können wir auch einmal segeln … aber ich fürchte, jetzt muss ich dich allein lassen.«

»Kein Problem«, log ich, obwohl es mir schwerfiel, mich von ihm zu trennen. Wie gestern schon verabschiedeten wir uns ein Stück weit von der Pension entfernt. Wieder blickte ich ihm nach, wie er im satten Licht des Nachmittags davonging.

Wie schön er war … wie schön auch mein Leben war … zumindest für diese gestohlenen Stunden.

Bald hatte mich die Wirklichkeit wieder, und das einmal mehr in Form einer Teestunde mit Onkel Julian und den obligatorischen Scones. Immerhin: Er begnügte sich mit einsilbigen Antworten, als er nach meinem Ausflug fragte, und brachte die Rede Gott sei Dank nicht auf Eric.

Später fragte ich Molly, wo ich ungestört im Internet surfen konnte, und sie brachte mich in ein kleines Büro in der Nähe der Rezeption, wo zwei ziemlich veraltete Computer standen.

»Die meisten Gäste benutzen mittlerweile WLAN.

Es ist so gut wie immer leer hier, auch ich checke manchmal meine Mails. Der Chef sieht das zwar nicht so gerne, aber na ja …« Sie grinste und hob vielsagend die Augenbrauen.

Ich setzte mich auf einen runden Stuhl, dessen Leder schon etwas brüchig geworden war. Auch wenn der Computer nicht gerade das neueste Modell war, funktionierte die Verbindung tadellos.

»Orphelia, Medium«, gab ich in die Suchmaske ein.

Zunächst hatte ich ja noch Angst gehabt, dass ich gar nichts finden würde, doch bald stellte sich heraus, dass das Gegenteil das Problem war: Es gab Tausende von Einträgen, die beide Stichwörter beinhalteten. Bei etlichen tauchten die Wörter nur zufällig miteinander auf, einige wenige boten Information zur gesuchten Orphelia.

Nach etwa einer halben Stunde hatte ich die wichtigsten Informationen gesammelt oder besser: die vielen Lügen über ihr Leben. Die meisten Berichte über sie waren nämlich sehr widersprüchlich und vor allem über ihre Herkunft und ihren Werdegang gab es die krudesten Theorien. Einmal hieß es, sie sei früher eine russische Spionin gewesen, ein anderes Mal, dass sie aus einer reichen Schweizer Bankiersfamilie stamme, in einem dritten Artikel wurde schließlich behauptet, dass sie in Wahrheit Italienerin sei und einer Romafamilie entstamme.

Auch ihr späteres Leben war schwer zu rekonstruieren: Von drei Ehemännern war in dem einen Text die Rede, von einem einsamen Leben als unverheiratete Frau in einem anderen.

Ich seufzte genervt. Ja, was denn nun? Gab es womöglich mehrere Medien, die Orphelia hießen?

Hinweise auf einen Wohnort oder gar eine Adresse, um sie zu kontaktieren, gab es auf jeden Fall keine.

Ich folgte einer Eingebung und gab »Orphelia« und »Clifton-Resort« ein.

Kein Ergebnis, so ein Mist.

Danach versuchte ich es einmal mit »Orphelia« und »Violet« sowie »Orphelia« und »Nino«.

Wieder nichts.

Ich wollte schon genervt aufgeben, als mir etwas auffiel: Hatte es nicht in dem einen Artikel über sie geheißen, sie sei Italienerin? Nino stammte doch auch von dort, vielleicht gab es hier die Möglichkeit, so gewagt das auch klang, eine Verbindung herzustellen.

Nun gab ich »Orphelia« und »Italien« ein und prompt wurde ich fündig. Im Archiv einer Tageszeitung aus den 70er-Jahren fand ich einen Artikel über einen Zirkus, der regelmäßig in England gastierte. Insbesondere Kinder wurden dazu eingeladen, neben den Aufführungen die exotischen Tiere zu besichtigen und mit den Akrobaten zu trainieren. Und außerdem konnten sie – wie natürlich auch ihre Eltern – die Wahrsagerin Orphelia de la Rovere nach ihrer Zukunft befragen.

Eine Wahrsagerin war natürlich etwas anderes als ein Medium – und dennoch: Zirkus, das könnte passen! Nino war scheinbar auch Akrobat gewesen, so mühelos wie er auf dem Pferderücken herumturnte. Und zu Violet hatte er gesagt, dass er überall und nirgends zu Hause sei.

War es möglich, dass Orphelia beim selben Zirkus wie Nino gearbeitet hatte? Und dass sie nicht nur ihn, sondern sogar Violet gut gekannt hatte? War sie gar nicht zufällig Gast im Clifton-Resort gewesen, sondern hierhergekommen, um die damaligen Ereignisse aufzuklären?

Ich suchte nun gezielt nach einer »Orphelia de la Rovere« und stieß auf viele der Artikel, die ich schon vorhin, als ich nach dem »Medium« Orphelia gegoogelt hatte, gelesen hatte. Vermutlich handelte es sich wirklich um ein und dieselbe Person.

Außerdem stieß sich auf einen mehrere Seiten langen Bericht mit der Überschrift »Die Geisterbeschwörerin« und überflog ihn neugierig. Offenbar lag dem Artikel ein Interview mit Orphelia zugrunde, und so nüchtern er im Vergleich zu manch anderen sensationsheischenden Berichten gehalten war, hatte ich zum ersten Mal das Gefühl, dass er auf Fakten, nicht auf wilden Gerüchten basierte.

Demnach hatte Orphelia viele Jahre ihres Lebens beim Zirkus verbracht, ehe sie 1975 in London ihre Laufbahn als Medium begonnen hatte.

Ich wurde immer aufgeregter. Falls Orphelia tatsächlich persönlich in die Sache involviert war – konnte es sein, dass sie Mum, Kate und Toby nur benutzt hatte? Dass gar kein Geist zu ihnen gesprochen hatte, sondern Orphelia geschickt die Antworten von »Violet« gelenkt hatte, um ihre Neugierde anzufachen? Vielleicht hatte sie darauf gehofft, dass Ellen ihre Eltern bedrängen würde und so endlich alles ans Licht kam!

Ich atmete tief durch. Noch hatte ich zu wenige Beweise, um diesen Verdacht zu erhärten, und rasch vertiefte ich mich in einen weiteren Artikel. Er war zwar knapper gehalten, bestätigte allerdings Orphelias Vergangenheit im Zirkus und zeigte sogar ein Foto von ihr. Die alte Frau, die darauf zu sehen war, hatte keine Ähnlichkeiten mit dem geheimnisvollen Medium, wie Mum es in ihren Aufzeichnungen geschildert hatte. Weder trug sie diese voluminöse Turmfrisur noch farbenprächtige Kleidung oder diese rasselnde Kette. Stattdessen war auf dem Foto eine ungeschminkte, etwas verhärmt wirkende alte Dame zu sehen, auf deren Kopf ein lächerliches Hütchen saß. In dem Artikel ging es gar nicht um sie als Medium, sondern um eine Gesellschaft von Spiritisten, die in einen Untreue-Skandal verwickelt war.

Orphelia hatte zu den Angeklagten gehört, doch bevor es 1981 zu der ersten Gerichtsverhandlung kam, war sie gestorben.

Irgendetwas irritierte mich, aber ich wusste nicht genau, was, und entschied, es für heute gut sein zu lassen. Ich stand auf, schaltete den Computer aus und lugte durch den Türspalt in den Gang, um sicherzugehen, dass Onkel Julian sich nicht da draußen herumtrieb. Ich hatte keine Lust auf Small Talk und noch viel weniger auf eine Tasse Tee und zähe Scones.

Die Luft war rein, doch gerade als ich meinen Fuß in den Gang setzen wollte, traf mich die Erkenntnis wie ein Schlag.

Orphelia war vor 1981 gestorben – die Séancen hatten jedoch erst 1988 stattgefunden! Und falls es nicht zufällig zwei Medien mit dem Namen Orphelia gab, konnte das nur bedeuten, dass die Frau, die hier im Hotel zu Gast war und die Séancen angeregt hatte, gar nicht die echte Orphelia war, sondern ihre Identität nur benutzt hatte, um ihre Ziele zu erreichen. Aber welche waren das? Und wer konnte diese Frau gewesen sein?

Ich wurde immer verwirrter und überlegte kurz, sofort zu Eric zu fahren, um ihm alles zu erzählen. Aber viel mehr als sich in wilden Vermutungen ergehen konnte er auch nicht. Besser, ich las weiter im Tagebuch. Vielleicht würde ich dort einen Anhaltspunkt finden.

Zwölftes Kapitel

9. Juni 1961

Ein zweites Mal habe ich mich von zu Hause fortgestohlen, um Nino wiederzusehen. Diesmal habe ich nicht einmal Beatrice eingeweiht und ich habe Diana hinter Petes Rücken aus dem Stall geholt und selber gesattelt. Ich bin früher als beim letzten Mal losgeritten – direkt in den Sonnenaufgang hinein. Wunderschön war es anzuschauen, wie das sanfte Rot vom Meer gespiegelt wurde, als würde das Wasser erglühen, aber als ich beim Tennyson Monument ankam, war von Nino weit und breit nichts zu sehen.

Ich wartete stundenlang, doch er kam nicht. Irgendwann blieb mir nichts anderes übrig, als zurückzureiten.

Charles war sehr wütend, als ich heimkam, doch ehe er mich zur Rede stellen konnte, bin ich in mein Zimmer geflüchtet. Und hier sitze ich nun und mag eigentlich gar nicht mehr länger ins Tagebuch schreiben. Was denn auch?

Ich habe solche Angst, dass ich Nino nie wiedersehen werde …

17. Juni 1961

Charles hat mir verboten, auszureiten. Wenigstens konnte ich einen langen Spaziergang machen. Doch keine Spur von Nino. Ich könnte heulen.

25. Juni 1961

Ich habe ihn wiedergesehen! Endlich! Und wir haben uns geküsst, zumindest fast!

Ich kann gar nicht sagen, wie aufgeregt ich bin. Ja, ich weiß, eine vernünftige Stimme in mir sagt mir: Es ist falsch, es ist aussichtslos, es ist wahnsinnig…

Aber dass er wahnsinnig sei, habe ich ihm auch bei unserem ersten Treffen vorgeworfen, und nun hat sich herausgestellt, dass das, was ich für völligen Irrsinn hielt, schlichtweg sein Beruf ist.

Doch alles der Reihe nach. Letzte Woche waren wieder Gäste auf Clifton Manor, diesmal keine Politiker, sondern Industrielle aus London. Sie hatten zwei Töchter in meinem Alter, und obwohl deren Gesellschaft auf den ersten Blick unterhaltsamer erscheinen mag als die von älteren Damen, war ich bald enttäuscht. Die beiden waren total versnobte Gören, die so taten, als lebten wir auf einem Bauernhof, nur weil wir nicht wie sie in der Hauptstadt residierten. Überhaupt erschien es ihnen als Zumutung, sich auf einer Insel aufhalten zu müssen.

Obwohl ich mich selber hier oft gefangen fühle, finde ich es lächerlich, sich etwas darauf einzubilden, in London geboren worden zu sein. Mich musterten sie übrigens in meiner Mischung aus Mitleid und Verachtung. Mein Kostüm mit Spitzenbluse fanden sie scheinbar schrecklich altmodisch – und obwohl ich ihnen zwar insgeheim recht geben musste, finde ich es einfältig, Menschen nach ihrer Kleidung zu beurteilen.

Wie auch immer, das ist jetzt nicht weiter wichtig!

Es zählt nur, dass Vater vorschlug, dass ich ihnen Totland zeigen solle, was mir die Möglichkeit gab, dem Herrenhaus endlich wieder zu entkommen. Wenig später gingen wir den Pier entlang, wo Fähren und Vergnügungsschiffe anlegten und wo sich kleine Pavillons mit Souvenirs aneinanderreihten.

Sobald wir Clifton Manor verlassen hatten, hat sich eines der Mädchen – ich glaube, es war Monica – eine Zigarette angesteckt. Ich konnte mir ein Grinsen nicht verkneifen, denn Vater würde bei diesem Anblick ohne Zweifel in Ohnmacht fallen! Er raucht zwar selbst – vorzugsweise dicke Zigarren –, aber den weiblichen Familienmitgliedern hat er es strikt verboten.

Nun, die Zigarette hob Monicas Stimmung nicht und auch Alice konnte man nichts recht machen. Ich schlug vor, dass wir zum Strand gehen sollten, um Federball zu spielen, aber das fanden sie beide dämlich und beharrten stattdessen darauf, einkaufen zu gehen. Ich konnte mir nicht vorstellen, dass man in Totland irgendetwas kaufen kann, was ihnen gefällt, aber meinetwegen… wenn sich der Anlass bot, sie loszuwerden, wollte ich diesen gerne nutzen. Ich wies ihnen die Richtung zu kleineren Geschäften, versprach, in einer Stunde hierher zurückzukehren, und machte mich allein zum Strand auf.

Ehrlich gesagt hatte ich keine große Hoffnung mehr, Nino jemals wiederzusehen, aber als ich den Strand entlangging, hörte ich plötzlich ein merkwürdiges Geräusch, ein Gebrüll nämlich, so laut und tief, dass es unmöglich aus dem Mund eines Menschen kommen konnte. Es erinnerte mich eher an einen Löwen, wie ich ihn einmal bei einem Ausflug im Londoner Zoo gesehen habe.

Erst dachte ich, ich hätte mich getäuscht, aber als ich dem Geräusch folgte, sah ich ein großes Zirkuszelt und die vielen Wohnwägen, die es umsäumten. Ihre Dächer waren allesamt bunt, genauso wie die Kleider der vielen Menschen hier. Einige saßen um ein Lagerfeuer und brieten Würstchen, andere brachten den vielen Tieren, darunter auch dem Löwen, etwas zu fressen, wieder andere trainierten, auf einem Seil zu balancieren oder sich elegant auf ein Trapez zu schwingen. Neben dem Löwen nahm ich auch einen Gepard wahr, mehrere Affen… und Pferde.

Mein Herz begann zu klopfen, und das nicht allein wegen der Pferde. Es waren zwar Prachttiere, doch ich hatte keinen Blick für sie – sondern nur für den, der da stand und gerade eins striegelte, bis die Mähne glänzte.

Nino!

Ich stürzte auf ihn zu, konnte mich im letzten Moment aber gerade noch zurückhalten. Nachdem er mich einfach versetzt hatte, wollte ich ihm schließlich nicht zeigen, dass ich seit Tagen auf diesen Moment gewartet hatte.

Ich setzte eine ausdruckslose Miene auf und tat so, als würde ich ihn gar nicht weiter beachten, sondern nur vom Pferd fasziniert sein.

»Ein wunderschönes Tier«, stellte ich fest.

Er hob den Blick, lächelte breit und tat überrascht, aber plötzlich hätte ich schwören können, dass er mich aus den Augenwinkeln bereits hatte kommen sehen. Ich fragte mich, ob ihm wohl gefiel, was er sah: Schließlich trug ich doch dieses unsägliche Kostüm und meine Haare waren zu einem Zopf zusammengebunden. Doch würde er so herzlich lächeln, wenn ihn mein Anblick abstieß?

»Morgana, die Fee«, stellte er fest.

Wenn ich tatsächlich zaubern könnte, dachte ich plötzlich, würde ich dich verzaubern, auf dass du nie wieder eine andere Frau so ansiehst wie mich – so verschmitzt, etwas spöttisch, zugleich liebevoll.

Er sah noch viel besser aus als beim letzten Mal. Eine braune Locke fiel ihm in die Stirn, sein Hemd war bis zu den Ellbogen aufgekrempelt, sodass seine sehni-

gen Unterarme zu sehen waren, und auch der oberste Knopf seines weißen Hemds stand offen. Die Brust darunter war ganz glatt.

»Na, was ist?«

Wie peinlich! Er hatte eine Frage gestellt, und ich war so versunken in seinen Anblick, dass ich sie gar nicht gehört hatte.

»Traust du dich etwa nicht?«

Ich mutmaßte, dass er mir angeboten hatte zu reiten. »Natürlich, aber …« Ich deutete auf meine Kleider.

Er lachte. »Ich stelle es mir tatsächlich etwas unbequem vor, mit diesem Rock zu reiten. Aber du könntest dir von meiner Schwester etwas ausleihen …«

Oh, ich wäre auch in Sack und Asche gegangen, nur um mit ihm auszureiten!

Ich nickte schnell und folgte ihm wenig später mit pochendem Herzen in einen der Wohnwägen. Er war ziemlich einfach eingerichtet, im Grunde nur mit mehreren Schlafliegen, die – wie die Kojen auf dem Schiff – übereinander angebracht waren. Doch so schlicht, ja schmutzig alles wirkte – die vielen Farben entschädigten dafür: Nicht nur die Bettwäsche war bunt, sondern auch das Holz, das mit allen möglichen Mustern, die wilde Tiere und prächtige Blumen darstellten, verziert war. Über einer der Liegen lagen diverse Kostüme, und nachdem Nino mich alleine gelassen hatte, schlüpfte ich in weite Hosen aus raschelndem rotem Stoff. Ich kam mir vor wie eine exotische Haremsdame.

Nirgendwo und überall würde er leben, hatte er mir gesagt, und plötzlich stellte ich mir vor, dass ich dieses Leben teilte. Ich würde in einem solchen Wohnwagen schlafen, von Ort zu Ort ziehen, wilde Tiere abrichten, Kunststücke einüben, Leute damit begeistern, die Freiheit genießen … Meine Sehnsucht danach wurde so groß, dass ich einen Kloß im Hals bekam.

Nino klopfte an die Tür. »Bist du fertig?«

Ich schluckte die aufsteigenden Tränen herunter. Ehe ich hinaustrat, löste ich meinen strengen Zopf. Weich fielen die langen Strähnen nun um mein Gesicht, und als Nino mich sah, weitete sich sein Blick anerkennend. »Jetzt siehst du tatsächlich aus wie eine Fee.«

»Morgana war eine Keltin. Sie stammt nicht aus dem Morgenland.«

»Trotzdem.« Er deutete auf das Pferd.

»Eins für uns beide?«, fragte ich verdutzt.

»Sonst kann ich es dir ja gar nicht zeigen.«

»Was?«

»Nun, wie man im Stehen reitet.«

Ich hatte zwar tatsächlich große Lust, das auszuprobieren, doch sobald ich vor ihm im Sattel saß, hätte ich am liebsten ewig so weiterreiten wollen. Unsere Körper waren dicht aneinandergepresst, ich spürte jede seiner Bewegung, seine warme Haut und wie seine braunen Locken mich im Nacken kitzelten.

Ich war fast ein wenig enttäuscht, als er sagte: »Willst du es versuchen?«

Doch was hätte ich denn sagen sollen? Nein, viel lieber will ich dich spüren?

Ich nickte. Mein Zögern schien ihm nicht zu entgehen, wenngleich er es falsch deutete. »Du musst keine Angst haben, wir gehen es ganz langsam an. Zunächst versuchst du, auf dem Sattel zu knien, und erst wenn du dir ganz sicher bist, stehst du langsam auf. Natürlich werde ich dich die ganze Zeit über festhalten.«

Dagegen hatte ich natürlich nichts einzuwenden. Das Pferd verlangsamte seinen Gang ein wenig, und nachdem Nino mir seine Hände um die Taille gelegt hatte, zog ich meine Beine hoch und kniete mich auf den Sattel. Es war eine ziemlich wackelige Angelegenheit, und ich war mir sicher, dass ich keine annähernd so elegante Erscheinung bot wie er, aber Angst hatte ich in keinem Augenblick.

Und selbst wenn ich vom Pferd stürze, dachte ich, und mir das Genick breche, ich würde ja doch im schönsten Augenblick meines Lebens sterben …

Charles und Vater wären entsetzt gewesen, wenn sie mich so sehen würden: auf dem Pferd kniend, mit diesem wallenden Gewand und den offenen Haaren, vor einem einfachen Jungen, der nichts anderes besaß als seine akrobatischen Fähigkeiten. Für verrückt würden sie mich halten, für trotzig, für dumm, für anmaßend, aber ich dachte nur: Das bin ich, das will ich sein.

»Denkst du, dass du es schaffst, aufzustehen?«

»Aber ja doch!«

Mein Vertrauen zu Nino war grenzenlos, und auch das Pferd schien instinktiv zu spüren, dass es keine abrupte Bewegung machen durfte. Ganz vorsichtig erhob ich mich. Nino hielt nicht länger meine Taille, sondern meine Knie umschlungen und dann stand ich schon. Ich hob die Hände, so wie Möwen ihre Flügel ausbreiten, und tatsächlich, ich flog … ich flog in den blauen Himmel. Lachend legte ich meinen Kopf in den Nacken und labte mich an den warmen Sonnenstrahlen. Wie herrlich das war, wie befreiend, wie wunderschön!

Viel zu schnell war der Ritt zu Ende. Nino hielt das Pferd an und stützte mich, bis ich wieder im Sattel saß.

»Gar nicht mal so schlecht«, er klang etwas neckisch, aber ich zweifelte keinen Augenblick daran, dass er zutiefst beeindruckt war. »Ich wusste nicht, dass Feen so gut reiten können.«

»Wenn du wüsstest, was Feen noch alles können!«

Leider gehörte es nicht zu meinen Fähigkeiten, die Zeit anzuhalten. Ich musste wieder zurück, und obwohl ich es nicht aussprach, wendete Nino das Pferd. Am liebsten hätte ich ihm zugerufen, dass es so langsam wie möglich gehen solle, aber es verfiel in wilden Galopp, und bald hatten wir wieder den Zirkus erreicht.

Als Nino vom Pferd sprang und die Hand nach mir ausstreckte, um auch mir hinunterzuhelfen, trafen uns erstaunte Blicke, aber niemand stellte Fragen.

Die Aussicht, nun von ihm gehen zu müssen, machte mich verwegen. Anstatt mich auf ihn zu stützen, sprang ich mit solchem Schwung vom Pferderücken, dass unsere Gesichter fast zusammenkrachten. Kurz lag meine Wange auf der seinen. Seine Haut war weich und etwas stachelig. Er zuckte zusammen, ich auch, aber anstatt mich von ihm zu lösen, hauchte ich einen Kuss auf seine Lippen. Er war nur flüchtig, doch als ich zurücktrat, brannte mein Gesicht … und seines auch.

Ich rang nach Worten, aber ich wusste: Es gab keine, um die Magie dieses Augenblicks zu fassen.

»Ich will es morgen noch mal versuchen, treffen wir uns hier?«, fragte ich heiser. »Um die gleiche Zeit?«

Er nickte schweigend, und dann musste ich schon zurück in den Wohnwagen, um mich umzukleiden.

Aus der Fee Morgana wurde wieder eine Clifton, doch ich hatte nicht das Gefühl, wieder mein wahres Ich anzunehmen, sondern vielmehr, mein Gesicht hinter einer Maske zu verstecken.

Unter dieser Maske bin ich allerdings ein glücklicher Mensch … der glücklichste der Welt. Ich kann es zwar niemandem sagen, will es aber immer wieder schreiben.

Ich bin glücklich. Ich bin glücklich. Ich bin glücklich.

2. Juli 1961

Ich weiß nicht, was ich tun soll. Es ist alles so verwirrend … und so schwierig.

Eben lese ich meinen letzten Beitrag.

Ich bin so glücklich, habe ich geschrieben …

Ach, natürlich bin ich das immer noch … zumindest wenn ich mit Nino zusammen bin … aber sonst …

Seit unserem ersten Wiedersehen bin ich noch zwei Mal mit ihm ausgeritten. Was soll ich sagen – ich kann jetzt stehend reiten (natürlich nur, wenn er mich festhält). Und ich bin mir auch sicher: Ich liebe ihn. Ich liebe ihn, wie ich noch keinen Mann geliebt habe.

Aber zu wissen, was man fühlt, heißt nicht zu wissen, was man tun soll.

Gestern wollte ich ihn noch einmal küssen, und ich hätte schwören können, er wollte es auch, doch dann …

Aber der Reihe nach: Während des Ausritts legten wir eine kleine Pause ein. Wir waren die Klippen entlanggeritten und stiegen nun zum Strand hinunter. Der Sand sah in der Sonne aus wie Gold und im Schatten wie Kupfer.

»Ich habe mal gelesen, dass die Erde in Australien rot ist«, murmelte ich. »Wahrscheinlich sieht es dort ähnlich aus wie hier.«

»Australien«, sagte er versonnen, »das ist am anderen Ende der Welt.«

Wie gerne wäre ich dort, wie gerne würde ich dieses Land mit Nino bereisen! Ein fremdes Land, wo mich niemand kennt, wo die Cliftons keine Macht haben, wo ich die Fee Morgana sein kann, wo ich ihn küssen kann, wo er nicht im letzten Augenblick zurückschrecken würde.

Das tat er nämlich, als ich es versuchte. Verlegen senkte er den Blick. »Wir sollten das nicht tun«, murmelte er.

Die Worte zerrissen mir das Herz. Nicht weil ich das Gefühl hatte, ich sei ihm egal, sondern weil ich plötzlich wusste, was ihn davon abhielt, mich zu küssen.

»Wer hat es dir gesagt?«, fragte ich heiser. »Wer hat dir gesagt, wer ich bin?«

Sein Blick blieb gesenkt. »Es war nicht so schwer, das zu erraten …« Er deutete mit dem Kinn auf meine Schuhe. Auch wenn ich meine Kleidung gegen das Haremsgewand getauscht hatte, trug ich meine eleganten Lederstiefel.

»Es … ich …« Ich hatte keine Ahnung, was ich sagen sollte, und er offenbar auch nicht.

Vielleicht ermahnte ihn eine vernünftige Stimme, dass es besser wäre, mich hier stehen zu lassen und sich künftig von mir fernzuhalten, aber er schaffte es nicht, nahm stattdessen meine Hand und drückte sie. Auch wenn ich auf den erhofften Kuss verzichten musste, kostete ich die Berührung aus.

»Ich möchte doch nur mit dir zusammen sein«, presste ich über die Lippen. »Am liebsten würde ich nie wieder nach Hause gehen …«

»Du kannst doch nicht einfach dein Leben aufgeben!«

»Das ist doch kein Leben, nur die Aneinanderreihung langweiliger Tage! Mit dir … mit dir will ich leben.«

Er senkte den Blick, wirkte traurig und – was mich noch mehr bestürzte – verlegen. Empfand er etwa nicht das Gleiche wie ich? Oder wollte er mich nur vor mir selbst schützen?

Ich wagte nicht, ihn zu fragen, und schließlich sagte er nur knapp: »Lass uns zurückreiten.«

Mein Herz wurde bleischwer, als wir das Pferd bestiegen. Kaum erträglich war das Schweigen zwischen uns, und noch schmerzlicher war es, dass wir uns voneinander verabschiedeten, ohne ein neues Treffen zu vereinbaren. Ich wagte nicht einmal zu fragen, wie lange der Zirkus noch hier gastieren würde.

Auf dem Heimweg überlegte ich fieberhaft, was ich jetzt tun sollte. Einfach abhauen, alles hinter mir lassen, mit ihm gehen? Aber was sollte ich beim Zirkus tun? Bis ich auf dem Pferderücken so geschickt reiten könnte wie Nino, würden Jahre vergehen. Und Vater und Charles würden mich gewiss suchen lassen …

Wenn man vom Teufel spricht … Als ich auf Clifton Manor zuging, sah ich Charles schon von Weitem auf der Terrasse stehen. Er musste mich längst erkannt haben, aber er kam mir nicht entgegen.

Ohne Zweifel, er war eine stattliche Erscheinung. Früher hatte ich ihn bewundert, er war der wichtigste Mann in meinem Leben gewesen, und ich hatte ihn von Herzen geliebt, aber mit den Jahren war er mir immer fremder geworden. Wie versnobt er war! Er bildete sich so viel auf seinen Namen und seine Her-

kunft ein, als wäre es das, was einen Menschen ausmacht!

O nein, er würde nie verstehen, wer ich war und was in mir vorging.

»Wo bist du gewesen?«, fuhr er mich an, als ich das Haus erreichte.

Trotz und schlechtes Gewissen stritten in mir. Und dass ich ihn insgeheim verachtete, machte es nicht einfacher, ihm offen ins Gesicht zu lügen.

Ich entschied, bei der Wahrheit zu bleiben, zumindest teilweise.

»Bei der Alum Bay …«

»Mir fällt auf, dass du immer öfter heimlich das Anwesen verlässt.«

»Was willst du denn?«, fuhr ich ihn ziemlich schroff an. »Clifton Manor ist doch kein Gefängnis.« Früher habe ich nie so mit ihm zu reden gewagt und prompt runzelte er die Stirn.

»Du bist nicht irgendwer, du hast Pflichten zu erfüllen«, schnaubte er.

»Die kann an meiner statt doch auch ein Schoßhündchen übernehmen.«

Mit diesen Worten wollte ich mich an ihm vorbeidrängen, doch er hielt mich fest. Seine Miene wurde eisig kalt. »Hör mir gut zu! Du kannst gerne das eine oder andere Geheimnis vor mir hüten, aber ich werde nicht zulassen, dass du den Namen unserer Familie der Lächerlichkeit preisgibst. Hast du mich verstanden?«

Ich presste meine Lippen zusammen.

»Hast du mich verstanden?«, schrie er mich an. Der Druck seiner Hand wurde immer fester und schmerzhafter. Beinahe hätte ich aufgeschrien, aber ich beherrschte mich und nickte nur. Endlich ließ er mich los und ich hastete nach oben. Sobald ich mir sicher sein konnte, dass er mir nicht folgte, ließ ich meinen Tränen freien Lauf.

Ich weine immer noch, gerade eben ist eine Träne aufs Tagebuch getropft.

Ich weiß nicht, was ich tun soll, wie alles weitergehen soll. Ich weiß nur, dass ich Nino liebe, dass es schwer geworden ist, ihn wiederzusehen… und fast unmöglich, glücklich zu sein.

Dreizehntes Kapitel

Eine unruhige Nacht lag hinter mir. Die letzten Seiten waren kaum zu entziffern gewesen, etliche Worte ergaben nur aus dem Zusammenhang Sinn, und irgendwann war ich so müde geworden, dass ich das Tagebuch gerade noch weglegen konnte, ehe ich tief und fest eingeschlafen war.

Ich träumte, dass ich wieder an der Alum Bay war, wo nicht nur Eric und ich uns getroffen hatten, sondern offenbar auch Nino und Violet, doch anstatt mein Gesicht in die Sonne zu halten, sah ich einen Sturm aufziehen. Ich fröstelte, doch da war niemand, der mir seinen Arm um die Schultern legte und mich an sich zog. Ich war ganz allein auf der Welt, hilflos meiner großen Trauer ausgeliefert. Sie galt nicht nur Mum, nein, dieser Schmerz rührte von etwas Unaussprechlichem her, was mir jede Lebensfreude raubte, jede Selbstsicherheit und Hoffnung und mich zu einem schlotternden, verängstigten Wesen machte. Endlich wurde in der Ferne eine Gestalt sichtbar. Von hinten sah sie mit ihrem bunten Mantel und dem Haarknoten wie Orphelia aus, doch als ich ihren Namen rief, rührte sie sich nicht. Ich löste mich aus der Starre, lief auf sie zu.

»Dreh dich um!«, schrie ich, aber sie ging einfach davon, während der Sturm an ihrem Mantel zerrte und einzelne Strähnen aus ihrem Haarknoten riss.

»Dreh dich um!«, schrie ich wieder, doch meine Stimme wurde immer schwächer und kam nicht gegen das Tosen des Sturms an ...

Als ich aufschreckte, war mein Hals so trocken, als hätte ich im Schlaf tatsächlich laut geschrien. Hoffentlich hatte mich niemand gehört. Ich ging ins Bad und trank einen Schluck Wasser, aber an Schlaf war danach nicht mehr zu denken. Immer noch war ich voller Unbehagen, Trauer und Angst. Ich konnte das Gefühl, dass etwas Bedrohliches in der Luft lag, nicht abschütteln – auch wenn ich mir noch so oft einredete, dass sich seit gestern nichts Wesentliches verändert hatte und die Erkenntnis, dass Orphelia nicht die »echte« Orphelia gewesen war, uns zwar vor neue Rätsel stellte, aber auch kein Grund war, mich so verzagt zu fühlen.

Um der Unruhe Herr zu werden, zog ich mich an und trat ins Freie. Morgenreif bedeckte die Wiesen. Im Sonnenlicht glitzerten die Tropfen silbrig, im Schatten glichen sie zerbrochenem Glas. Die meisten Fensterläden des Resorts waren noch verschlossen, nur zwei, drei Gäste brachen zu einem frühen Spaziergang auf.

Ich betrat das Hotel, fragte an der Rezeption nach Molly und erfuhr, dass sie heute Dienst im Frühstücksraum hatte. Die meisten Tische dort waren noch nicht besetzt. »Soll ich dir was zu essen bringen? Würstchen, Bohnen, Speck?«

Ich schüttelte den Kopf. Allein bei dem Gedanken daran wurde mir übel.

»Nein, aber ich brauche deine Hilfe.«

»Ich komme frühestens in einer Stunde hier weg.«

Ich wartete in der Nähe der Rezeption, wo Kate wenig später auf dem Weg zum Wellnessbereich vorbeikam. Sie begrüßte mich übertrieben freundlich, aber sie blieb weder stehen noch hielt sie meinem Blick stand. Vielleicht hatte sie Angst, dass ich noch mehr Fragen stellen würde, aber ich lächelte nur. Auch Mrs Donovan ließ sich kurz blicken und ich erkundigte mich anstandshalber nach meiner Großmutter Lauren.

»Es ist alles in Ordnung, mach dir keine Sorgen, dass sie sich während deines Besuchs so aufgeregt hat. Selbst wenn sie von starken Gefühlen heimgesucht wird – es ist bald wieder vergessen.«

Sie nickte mir zu und ging weiter, und dass sie mich nicht aufgefordert hatte, Grandma erneut zu besuchen, kam mir ganz recht.

Endlich hatte Molly Zeit für mich. »Also, wie kann ich dir helfen?«

Ich schilderte ihr mein Anliegen, erzählte von einer gewissen Orphelia de la Rovere, die im Sommer 1988 mehrere Wochen lang im Resort verbracht hatte, und fragte, wie ich wohl am besten an ein Foto von ihr kommen könnte.

Molly wiegte nachdenklich ihren Kopf. »Das wird schwer sein. Es ist ja nicht so, dass wir bei ihrer Ankunft Fotos von den Gästen machen, als wären sie gerade verhaftet worden.«

Genau das hatte ich auch schon befürchtet.

»Aber da fällt mir was ein. 1988, sagtest du?«

Ich nickte.

»In dem Jahr fand, glaube ich, ein Jubiläum statt. Das Clifton-Resort wurde damals genau zehn Jahre alt.«

»Und inwiefern hilft uns das weiter?«

»Das weiß ich auch nicht so genau, aber ich kann mir vorstellen, dass vielleicht ein Fest veranstaltet wurde und die Presse darüber berichtet hat. Du könntest herausfinden, ob es in der Bibliothek noch mehr Aufzeichnungen als diese Chronik gibt, die die Geschichte des Hauses dokumentieren. Einen Versuch ist es allemal wert.«

Das war zumindest mal ein Anfang.

Molly musste wieder zurück zur Arbeit, aber ich ging in die Bibliothek. Die Luft war stickig, und die noch offenen Fotoalben auf einem der Tischchen verrieten, dass seit meinem letzten Besuch niemand den Raum betreten, geschweige denn mal gründlich gelüftet hatte. Als ich an den Alben vorbei zu den Fenstern ging und eines kippte, streifte mich eine flüchtige Ahnung, aber ich ging ihr nicht weiter nach. Kurz blätterte ich durch die Chronik, in der leider nichts von dem Jubiläum stand, und begann später, die Bücherregale zu durchforsten. Nach etwa zwanzig Minuten stieß ich auf einen Ordner, in dem sich Kopien von Zeitungsartikeln über das Clifton-Resort befanden. Das meiste war nicht gerade interessant: Es wurde sehr ausführlich über die Bauarbeiten und die Umwidmung zum Hotel berichtet und schließlich über die glanzvolle Eröffnung. Einige Jahre später hatte mein Großvater Charles einem Journalisten ein Interview gegeben, in dem er stolz vom guten Ruf seines Hauses berichtete. Ein kleines, unscharfes Foto zeigte ihn und seine Frau Lauren, die – obwohl sie damals noch jung gewesen sein musste – wie eine Fünfzigjährige gekleidet und deren Miene ausdruckslos war. Zum ersten Mal überlegte ich, wie gut sie Violet – immerhin ihre Schwägerin – gekannt hatte, ob sie sie gemocht oder ob sie deren Wunsch nach einem freien, unkonventionellen Leben befremdet hatte.

Ich blätterte weiter und kam nun immer näher ans Jahr 1988 heran. Tatsächlich, in den Artikeln wurde nun mehrmals das Jubiläum erwähnt. Unter anderem gab es zu diesem Anlass ein Gewinnspiel, bei dem man einen Aufenthalt im Resort gewinnen konnte. Leider waren die Artikel immer nur kurz, und die wenigen Fotos zeigten meist Charles, der sichtlich gealtert war. Einmal war auch Onkel Julian zu sehen: Er musste damals etwa vierzehn Jahre alt gewesen sein und machte einen etwas verlorenen Eindruck.

Ich blätterte immer hastiger weiter, und obwohl ich nicht mehr damit rechnete, fündig zu werden, stieß ich plötzlich anstelle von weiteren Zeitungsartikeln auf eine Werbebroschüre. Sie stammte zwar aus dem Jahr 1989, zeigte aber viele Bilder, die im Jubiläumsjahr gemacht worden waren, so diverse Fotos vom Schwimmbad, von der größten Suite, dem Speisesaal und dem Park. Eines der Fotos war offenbar während des Jubiläumsfestes gemacht worden, denn eben bestaunte Charles Clifton im Kreise diverser Gäste ein Feuerwerk.

Orphelia oder wer immer sich hinter diesem Namen verbarg, stach mir sofort ins Auge, denn niemand sonst war derartig schrill gekleidet: Ihr langer Mantel in allen Regenbogenfarben erinnerte an das Federkleid eines Papageis; die Augen waren stark geschminkt und sahen eher wie große, dunkle Löcher aus, und ihre Haare waren nicht nur zu einem vogelnestartigen Gebilde Marke Amy Winehouse hochgetürmt, sondern wurden mit einem perlenbesetzten Reifen aus der Stirn gehalten. Ein echter Paradiesvogel …

Ich hielt die Broschüre ans Licht. Das Foto war nicht groß, aber in Farbe und scharf, und auch wenn Orphelias Gesicht gerade mal so groß wie mein Daumennagel war, war ich mir plötzlich sicher, dass ich sie schon mal gesehen hatte. Mit der echten Orphelia de la Rovere hatte sie nichts gemein, aber mit wem dann?

Ich überlegte fieberhaft, die Wahrheit schien zum Greifen nah. Diese Augen, diese Wangenknochen … natürlich, sie war um Jahre älter, aber …

Eine Gänsehaut überlief meinen Körper, als mich erneut eine Ahnung streifte. Aber ja doch, das konnte sein!

Ehe aus meiner Vermutung Gewissheit wurde, hörte ich Schritte.

»Was machst du denn hier?«, ertönte Onkel Julians Stimme.

Ich wusste natürlich, er meinte es gut und fühlte sich bemüßigt, sich um mich zu kümmern, und trotzdem ging mir einfach nur genervt durch den Kopf: Der schon wieder!

In den letzten Tagen hatte ich mich immer bemüht, gute Miene zum bösen Spiel zu machen, hatte ihm vermeintlich nicht nachgetragen, dass ich Eric nicht mehr sehen durfte, und beim Essen Small Talk gemacht. Aber jetzt konnte ich mich einfach nicht beherrschen. »Ich möchte alleine sein!«, zischte ich.

Leider war es ein Irrtum zu glauben, ich könnte ihn so schnell wieder loswerden. Zunächst verharrte er auf der Türschwelle, als hätte er Angst, den Raum zu betreten. Als er ein Kind war, war der schließlich immer verschlossen gewesen. Vielleicht hatte er sich oft ausgemalt, was sich dahinter befand, und fand es immer noch nicht selbstverständlich, ihn einfach zu betreten.

Schließlich gab er sich doch einen Ruck.

»Molly hat mir gesagt, dass du hier bist. Wir müssen reden«, erklärte er und trat auf mich zu. Anstatt sich zu setzen, blieb er steif stehen.

»Warum denn ausgerechnet jetzt?«

Ich konnte nicht umhin, meine Augen zu verdrehen, während der Ausdruck seiner Miene immer ernster wurde.

»Ich habe mit Kate gesprochen. Sie… sie hat gemeint, dass du dich für die Vergangenheit interessierst.«

Ich zuckte zusammen. Wie konnte Kate nur! Auch wenn sie mir was verheimlichte, hatte ich doch den Eindruck gehabt, dass sie auf meiner Seite stand, zumindest was Onkel Julian betraf! Hatte sie nicht selbst über ihn gelästert und ihn als verschrobenen Kauz bezeichnet? Und nun fiel ihr nichts Besseres ein, als zu ihm zu laufen und ihm alles zu erzählen. Womöglich hatte sie ihm auch gesteckt, dass ich mich in Eric verliebt und noch immer Kontakt mit ihm hatte!

Na ja, wenigstens das schien wohl nicht der Fall zu sein, denn Onkel Julian erwähnte ihn mit keiner

Silbe. Dennoch klang er sehr streng, als er fortfuhr: »An deiner Stelle würde ich mir mehr Gedanken über die Zukunft als die Vergangenheit machen.«

Beherrsch dich, beherrsch dich, beherrsch dich!, sagte eine nüchterne Stimme in mir. Aber sie war nicht laut genug. Ich hatte genug davon, von ihm regelrecht verfolgt zu werden und ihm ständig nach dem Mund reden zu müssen.

»Das würde ich ja tun, wenn ich nicht das Gefühl hätte, dass alle die Vergangenheit verheimlichen und bestenfalls Lügen erzählen«, entfuhr es mir.

Onkel Julian runzelte die Stirn. »Ich weiß nicht, was du meinst.«

»Tatsächlich nicht?« Meine Stimme wurde immer lauter. »Ich habe dich doch nach einer jungen Frau gefragt, die einst hier gelebt hat und später spurlos verschwunden ist. Du hast behauptet, nie von ihr gehört zu haben, aber das war eine Lüge. Ich kann mir nicht vorstellen, dass du nichts über Violet Clifton weißt. Sie war immerhin deine Tante. Wieso … wieso hast du mir nichts über sie erzählt?«

Sein Blick flackerte, und er begann, nervös seine Hände zu kneten.

»Ich wollte es eigentlich nicht ansprechen … aber … aber deine Schulnoten sind nicht die besten. Du solltest langsam beginnen, dich aufs Internat vorzubereiten. Wenn du willst, organisiere ich dir einen Nachhilfelehrer in Mathematik und Physik.«

Das konnte doch nicht wahr sein! Ich erwähnte Violet und er kam mir mit Mathe!

»Ich pfeife auf deinen Nachhilfelehrer.«

»Nicht in diesem Tonfall, Dora!«

»Du hast mir gar nichts zu sagen, wer bist du überhaupt?«

»Ich bin dein Onkel!«

»Der sich mein Leben lang nicht um mich geschert hat! Gib's doch zu: Jetzt würdest du mich doch auch am liebsten wieder loswerden!«

Ich stampfte wütend auf.

»Ich versuche wirklich …«

»Ach, spar's dir! Lass mich doch einfach in Ruhe!«

Ich wollte an ihm vorbeistürmen, doch er stellte sich mir in den Weg. »Du gehst jetzt nicht! Nicht, bevor wir das hier geklärt haben!«

»Du kannst mich mal!«

Seine Hand schnellte hoch und krallte sich um meinen Oberarm. Der Griff war fester als gedacht, seine Miene jedoch ziemlich hilflos. Ich riss mich mit aller Kraft los und stürmte nach unten.

Er rief mehrmals meinen Namen, aber ich wusste: nicht nur dass ich im Notfall schneller war als er – in der Nähe der Gäste würde er es außerdem nie wagen, mich zur Rede zu stellen. Und dann war ich schon draußen, lief zum Fahrradkeller, schwang mich auf den Sattel und radelte, so schnell es ging, zur Pension Parker.

Ich war so in Rage, dass ich nicht einmal Angst vor Toby Parker hatte. Sollte der bloß versuchen, mich noch mal blöd anzumachen! Ganz sicher würde ich mich nicht von ihm einschüchtern lassen! Vor allem: Wenn ich ihm mal an den Kopf geworfen hatte, was ich herausgefunden hatte, würde er ohnehin verstummen.

Natürlich wollte ich meine Vermutung zunächst lieber mit Eric diskutieren, nicht mit seinem Vater, und deswegen war ich sehr erleichtert, dass er mich offenbar vom Fenster aus hatte kommen sehen und auf mich zugerannt kam.

Bei seinem Anblick ebbte meine Wut erst mal ab, obwohl ich irritiert war, dass er mich ein gutes Stück vor der Pension abfing. Klar, bis jetzt hatten wir vermeiden wollen, dass Toby uns gemeinsam sah, aber nach meinem Zoff mit Onkel Julian war ich so in Fahrt, dass ich meine Wut fast an ihm ausgelassen hätte.

Jetzt sei doch nicht so ein Angsthase!, hätte ich am liebsten gesagt. Was kann uns dein Vater denn schon tun, wenn er uns gemeinsam sieht?

Doch dann brachte ich keinen Ton heraus. Irgendetwas stimmte nicht. Nicht nur dass Eric vom Laufen etwas außer Atem war. Außerdem schien er ziemlich blass, ließ seine Schultern hängen und wirkte so erschöpft, als hätte er die ganze Nacht nicht geschlafen. Am meisten bestürzte mich, dass seine Stimme gepresst klang, als er meinen Namen sagte, und dass er mir dabei nicht in die Augen sehen konnte.

Um Himmels willen, was war denn passiert?

Ich wartete, dass er noch etwas sagte, aber er schwieg beharrlich. Also hoffte ich, es würde seine Laune ein wenig aufhellen, wenn ich ihm von meiner Vermutung berichtete.

Ich zog das Foto aus der Tasche, das ich vor zwei Tagen hatte mitgehen lassen, als uns Marian von ihrer Freundschaft mit Violet erzählt hatte. Schon vorher hatte ich es genauer betrachten wollen, aber Onkel Julian war mir in die Quere gekommen. Jetzt holte ich es nach – und wurde in meinem Verdacht sofort bestätigt.

Die großen Augen, die breiten Backenknochen, das rotbraune Haar …

»Violet ist Orphelia!«, schrie ich aufgeregt. »Oder vielmehr: Orphelia ist Violet!«

Eric zuckte zusammen und senkte rasch den Kopf.

»Verstehst du denn nicht?«, rief ich, »Violet ist gar nicht tot!«

Ich hatte erwartet, dass er wie elektrisiert reagieren würde, mich neugierig bestürmen würde, wie ich bloß darauf kam, sich in den wildesten Vermutungen ergehen, warum Violet die Identität eines Mediums angenommen hatte, doch er schien immer verzagter. Oder war er einfach nur verwirrt?

Etwas ausführlicher fuhr ich fort: »Violet könnte

damals beim Zirkus Orphelia kennengelernt haben. In jener Sturmnacht ist sie gar nicht gestorben. Stattdessen ist sie viele Jahre später zurück nach Clifton Manor gekehrt. Und damit dort niemand sie erkannte, hat sie vorgegeben, Orphelia zu sein. Ich glaube, sie hat ganz bewusst dafür gesorgt, dass sich meine Mum, dein Dad und Kate für die Vergangenheit zu interessieren begannen. Die Séancen – sie waren ein einziger Betrug und für sie nur Mittel zum Zweck. Von wegen ein Geist, der erst durchs Medium, dann durchs Hexenbrett zu ihnen sprach! Hinter alldem steckte Violet selbst – und zwar eine höchst lebendige Violet! Während es bei der ersten Séance ein Leichtes war, ihre Stimme zu verstellen und ein junges Mädchen zu spielen, war es bei den weiteren Sitzungen sicher eine Herausforderung, den Zeiger des Hexenbrettes entsprechend zu bewegen. Aber wahrscheinlich gab es einen Trick und sie muss es irgendwie geschafft haben …«

Ich brach aber, weil immer noch keine Reaktion kam. Eric starrte hartnäckig auf den Boden.

»Dora …«

Plötzlich wollte ich gar nicht hören, was er zu sagen hatte.

»Ich verstehe es einfach nicht!«, rief ich schnell. »Wenn Violet noch am Leben war, warum wollte sie dann Rache üben? Wofür und an wem? Was ist damals passiert? Warum wurde ihre Existenz vertuscht?

Es … es macht alles keinen Sinn! Dass Mum Clifton Manor verlassen hat, dass dein Vater sich von ihr getrennt hat, dass …«

»Dora …«, setzte er heiser an.

Endlich hob er seinen Blick und ich las darin unendlich große Trauer.

Bestürzt hob ich die Hand und wollte nach seiner fassen, doch er wich zurück. Meine Beklommenheit wuchs. Obwohl ich heute noch nichts gegessen hatte, hatte ich das Gefühl, mein Magen sei voller Steine.

»Eric, was hast du denn?«

Er schwieg.

»Nun sag doch was! Ist es nicht unglaublich? Violet ist gar nicht gestorben! Sie hat Orphelias Identität angenommen! Die Séancen waren ein einziger Schwindel!«

Er fuhr sich durch die Haare, und noch ehe er es aussprach, übermannte mich Trostlosigkeit.

»Das weiß ich bereits«, murmelte er. »Aber das ist jetzt auch egal. Wir … wir dürfen uns nicht mehr sehen.«

Ich verstand es nicht, ich wollte es nicht verstehen, und Eric wiederum wollte es mir nicht näher erklären. Er drehte sich um und ging zurück zur Pension.

Eine Weile starrte ich ihm fassungslos nach, ehe wieder Leben in meine Glieder kehrte, ich ihm hinterherrannte und mich ihm in den Weg stellte.

»Was soll denn dieser Blödsinn?«

Da stand nicht einfach nur Trauer in seinen Zügen, auch ein wenig … Mitleid.

»Sorry, ich … ich will dich nicht verletzen … aber es geht einfach nicht … unmöglich … bitte hör auf, hierherzukommen … Fragen zu stellen … dich mit der Vergangenheit zu beschäftigen …«

Er senkte seinen Kopf und nuschelte so stark, dass ich etliche Worte kaum verstand, aber die wenigen genügten mir.

»Ich lass mich doch nicht einfach so abspeisen!«

»Und wenn ich dich darum bitte?«

Er hob den Blick, und kurz war er der alte Eric, in den ich mich auf den ersten Blick verliebt hatte, sanft und doch entschlossen, verständnisvoll, aber ein wenig rätselhaft, liebevoll, aber nicht aufdringlich. Nie hatte ich mich ihm so nahe gefühlt wie in dieser gestohlenen Sekunde, da er mit sich kämpfte und mir bewies, dass auch seine Gefühle für mich stark und echt waren.

Nein, nein, nein! Das konnte nicht sein! Ich wollte nicht gehen, schon gar nicht für immer!

Wieder versuchte ich, seine Hand zu packen, und diesmal wich er nicht zurück, sondern hielt sie, drückte sie, beugte sich schließlich sogar vor, um mich flüchtig auf die Wangen zu küssen. So süß fühlte sich das an. So schmerzlich.

Als er sich von mir löste, wurde seine Miene jedoch hart und kalt. »Bitte, Dora … ich kann es dir nicht erklären … zumindest nicht jetzt … irgendwann vielleicht …«

»Warum sagst du mir denn nicht einfach, was passiert ist? Vertraust du mir denn nicht?«

»Ich … ich habe es doch versprochen.«

»Wem denn? Deiner Grandma? Deinem Dad?«

»Es tut mir leid.«

Er sagte nichts mehr, drehte sich um und ging davon. Diesmal ließ ich ihn ziehen. Trotz aller Verletzung – da war auch Zorn in mir. Wie konnte er mir das antun? Und was sollte ich jetzt tun?

Die Verzweiflung verschluckte mich. Als ich aufs Rad stieg, spürte ich meine Hände kaum, und Tränen verschleierten meinen Blick.

Mum tot, Onkel Julian so streng, und Eric … Eric machte einfach Schluss.

Nein, ich konnte nicht darüber nachdenken, es würde mich umbringen, ich musste mich auf etwas anderes konzentrieren!

Violet.

Sie war der Schlüssel von allem. Ich war mir sicher: Nur wenn ich ihr Geheimnis lüftete, würde ich mir Erics Verhalten erklären können. Und auch wenn ich mit meinem Latein fast am Ende war – es gab eine Möglichkeit, Licht ins Dunkel zu bringen: Ich hatte das Tagebuch noch nicht zu Ende gelesen. Vielleicht würden die letzten Seiten endlich alles erklären.

Vierzehntes Kapitel

25. Juli 1961

Ein wundervoller Tag liegt hinter mir, aber ich kann nicht viel darüber schreiben, ich muss gleich zum Dinner. Mit Beatrice' Hilfe konnte ich mich wegschleichen, um Nino am Strand zu treffen. Wir haben uns nicht noch einmal geküsst, aber wir sind stundenlang nebeneinandergesessen und haben aufs Meer gesehen. Er hat mir von dem kleinen Dorf in Italien erzählt, wo er aufgewachsen ist. Und als ich sagte, dass ich es auch gerne einmal sehen würde, hat er nicht widersprochen.

Irgendwie wird… irgendwie muss es eine Zukunft für uns geben.

8. August 1961

Er ist fort.

Der Zirkus ist weitergezogen. Nach Frankreich. Er hat mich nicht darauf vorbereitet, es mir erst gesagt, als wir uns nach dem letzten Treffen verabschiedeten.

Ich … ich kann nicht schreiben. Ich ertrage es einfach nicht.

12. Dezember 1961

Öder, öder Winter.

Nass, grau, kalt.

Ich hasse Weihnachten, ich möchte im Bett liegen bleiben, bis der Frühling wiederkommt.

Aber vielleicht wird es niemals wieder Frühling. Und selbst wenn, in mir bliebe es ja doch kalt.

22. Januar 1962

Ich bin lange krank gewesen, sehr krank. Mehrere Tage über hatte ich so hohes Fieber, dass man mit meinem Tod rechnete. Alle haben sich Sorgen um mich gemacht. Vater hat es natürlich nicht gezeigt, aber Charles ist stundenlang an meinem Bett gesessen. Hat er gesehen, dass nicht nur mein Körper krank war, sondern auch meine Seele?

Als er dachte, dass ich schlief, murmelte er auf jeden Fall: »Ich will doch, dass du glücklich bist.«

Ich habe mich weiterhin schlafend gestellt, aber ich dachte, dass es nur eine Möglichkeit gibt, um glücklich zu werden. Ich muss Nino wiedersehen.

Wird der Zirkus jemals auf die Insel zurückkehren? Und was, wenn nicht? Nein, darüber kann ich nicht einmal nachdenken, es zerreißt mir das Herz!

Seit einigen Tagen geht es mir wieder besser, und seitdem überlege ich, wie ich herausfinden könnte, wo der Zirkus gastiert.

»Dann kann ich ihm nachreisen!«, sagte ich zu Beatrice.

Ich musste schließlich irgendjemandem anvertrauen, was passiert ist, und Beatrice vertraue ich ganz und gar. Sie frisierte mir gerade die Haare, als ich ihr alles erzählte, und kurz ziepte es, weil sie mit dem Kamm eine ruckartige Bewegung machte, doch als ich mich zu ihr umdrehte, hatte sie die Fassung wiedergefunden.

Ich machte mich auf alle möglichen Gegenargumente gefasst. Unmöglich könnte ich beim Zirkus leben, unmöglich für diese Liebe mein Leben auf Clifton Manor opfern. Schließlich konnte ich mir auch gar nicht sicher sein, ob Nino nicht andernorts ein Mädchen hatte, das genauso verliebt in ihn war wie ich.

Doch sie sagte nur: »Mr Clifton wird Sie niemals gehen lassen.«

Ich weiß, dass sie recht hat. In der Welt von Horace Clifton gibt es nur Schwarz und Weiß. Hier die Herren, die über Politik und Geschäfte reden, Brandy trinken und Zigarren rauchen, dort die Damen, die am Likör nippen und über das Wetter plaudern, über ihre Stickereien und über Queen Elizabeths neuestes Kleid.

Ob Herr oder Dame – jeder muss sich benehmen, und wenn nicht, wird er bestraft. Einmal hat Vater einen Jagdhund erschossen, weil er während der Jagd abgehauen ist. Nicht, dass er auch mich erschießen würde. Aber es wäre eine große Schmach für ihn, wenn ich einfach fliehen würde, ein Gesichtsverlust, eine Niederlage.

»Er … er müsste es ja nicht wissen«, murmelte ich.

»Was?«

»Nun, dass ich zu Nino gehen würde.«

Beatrice ließ den Kamm sinken und sah mich lange an. »Aber wenn Sie eines Tages verschwinden sollten, wird er Nachforschungen anstellen. Und falls der Zirkus zurückkommt, dann würde vielleicht alles auffliegen.«

Wieder dachte ich, dass sie recht hatte. Und dass es unsinnig war, mir diese Gedanken zu machen. Womöglich würde ich nie herausfinden, wo der Zirkus gastierte. Und dennoch …

Es musste etwas geben, an dem ich mich festhalten konnte!

»Die Familie müsste denken, dass ich tot bin«, sagte ich plötzlich.

Beatrice hob ihre Braue – ein deutliches Zeichen der Missbilligung. »Sie wollen Ihre Familie glauben machen, dass Sie gestorben sind?«

In dem Augenblick, als sie es sagte, klang es ziemlich verrückt. Aber ich konnte nicht aufhören, darüber nachzudenken.

Mein Blick ging zum Fenster. Wie so oft brauste draußen der Wind. Um diese Jahreszeit fegen ständig Stürme über die Insel; das Meer frisst am Kalkstein und manchmal lösen sich ganze Felsbrocken. Einmal – so habe ich es in der Zeitung gelesen – wurde eine junge Frau mit in den Tod gerissen, als ein Klippenabschnitt ins Meer stürzte. Auf dem lehmigen, völlig durchgeweichten Boden konnte sie keinen Halt finden – so wurde zumindest vermutet.

All das sagte ich natürlich nicht laut.

»Das ist natürlich nur dummes Geschwätz … du darfst mich nicht ernst nehmen. Seit ich so krank war, bin ich nicht mehr ich selbst.«

Schweigend frisierte sie mich weiter. Aber ich dachte nur: Ich will ja auch gar nicht ich selbst sein. Ich will keine Clifton sein, sondern nur mehr die Fee Morgana. Und ich will mit Nino zusammen sein.

25. Mai 1962

Er ist wieder da, er ist wieder da, er ist wieder da!

Heute beim Mittagessen stocherte ich lustlos in einer Pastete. Ich weiß gar nicht, womit sie gefüllt war, ich glaube mit Lachs, aber seit meiner Krankheit habe ich das Gefühl, nichts zu schmecken, weder Süßes noch Salziges. Charles musterte mich besorgt. »Du bist so blass, wirst du etwa wieder krank?«

»Ich habe nur leichte Kopfschmerzen. Ihr erlaubt doch, dass ich mich zurückziehe?«

Vater blickte mich irritiert an, aber Charles nickte.

Gerade als ich aufstand, sagte Martha, eine meiner Cousinen, die gerade zu Gast auf Clifton Manor war: »Habt ihr schon gehört, dass in Totland wieder der Zirkus gastiert? Wollen wir uns eine Aufführung anschauen?«

Mitten in der Bewegung hielt ich inne. Ich glaubte, mein Herz würde stehen bleiben.

»Alles Zigeuner!«, wütete Vater. »Kommt ihnen nur nicht zu nah, die stehlen alles, was nicht niet- und nagelfest ist.«

»Aber es sind meisterhafte Akrobaten«, rief meine Cousine.

»Dummes Zeug! Sie sollten ihr Brot mit ehrlicher Arbeit verdienen.«

Ich konnte mich immer noch nicht bewegen. Meine Freude war so groß, dass ich dachte, ich würde vor Aufregung gleich zerplatzen, aber zugleich packte mich die Angst: Was, wenn es ein anderer Zirkus war? Und was, wenn Nino mich vergessen hatte?

»Was ist denn?«, schnaubte Vater. »Ich dachte, du wolltest dich zurückziehen!«

»Gewiss.«

Ich verließ das Speisezimmer, rannte hastig hoch in mein Zimmer und zog die Vorhänge zu. Danach rief ich Beatrice.

»Du musst vor meinem Zimmer warten! Lass niemanden herein, sag allen, dass ich schlafe.«

Beatrice stellte keine Fragen.

In Windeseile zog ich mir eine Jacke an und verließ das Herrenhaus über den Dienstbotenausgang. Kaum war ich im Freien, begann ich zu rennen. Es war überhaupt nicht anstrengend, fühlte sich vielmehr an, als würde ich fliegen. Schon von Weitem sah ich das große Zelt, das Gehege für die wilden Tiere, die Pferdekoppel und die bunten Wohnwagen, in denen ich mich früher umgekleidet hatte. Und dann … dann sah ich ihn.

Wieder einmal trainierte er auf dem Pferderücken Kunststücke. Er trug eine weite, bunt gemusterte Hose, die der Wind aufblähte. Seit Monaten hatte ich vermeint, keine Farben mehr wahrzunehmen, doch nun dieses Rot, Grün und Gelb zu mustern, fühlte sich an, als würde mich jemand zärtlich streicheln.

Die Sonne scheint ja, es ist warm, der Winter ist vorbei.

Atemlos rief ich seinen Namen.

»Nino! Nino, ich bin es!«

Er machte einen Salto vom Pferd, kam zwar auf beide Beine zu stehen, aber wackelte etwas.

»Das habe ich im Winter gelernt«, rief er lachend, »aber ich muss es noch öfter üben. Meist falle ich auf den Hosenboden.«

Ich fiel auch – und zwar ihm um den Hals.

Er roch nach Pferden, nach Sonne, nach Meereswind.

Seine Haare waren länger geworden und kitzelten mich, die Bartstoppeln wuchsen etwas dichter und kratzten mich. Beides war ein herrliches Gefühl, am liebsten hätte ich ihn nie wieder losgelassen!

»Morgana«, sagte er.

Wie ich es liebte, wenn er diesen Namen aussprach!

Vor dem Wiedersehen hatte ich mir geschworen, ihn zu küssen, falls sich je wieder unsere Wege kreuzten, doch nun traute ich mich doch nicht, zumal er sich aus der Umarmung löste. »Ich muss nun wieder trainieren«, sagte er. »Sehen wir uns morgen beim Strand?«

Ich brachte kein Wort hervor, sondern konnte nur nicken. Hingerissen starrte ich ihn an, wie er sich wendig aufs Pferd schwang.

Ich weiß nicht, wie ich die Stunden bis zu unserem Treffen überbrücken soll. Aber ich weiß: Diesmal werde ich ihn nicht so einfach ziehen lassen. Diesmal werde ich mit aller Macht um unser Glück kämpfen.

2. Juli 1962

Wochenlang habe ich keinen Tagebucheintrag mehr geschrieben, es ist einfach so viel passiert. Irgendwann werde ich das nachholen, aber nicht jetzt. Jetzt habe ich einfach keine Ruhe. Es gibt so vieles zu bedenken, zu planen, vorzubereiten.

Außerdem habe ich Angst, dass Charles in meinen

Sachen schnüffelt, das Tagebuch liest und auf diese Weise erfährt, was ich vorhabe. Vielleicht wäre es überhaupt klüger, das Tagebuch zu verbrennen, aber das bringe ich nicht übers Herz. Ich werde zwar nie vergessen, wie ich Nino kennenlernte und wie glücklich ich bei unserem ersten Treffen war, aber es genügt mir nicht, die Erinnerungen im Gedächtnis zu bewahren. Schwarz auf weiß soll alles zu lesen sein, und vielleicht werde ich, wenn ich alt bin, meinen … nein, unseren Enkelkindern alles vorlesen.

Noch bin ich nicht alt. Noch liegt mein ganzes … unser ganzes Leben vor uns.

Ich habe Angst, ich bin schrecklich aufgeregt, aber vor allem bin ich glücklich. Ich weiß, dass noch viel schiefgehen kann, aber wenn ich es richtig anstelle, dann werde ich bald den Plan umsetzen, der mir im letzten Winter zum ersten Mal durch den Kopf ging.

Ich werde das Tagebuch mitnehmen, und wenn ich das nächste Mal in dieses Büchlein schreibe, dann bin ich schon keine Clifton mehr, sondern … Morgana, die Fee. Nie wieder werde ich meine Haare aufstecken und diese altmodischen Kostüme tragen. Nein, offen werden mir die Locken über den Rücken fallen und meine Kleider werden bunt und exotisch sein.

Ich muss jetzt Schluss machen, Beatrice kommt, und ich muss sie davon überzeugen, mir zu helfen …

Fünfzehntes Kapitel

Ich blätterte weiter.

Nichts.

Die nächsten Seiten waren nicht einfach nur leer, sondern herausgerissen worden, nicht sorgfältig, sondern voller Wut oder Panik. Und dann? Waren sie verbrannt worden? Versteckt? Und vor allem: Wer hatte das gemacht? Violet selbst? Oder derjenige, der sie auf dem Gewissen hatte?

Aber nein, dachte ich, sie war ja nicht gestorben, sondern Jahre nach ihrer Flucht als Orphelia nach Clifton Manor zurückgekehrt.

Verdammt, das durfte doch nicht wahr sein!

Ratlos ging ich auf und ab und verstand immer weniger. Wenn Violet/Orphelia zurück nach Clifton Manor gekommen war, war das doch ein Beweis, dass ihre Flucht geglückt war: Sie hatte in einer stürmischen Nacht das Haus verlassen und ihre Familie glauben lassen, sie sei über die Klippen gestürzt. Ihr Leichnam war nie gefunden und deswegen die vermeintlich Tote nicht bestattet, sondern nur der Gedenkstein aufgestellt worden. Warum man ihre Existenz danach zu leugnen versuchte, indem man die Fotos zerstörte und ihr Zimmer absperrte, konnte ich mir zwar nicht erklären, aber vielleicht war das einfach der übergroßen Trauer der Familie geschuldet, die auf andere Weise nicht mit der Ungewissheit, was wirklich mit ihr geschehen war, fertigwerden konnte.

Rätselhaft blieb jedenfalls, warum Violet zurück nach Clifton Manor gekommen war. Wenn sie mit Nino glücklich geworden wäre, hätte sie doch nicht diese Séancen veranlassen und schon gar nicht Mum und die anderen glauben machen müssen, sie sei ein unglücklicher Geist, der sich rächen wollte!

Außerdem hatte Violet in dem Tagebuch erwähnt, dass sie es mitnehmen wollte. Warum war es dann noch hier? Und wer hatte es auf mein Bett gelegt?

Jede Frage, die unbeantwortet blieb, schien zehn weitere nach sich zu ziehen. Ich musste unbedingt mit jemandem darüber reden, sonst wurde ich noch verrückt, allerdings war die Auswahl an Gesprächspartnern sehr übersichtlich.

Kate hatte mich verraten, mit Onkel Julian hatte ich gestritten, von Eric ganz zu schweigen, und Molly … sie war furchtbar nett zu mir, aber hatte nie wirklich verstanden, warum ich mich so für die Vergangenheit interessierte.

Mum, dachte ich, Mum, du fehlst mir so sehr …

Ob sie sich irgendwann auch so gefühlt hatte? Hilflos im Schweigen, gar in einem Netz von Lügen gefangen? Hatte sie die Insel verlassen, weil sie die Ungewissheit, was mit Violet passiert war, nicht länger ertragen hatte?

Ich wischte mir die Tränen ab, die mir unwillkürlich hochgestiegen waren. Meine Augen waren gerötet, und ich ging ins Bad, um mein Gesicht mit kaltem Wasser zu waschen. Als ich mich aufrichtete und mich mit dem Handtuch abtrocknete, beruhigte ich mich ein wenig. Und in dem Augenblick gingen mir zwei Dinge durch den Kopf. Zum einen ahnte ich plötzlich, was damals passiert sein könnte. Und zum anderen fiel mir ein, mit wem ich darüber reden konnte.

Wenig später stand ich vor der Tür von Grandmas Krankenzimmer. Ich zögerte kurz, ehe ich beherzt klopfte. Keine Antwort. Nach dem zweiten Klopfen war ich mir sicher, dass Mrs Donovan gerade nicht hier war. Obwohl ich mir genau das eigentlich gewünscht hatte, packte mich bei der Vorstellung, Grandma allein gegenüberzutreten, die Angst. Ich musste an den ersten Abend denken, da sie sich so plötzlich und voller Panik an mich geklammert hatte.

Jetzt sei kein Feigling!, schimpfte ich.

Lauren Clifton war schließlich die Einzige, die Violet gekannt hatte. Vielleicht konnte sie mir, so sie denn wieder einen wachen Moment erlebte, alles über sie erzählen.

Die Tür quietschte, als ich sie öffnete, doch meine Schritte wurden vom weichen Teppich gedämpft. Wie beim letzten Mal war es sehr stickig und noch heißer. Die Sonne knallte auf die Scheiben, aber das hatte Mrs Donovan nicht davon abgehalten, den Heizkörper auf die höchste Stufe zu drehen. Ein leises Surren ließ sich von ihm vernehmen. Mein Gesicht, das ich eben noch kalt gewaschen hatte, begann zu glühen.

Das von Grandma hingegen war blass, fast grau, als wäre ihre Haut mit einer Schicht Staub bedeckt. Sie lag so bewegungslos, dass ich vermutete, sie würde schlafen, aber als ich näher trat, sah ich, dass ihre Augen weit aufgerissen waren. Das Häubchen auf ihrem Kopf, welches das schüttere, strähnige Haar verbergen sollte, war etwas verrutscht. Auch der hellblaue Morgenmantel stand an der Brust offen. Die Haut darunter war noch bleicher als die vom Gesicht und mit bräunlichen Flecken und dunklen Adern übersät.

Ich musste mich regelrecht dazu überwinden, mich an ihrer Bettkante niederzulassen.

»Grandma, Grandma, ich bin es, Dora!«

Immer noch rührte sie sich nicht. Speichel troff von ihren schmalen, bläulichen Lippen.

Mir kam ein anderer Einfall. »Mummy«, sagte ich leise, »ich bin es doch! Ellen!«

Täuschte ich mich oder begannen die Mundwinkel etwas zu zucken?

Sie atmete rasselnd, sagte aber nichts. Mir brach der Schweiß aus, aber ich wischte meine Skrupel beiseite und fuhr entschlossen fort: »Ich bin aus London zurückgekommen. Ich wollte dich unbedingt sehen, mich mit dir aussprechen …«

Keine Reaktion. Sie schien regelrecht in Totenstarre verfallen zu sein. Ich betrachtete sie immer ratloser, überlegte, sie einfach mit meinem Verdacht zu konfrontieren, zögerte aber.

Da kam mir eine neue Idee.

»Ich bin's«, sagte ich leise, »Violet … erinnerst du dich an mich?«

Der Kopf bewegte sich ein wenig, die Augen weiteten sich noch mehr. Angst schien darin zu stehen, pure, nackte, riesige Angst – Angst, die mich in meinem Verdacht bestätigte.

»Du kannst dich genau an damals erinnern, nicht wahr?«, sagte ich hastig. »Hat Violet mit dir über ihren Plan gesprochen? Wusstest du, dass sie mit Nino ein neues Leben beginnen wollte?«

Ein Krächzen ertönte. Ich war mir nicht sicher, ob sie etwas sagen wollte oder nur nach Luft schnappte.

»Aber wo immer sie sich mit Nino verabredet hatte – sie konnte ihm dort nicht glücklich in die Arme fallen«, sagte ich. »Violet wollte tatsächlich Rache … aber nicht für sich selbst, nicht für ihr Leben … sondern für *seins*. Nicht sie ist ermordet worden, sondern Nino, weil er es gewagt hatte, sich in die Tochter des reichen, angesehenen Horace Clifton zu verlieben. Vielleicht hat ihn ihr Vater umgebracht, vielleicht ihr Bruder Charles. Oder sie haben den Mord in Auftrag gegeben. So oder so – als Violet in der stürmischen Nacht aufgebrochen ist, um sich mit Nino zu treffen, hat sie ihn nur mehr tot vorgefunden.«

Je länger ich sprach, desto eindrücklichere Bilder stiegen vor meinem inneren Auge auf. Der heftige Wind … die dunklen Wolkentürme, die auf die Küste zugetrieben wurden … das tosende, schwarze Meer … eine verzweifelte junge Frau … ein blutüberströmter Leichnam.

»Violet hat in London ein neues Leben begonnen, aber sie konnte einfach nicht vergessen, was damals passiert ist«, fuhr ich fort. »Jahre später ist sie als Orphelia nach Clifton Manor zurückgekehrt, um endlich herauszufinden, wer genau die Verantwortung für Ninos Tod trägt. Du hast auch davon gewusst. Jahrelang hast du mitgeholfen, die Tat zu vertuschen. Doch als meine Mum sie aufdeckte, konntest du nicht länger vor der Wahrheit davonlaufen. Sie hat dir schreckliche Vorwürfe gemacht, und das hat dich so aufgeregt, dass du den ersten Schlaganfall erlitten hast.«

Ich schwieg. Vieles machte nun Sinn, manche Fragen waren aber immer noch unbeantwortet: Hatte Mum wirklich deswegen auf ewig mit ihrer Familie gebrochen? Warum hatte sich Toby von ihr getrennt? Und warum Eric von mir?

Aber das war jetzt nicht so wichtig, was zählte, war, dass plötzlich Leben in Laurens schlaffe Glieder kam. Sie versuchte, sich aufzurichten, und der Blick der blauen Augen war nicht länger starr, sondern hellwach.

»Du … bist … ein … kluges … Mädchen …«

Quälend langsam kamen die Worte über ihre Lippen. Ich war nicht sicher, was ich davon halten sollte und ob sie meinen Verdacht restlos bestätigten.

»Was genau ist bei den Séancen ans Licht gekommen?«, rief ich. »Und wer hat Violets Tagebuch auf mein Bett gelegt?«

»Violet … hatte … kein … Recht … das zu tun …«

»Was? Einen Zirkusjungen zu lieben? Mit allen Konventionen zu brechen? Sich von den Cliftons loszusagen?«

Wieder öffnete sie den Mund und wieder wollte sie etwas sagen. Ich spitzte die Ohren, doch die Stimme, die ertönte, klang nicht heiser und krächzend, sondern laut und tief.

»Jetzt ist es aber genug.«

Mrs Donovan stand auf der Türschwelle, einem Zerberus gleichend, der sein Reich streng bewacht und jeden Eindringling, der sich einfach einzuschleichen wagt, mit deutlicher Missbilligung bestraft.

Ich zuckte zusammen, als wäre ich bei etwas Verbotenem ertappt worden, aber dann fing ich mich. Auch wenn Mrs Donovan seit Jahren im Dienst meiner Familie stand – sie war nicht mit Lauren verwandt, ich hingegen schon.

»Besser, du gehst jetzt.«

»Warum?«, fragte ich herausfordernd.

»Sie … sie sollte sich nicht aufregen.«

Ich warf einen raschen Blick auf meine Großmutter. Sie hatte sich zurück auf ihr Kissen fallen lassen und starrte wieder mit leeren Augen vor sich hin.

»Warum eigentlich nicht?«, rief ich kämpferisch. »Gerade eben hat sie ziemlich wach gewirkt. Sie hat ganze Sätze gesprochen, und sie hätte sicher noch mehr gesagt, wenn Sie uns nicht gestört hätten.«

Mrs Donovan trat näher und strich die Decke glatt.

»Ach, Dora«, seufzte sie. Plötzlich wirkte sie gar nicht mehr so streng und abweisend, sondern tieftraurig. »Ich habe mir all die Jahre so sehr gewünscht, dass sie wieder zu sich finden und sich ihren Erinnerungen stellen würde und dass ein vernünftiges Gespräch mit ihr möglich wäre, aber …«

Jäh ging mir auf, dass dieser Raum nicht nur der heißeste und stickigste des ganzen Anwesens war, sondern auch der einsamste. Mrs Donovan lebte in einem Haus voller Menschen – und war doch völlig isoliert.

»Ich finde es ja gut, dass du hierhergekommen bist, um Zeit mit deiner Großmutter zu verbringen.

Und auch, dass du die Vergangenheit zur Sprache bringst, ist keine schlechte Idee. Aber es ist besser, wenn ich dabei bin. Niemand kennt Lauren so gut wie ich.«

Ihre Worte brachten mich auf eine Idee.

»Sie waren schon auf Clifton Manor ein Dienstmädchen, nicht wahr?«

Sie nickte. »Ich war zwanzig, als ich von den Cliftons angestellt wurde.«

»Dann … dann haben Sie Violet also auch gekannt.«

Falls sie über die Erwähnung dieses Namens überrascht war, zeigte sie es mir nicht. Wieder strich sie über Laurens Decke.

»Ja … ja, ich kannte sie gut.«

»Wussten Sie, dass sie sich in einen Zirkusjungen verliebt hatte?«

Wieder zeigte sich nicht die geringste Irritation in ihrem Gesicht. »In Nino, ja.«

»Sie wollte mit ihm fliehen … aber Nino war tot … er wurde ermordet.«

Sie hob den Blick und sah mich lange an. »Du hast die richtigen Schlüsse gezogen, und doch … und doch war alles ganz anders, als du denkst.«

»Wie … anders?«

Sie zögerte, wirkte zerrissen. Da war zum einen das Bedürfnis, endlich zu reden, sich jemandem anzuvertrauen, zum anderen ihre Loyalität gegenüber den Cliftons.

Als sie endlich den Mund öffnete und meine Anspannung wuchs, rief Onkel Julian nach mir.

Na super! Er hatte wirklich ein Talent, jedes Mal im falschen Moment aufzutauchen – heute Morgen in der Bibliothek und jetzt hier …

Hatte der nichts Besseres zu tun, als mir hinterherzuspionieren?

Als er mich im Raum seiner Mutter entdeckte, verzog er missbilligend das Gesicht.

»Ich habe doch ein Recht, Zeit mit meiner Großmutter zu verbringen«, sagte ich herausfordernd, ehe er mich zur Rede stellen konnte.

»Deine Großmutter braucht jetzt aber Ruhe und du kommst mit!«

Eine wütende Entgegnung lag mir auf den Lippen, aber ich schluckte sie. Irgendetwas sagte mir, dass es keinen Sinn machte, Onkel Julian noch mehr zu reizen. Mit Lauren war heute wohl ohnehin nicht mehr zu reden – und Mrs Donovan, da war ich mir sicher, würde in Onkel Julians Gegenwart nichts sagen.

Als ich Onkel Julian in den Gang folgte, warf ich ihr einen letzten Blick zu, und wie erwartet: Ihre Miene war ausdruckslos. Allerdings bewegten sich ihre Lippen – und wenn ich mich nicht täuschte, formten sie einen Namen.

Marian Parker.

Erics Großmutter.

Schlug sie mir vor, mit ihr zu reden, um die Wahrheit zu erfahren?

Doch das war leichter gesagt als getan. Kaum auf dem Gang, packte Onkel Julian mich grob am Arm und zog mich mit sich. Es tat ziemlich weh, aber ich entschied, mich vorerst nicht zu wehren.

»Wir unterhalten uns jetzt mal, Fräulein. Dein Verhalten von heute Morgen ist nicht tolerierbar! Ich werde es nicht dulden, dass du noch einmal einfach abhaust!«

Meinetwegen, wenn es ihm hinterher besser ging! Ich wollte die Standpauke gerne über mich ergehen lassen, wenn ich danach nur zu Marian aufbrechen konnte.

Allerdings ließ Onkel Julian in der Nähe der Gäste kein lautes Wort fallen, sondern führte mich schweigend zu meinem Zimmer. Auf dem Weg dorthin überkam mich mehrmals der Drang, mich einfach loszureißen und fortzulaufen, aber ich befürchtete, dass er mir diesmal nachlaufen würde.

Sobald wir in meinem Zimmer angekommen waren, holte er tief Luft. »Ich habe Verständnis für deine Lage, wirklich. Ich kann schon nachfühlen, dass du auf die ganze Welt böse bist. Deine Mutter ist gestorben, du musst bei mir leben, keiner von uns hat sich das ausgesucht. Aber irgendwie müssen wir miteinander zurechtkommen. Und dazu gehört, dass du nie wieder in diesem respektlosen Tonfall mit mir sprechen wirst. Ich möchte dir viele Freiheiten lassen, aber wenn ich etwas von dir verlange oder dir etwas verbiete, dann will ich, dass du dich danach richtest, hast du mich verstanden?«

Hatte sich Violet so gefühlt, wenn sie von Horace oder Charles zur Rede gestellt wurde? Ohnmächtig, ärgerlich, trotzig?

Ich kämpfte darum, mir die Gefühle nicht anmerken zu lassen. »Meinetwegen«, knurrte ich.

Wenn er denn nur endlich gehen würde!

»Rede nicht so, als würdest du mir einen Gefallen tun. Es geht um dein Bestes.«

»Also gut«, murmelte ich widerwillig. »Ich werde darüber nachdenken.«

»Das ist eine gute Idee.« Er wandte sich ab und ich frohlockte. Leider zu früh, denn plötzlich blieb er noch einmal stehen. »Und zu diesem Zweck bleibst du vorerst hier. Molly wird dir etwas zu essen bringen, aber du wirst dein Zimmer nicht verlassen.«

Und mit diesen Worten ging er hinaus und sperrte die Tür hinter sich zu.

Das hatte ich nun gar nicht kommen sehen! Bist jetzt war mir nicht einmal aufgefallen, dass draußen überhaupt ein Schlüssel steckte. Ich war so verdattert, dass ich Onkel Julian eine Weile nur entgeistert nachstarrte. Dann erst löste ich mich aus der Schreckensstarre, stürzte auf die Tür zu und rüttelte sie. Nichts zu machen, natürlich ließ sie sich nicht öffnen.

Unruhig ging ich auf und ab. Erst war ich fassungslos, dann wuchs mein Ärger. Was sollte das? Der konnte mich doch nicht allen Ernstes einfach so einsperren! Ich lauschte auf jedes Geräusch, doch es war absolut nichts zu hören, schon gar keine Schritte.

Laut rief ich seinen Namen, und als sich immer noch nichts tat, stieß ich ein paar sehr ungehörige Schimpfwörter aus. Schließlich begann ich, an die Tür zu hämmern. Das Holz knirschte ein bisschen, aber gab natürlich nicht nach. Ich lief zum Fenster und blickte hinaus.

»Onkel Julian? Lass mich raus! Lass mich sofort hier raus!«

Er war nirgendwo zu sehen.

»Sag mal, hast du sie noch alle?«, schrie ich trotzdem. »Du spinnst ja! Das lass ich mir nicht gefallen! Ich will ...«

»Dora?«

Die Stimme klang verglichen mit meiner leise und schwach.

Molly.

Onkel Julian hatte ja angekündigt, dass sie mir etwas zu essen bringen würde.

Der Schlüssel drehte sich um.

»Er hat mich eingesperrt!«, rief ich erbost.

Kleinlaut nickte sie. »Das weiß ich schon. Tut mir leid.«

Eben noch hatte ich Hoffnung geschöpft, aber bei ihrem Anblick sank sie: Molly hatte wohl den strikten Befehl bekommen, mich keinesfalls rauszulassen.

Sie schien zu ahnen, was in meinem Kopf vorging. »Ich würde dir so gerne helfen, wirklich, aber dann gerate ich in arge Schwierigkeiten. Ich kann meine Stelle nicht verlieren, das verstehst du doch, oder?«

Ich schluckte meinen Ärger, trat auf sie zu und umarmte sie flüchtig. »Klar verstehe ich das, mach dir bloß keine Gedanken.«

»Bis zum Abend beruhigt er sich sicher und lässt dich wieder raus. Und morgen ist bestimmt alles vergessen.«

Sie stellte das Tablett mit dem Essen auf den Tisch, nickte mir ein letztes Mal zu und ging.

Wieder drehte sich der Schlüssel im Schloss herum.

Ich setzte mich an den Tisch. Auch wenn ich noch nicht wusste, was ich tun sollte, war es wohl besser, ich stärkte mich. Zumindest hatte Onkel Julian nicht vor, mich bei Wasser und Brot hungern zu lassen, denn das Tablett war reich beladen: Da waren ein Geflügelsandwich, ein Glas Orangensaft, zwei Bratwürstchen und eine gebackene Tomate.

Über dem Essen legte sich meine Empörung ein wenig, jedoch nicht meine Entschlossenheit.

Klar, Onkel Julian würde mich nicht ewig einsperren und ich könnte auch morgen mit Marian sprechen. Aber ich sah einfach nicht ein, den ganzen Abend hier tatenlos rumzusitzen. Es gab so viele Dinge, die ich einfach ertragen musste – dass Mum gestorben war, dass hier um die Vergangenheit so ein Geheimnis gemacht wurde, dass Eric sich einfach von mir getrennt hatte –, aber dass ich eingesperrt war, konnte ich nicht einfach hinnehmen.

Koste es, was es wolle – ich wollte endlich alles wissen!

Ich wischte mir mit einer Serviette den Mund ab und trat zum Fenster. Der Blick hinaus war ziemlich ernüchternd.

Okay, sagte ich mir, es ist nicht gerade ungefährlich, runterzuklettern, besonders wenn man keine Sportkanone ist, aber unmöglich ist es auch nicht.

Ich machte das Fenster weit auf und fröstelte prompt in der kalten Luft. Vorhin hatte ich nicht darauf geachtet, aber der Himmel hatte sich binnen einer Stunde verdunkelt. Noch regnete es nicht, aber ein heftiger Sturm riss an den Fensterflügeln und vor allem am Efeu, das an der Wand hochkletterte. Etliche Zweige rankten sich um ein weißes Holzgerüst, das fast bis zum Fensterbrett reichte.

Ich dachte an unseren missglückten Versuch, ins Pfarrhaus zu klettern, was nicht sehr ermutigend war, sondern eher schmerzlich: wie ich Erics Hals umschlungen hatte, wie wir gemeinsam zu Fall gekommen waren, wie wir uns beinahe geküsst hätten …

Ach, Eric, dachte ich, warum muss ich das alles allein durchstehen!

Doch gerade der Kummer gab mir Mut. Dieses Gitter wirkte viel stabiler als das des Pfarrhauses. Und außerdem befand sich nicht weit davon entfernt eine Dachrinne, an der ich mich notfalls festhalten konnte. Und soooo hoch war es nun auch wieder nicht, vielleicht vier, fünf Meter.

Beim Schwimmen hatte ich zwar kaum je gewagt, vom Dreimeterbrett zu springen, aber was soll's.

Ich zog meine Jacke an, lehnte mich aus dem Fenster und stieg vorsichtig aufs Fensterbrett. Das knackste zwar, aber gab nicht nach. Während der Wind an meiner Kleidung riss, tastete ich die Mauer nach dem Gerüst ab.

Verrückt, verrückt, verrückt!, schimpfte eine vernünftige Stimme in meinem Kopf. Es ist einfach verrückt, was du da tust!

Aber ich achtete nicht auf sie, zumal ich nun nicht länger nur Stein, sondern auch Holz spürte, und als ich mich vorbeugte, gelang es mir, das Gewicht zu verlagern, mich auf das Gerüst zu stützen und zugleich mit der anderen Hand die Dachrinne festzuhalten. Schritt für Schritt kletterte ich nach unten, zwar mit einer Heidenangst, dass das Gerüst zusammenkrachen würde, aber auch ungemein stolz auf mich.

Einmal stieg ich in matschig gewordene Blätter und rutschte fast ab, aber ich unterdrückte die Panik, klammerte mich umso energischer an die Dachrinne und fand rasch wieder Halt. Noch fünf Sprossen … noch vier … noch drei …

Erleichtert sah ich, dass mit jedem Schritt der Abstand zum Boden geringer wurde. Der Sturm peitschte mir meine Haare ins Gesicht, aber sein Heulen klang nicht bedrohlich, sondern eher so, als würde er mir Ansporn geben. Als ich mit zitternden Knien endlich auf festem Boden stand, hatte ich das Gefühl: Nun kann mir keiner was.

Die Siegesgewissheit hielt nicht sehr lange an. Schon nach wenigen Schritten fror ich trotz meiner Jacke. Der Wind war so stark, dass ich das Gefühl hatte, gegen eine unsichtbare Wand zu laufen. Ich setzte zwar beharrlich Schritt vor Schritt, aber kam nur langsam voran. Obwohl es erst Nachmittag war, war das Meer fast schwarz, und die Wellen, die gegen die Klippen donnerten, waren schmutzig grau.

Als die ersten Regentropfen auf mich einprasselten, fühlten sie sich an wie Nadelstiche. Immerhin hatte sich der Sturm gedreht, kam nun von hinten und schien mich regelrecht anzutreiben. Ich begann zu laufen und etwa zwanzig Minuten später hatte ich die Pension Parker erreicht.

Zum ersten Mal fand ich die Rezeption besetzt vor:

Marian saß mit ihrem Strickzeug dort. Ich hatte die Tür vorsichtig geöffnet, aber die Zugluft riss mir die Klinke aus der Hand, und sie schlug laut gegen die Wand. Marian zuckte zusammen.

»Ach, du bist es, Dora …«

Sie rang sich ein Lächeln ab und wollte wohl den Anschein geben, sie wäre nur wegen der Tür so erschrocken, aber an ihrer irritierten Miene erkannte ich ganz deutlich, dass es ihr ziemlich zusetzte, mich hier zu sehen.

»Eric ist nicht da«, sagte sie schnell. »Er ist mit seinem Vater nach Yarmouth gefahren.«

»Ich bin nicht gekommen, um mit Eric zu sprechen, sondern mit … Ihnen.«

Eine Weile musterte sie mich schweigend. Meine Haare waren zerzaust, mein Gesicht gerötet, mein Blick entschlossen. Instinktiv musste sie wohl fühlen, dass ich mich heute nicht mit ein paar Phrasen abfertigen lassen würde, denn sie seufzte resigniert und nickte mir zu.

»Komm mit.«

Wie beim letzten Mal führte sie mich in den Speisesaal und forderte mich auf, mich zu setzen. Ich blieb steif stehen, blickte mich kurz um, um mich zu vergewissern, dass uns niemand zuhörte, und erklärte dann: »Nicht Violet ist damals ermordet worden, sondern ihre große Liebe Nino.«

Marian stritt es weder ab noch bestätigte sie es.

Wieder deutete sie auf einen leeren Stuhl, und wieder weigerte ich mich, mich zu setzen.

»Violet hat damals ihren Tod vortäuschen wollen, um mit Nino und dem Zirkus die Insel zu verlassen, aber irgendetwas ist schiefgegangen. Sie hat Nino nur mehr tot vorgefunden, und deswegen hat sie später die Identität von Orphelia angenommen und die Séancen bewusst benutzt, um endlich die Wahrheit herauszufinden.«

Da ich keine Anstalten machte, mich zu setzen, erhob sich Marian.

»Warte hier! Ich muss etwas holen!«

Ich hörte, wie sie sich entfernte, dann nichts mehr. Regentropfen platschten laut gegen die Fensterscheibe, eine Uhr tickte. Als ich schon dachte, dass Marian nicht wiederkommen würde, vernahm ich ihre Schritte.

Ihre Miene war ernst, in der Hand hielt sie Briefe.

»Du hast recht«, sagte sie, »Violet ist damals nicht gestorben.«

Obwohl ich genau auf dieses Bekenntnis gewartet hatte, war ich zugleich verwirrt.

»Als wir über sie gesprochen haben, haben Sie so traurig gewirkt!«, rief ich. »Dieser Kummer konnte doch nicht einfach gespielt sein!«

Marian seufzte. »Auch wenn sie damals nicht gestorben ist … mit unserer Freundschaft war es vorbei. Manchmal bin ich zu ihrem Gedenkstein gegangen, denn ich war froh, dass es einen Ort gab, wo ich an sie denken und mich an glücklichere Tage erinnern konnte …«

Wieder wirkte sie so traurig – etwas, was ich nicht verstand. Warum waren sie nicht mehr befreundet?

Klar, nachdem Violet die Insel verlassen hatte, war es sicher nicht leicht gewesen, den Kontakt aufrechtzuerhalten. Aber sie hätten sich doch schreiben können, hatten das – wie die Briefe bewiesen – ja offenbar auch getan!

Marian legte einen der Briefe auf den Tisch.

»Was ist damals passiert?«, fragte ich.

»Lies diesen Brief. Violet hat ihn mir geschrieben, unmittelbar nachdem sie damals in London angekommen ist.«

Sie deutete auf den Stuhl und diesmal setzte ich mich.

Sechzehntes Kapitel

Liebe Marian,
alle denken, ich bin tot, und ich werde sie auch weiterhin in diesem Glauben lassen, aber Dir … Dir muss ich unbedingt die Wahrheit sagen. Ich könnte es nicht ertragen, dass Du um mich trauerst.

Ich habe es nur so aussehen lassen, als wäre ich tot, und zumindest dieser Teil meines Plans ist aufgegangen, aber alles andere … oh, glaub mir, im Innersten fühle ich mich, als wäre ich tatsächlich gestorben!

Mittlerweile bin ich in London angekommen. Die Stadt ist so groß, so laut, so lebendig, aber wenn ich durch die Straßen gehe, habe ich das Gefühl, wie von weiter Ferne dem Trubel zuzuschauen. Ich bin mir genauso fremd wie all den Menschen, denen ich begegne. Manchmal lasse ich mich stundenlang einfach treiben, ohne recht wahrzunehmen, wohin ich gehe. Hinterher ist mir kalt, eisig kalt, aber sonst fühle ich … nichts.

Aber der Reihe nach: In jener Sturmnacht bin ich also von Clifton Manor geflohen. Es war ein ziemlich waghalsiges Unternehmen, aus dem Fenster zu klettern, aber ich habe es geschafft. Ich hatte nur ein kleines Bündel mit meinen Habseligkeiten bei mir. Mit Nino habe ich mich in einer der Höhlen verabredet, Du weißt schon, in der Nähe der Needles, wo wir als Kinder manchmal gespielt haben. Du selbst hast mir damals ein Märchen erzählt: von einer Prinzessin, die einst von einer bösen Hexe dort gefangen gehalten wurde und deren Weinen man in manchen Nächten immer noch hören kann …

Vielleicht ist es jetzt das Echo meines Weinens, das von den Wänden hallt.

Es war … es war so schrecklich!

Ich war doch glücklich auf dem Weg dorthin. Natürlich, ich habe mich ein wenig gefürchtet, das schon, aber ich freute mich doch so auf unser gemeinsames, aufregendes Leben. Fortan bin ich nicht mehr Violet Clifton, sondern eine … Zirkusprinzessin.

Doch dann … es war alles voller Blut …

Während ich Dir schreibe, weine ich. Ich kann gar nicht mehr damit aufhören. Es ist das erste Mal seit Ninos Tod, dass ich meinen Tränen freien Lauf lasse. Irgendwer hat behauptet, dass es guttun würde zu weinen, aber ich habe das Gefühl, dass nicht Tränen, sondern Blut aus mir strömt … genauso wie aus seinem Körper. Während aus mir quälend langsam die Kräfte schwinden, muss es bei ihm schnell gegangen sein, zumindest rede ich mir das ein.

Ein Ausdruck von Überraschung, nicht von Furcht, stand in seinem Gesicht, und so hoffe ich, dass sein Herz noch voller Freude war, mich bald zu sehen, und er weder Entsetzen noch Schmerzen spürte …

Doch auch das ändert natürlich nichts daran, dass er so jung gewesen ist, viel zu jung, um zu sterben, und dass, wer immer sein Leben mit einem Schuss ausgelöscht hat, ein kalter, brutaler Mörder ist.

So gerne würde ich ihm ins Gesicht sehen, so gerne ihn vor aller Welt anklagen, so gerne dafür sorgen, dass Nino Gerechtigkeit widerfährt!

Es gibt einige, die ich verdächtige, doch sicher bin ich mir nicht… werde es vielleicht nie sein, und das zerfrisst mich. In Stunden wie diesen weiß ich nicht, wie ich weiterleben soll, ob ich es kann, ja ob ich es überhaupt will. Ich denke mir nur, dass ich es Ninos wegen muss. Ich bin es ihm schuldig.

Jetzt sind die Tränen auch noch aufs Papier gefallen und verwischen meine Schrift. Dennoch: Mach Dir keine allzu großen Sorgen, ich schreibe immer noch weiter, und das bedeutet, dass ich nicht aufgebe, dass ich es irgendwie schaffen werde, mit dieser übermächtigen Trauer zu leben. Und es gibt Hoffnung: Das Geld, das ich habe, geht zwar zur Neige, aber morgen habe ich ein Vorstellungsgespräch bei einem Fotografen. Nicht, dass es noch Bedeutung hat, meinen einstigen Traum zu leben. An Ninos Seite wäre mir egal gewesen, wie ich mir mein Geld verdient hätte. Aber ich muss mich irgendwie über Wasser halten und fotografieren kann ich nun mal gut. Und ich denke, hoffe so sehr, dass ich irgendwann, nachdem ich lange genug etwas gemacht habe, was ich kann, wieder genug Mut habe, um aller Welt zu bekunden: Nino habt ihr töten können – aber mich, mich kriegt ihr nicht klein!

Sei umarmt, Marian! Vielleicht gibt es irgendwann doch noch die Möglichkeit, uns wiederzusehen.

Deine Violet

Während ich mich in den Brief vertieft hatte, hatten sich Marians Lippen bewegt, als würde sie ihn mitlesen. Jede Zeile schien sie auswendig zu können und das Mitleid mit ihrer Freundin überwältigte sie auch heute noch. Das konnte ich gut verstehen: Auch ich glaubte, Violets Verzweiflung fast körperlich zu spüren.

Die junge Frau, die alles verloren hatte …

Allerdings hatte ich aus dem Schreiben auch nichts Neues erfahren.

»Wie ich vermutet habe«, sagte ich, »Nino ist ermordet worden, nicht Violet. All die Jahre hat es ihr keine Ruhe gelassen, wer der Mörder war, deswegen ist sie später in Orphelias Rolle geschlüpft, die sie damals offenbar im Zirkus kennengelernt hat. Die Séancen waren nur ein Mittel zum Zweck und die Neugierde meiner Mutter kam ihr zupass. Vielleicht hat sie zwischendurch gezweifelt, ob sie so weit gehen dürfte, aber das erklärt noch nicht, warum …«

Marian hob die Hand, um mich zu unterbrechen. »Es ist nicht bei diesem einen Brief geblieben.«

Sie legte ein weiteres Schreiben auf den Tisch. Violet hatte das gleiche Briefpapier benutzt, nur die Schrift wirkte etwas konfuser. Ein flüchtiger Gedanke ging mir durch den Kopf, aber ehe ich ihn fassen und diesem vagen Gefühl, dass da irgendetwas nicht zusammenpasste, nachgehen konnte, faltete ich den Brief auseinander, begann zu lesen und erkannte bald, dass ich der Wahrheit wieder ein Stückchen näher gekommen war.

Liebe Marian,
eigentlich wollte ich Dir nicht wieder schreiben – zumindest nicht so bald. Ich will nicht, dass Du lügen musst, wenn mein Vater oder Charles mit Dir sprechen. Aber es ist etwas passiert … ich kann es niemandem anvertrauen … nur Dir …

Ich habe Dir doch erzählt, wie ich Nino zum ersten Mal geküsst habe … Nun, als wir uns nach dem langen Winter wiedersahen, sind noch viele weitere Küsse gefolgt, und dabei ist es nicht geblieben. In dieser Höhle, wo wir uns am Tag meiner Flucht treffen wollten, sind wir zuvor schon öfter gewesen, und einmal … einmal haben wir unserer Leidenschaft nachgegeben.

Nino war anfangs sehr zurückhaltend. Er wollte warten, bis wir verheiratet sind. Ich hingegen wusste nicht, was kommen würde, ob wir überhaupt eine gemeinsame Zukunft haben und ob ich jemals seine Frau werden kann!

Vielleicht war es eine dunkle Ahnung, die mich jede

Hemmung vergessen ließ, in jedem Fall macht es mich rückblickend unendlich froh, dass wir unserem Verlangen nachgegeben haben. Ewig werde ich diese Stunden in Erinnerung bewahren. Es war so schön und erfüllend, ihm derart nahe zu sein und seine Berührungen zu genießen. Wie zärtlich er war, einfühlsam und liebevoll! In keinem Augenblick war es mir peinlich, mich vor ihm zu entblößen, vielmehr so selbstverständlich, mich ihm hinzugeben. Ich kann mich nicht erinnern, ihn jemals so geliebt zu haben wie in diesem Augenblick!

Ich liebe ihn immer noch und bin trotzdem unendlich verzweifelt – nicht nur weil Nino tot ist, sondern weil ich nicht weiß, was ich nun tun soll.

Ach, Marian, erst gestern war ich beim Arzt, und der hat meinen Verdacht bestätigt: Ich bin schwanger. Ein Teil in mir möchte zerspringen vor Glück, weil Nino in unserem Kind weiterleben wird und mir etwas von ihm geblieben ist, aber zugleich habe ich keine Ahnung, wie es weitergeht. Wie soll ich denn das alles schaffen, ganz alleine, mit einem Kind? Ich muss doch arbeiten, um Geld zu verdienen! Unmöglich kann ich gleichzeitig Fotografin werden und einen Säugling versorgen!

Was soll ich nur tun? Meine Familie würde mir wahrscheinlich helfen, aber mit den Cliftons will ich nichts zu tun haben. Es muss eine andere Lösung geben.

Ich weiß, meine Zeilen werden eine alte Wunde in

Dir aufreißen. Schon so lange wartet Du und Dein Mann vergebens darauf, ein Kind zu bekommen, und vielleicht haderst Du jetzt mit der Tatsache, dass mir geschenkt wird, wonach Du Dich inständig sehnst, und dass mich in Verzweiflung stürzt, was Dich unendlich glücklich machen würde.

Manchmal ist das Leben einfach nur grausam und ergibt so gar keinen Sinn!

Ach, Marian, was soll ich tun?

Ich liebe mein Kind schon jetzt, ich will nur das Beste für das Kleine, aber ich fürchte, dass ich ihm unter diesen Umständen nicht das Beste geben kann.

Deine Violet

Ich ließ den Brief sinken. Nicht nur dass die tot geglaubte Violet all die Jahre gelebt hatte – sie hatte auch ein Kind bekommen! Ein Kind von ihrer großen Liebe!

Wieder waren ihre widerstreitenden Gefühle regelrecht auf mich übergeschwappt. Ich konnte sie so gut nachempfinden, ihre Hoffnung, ihre Freude, aber auch ihre Hilflosigkeit.

»Aber was ist denn nun mit dem Kind geworden?«, entfuhr es mir.

Marian sah mich lange an. Vorhin hatte sie aufgewühlt gewirkt, aber nun, da sie zu dem Schluss gekommen war, dass sich die Wahrheit nicht länger verbergen ließ, lag ein eigentümlicher Friede in ihrer

Miene. Wieder war da so viel Mitleid – diesmal jedoch nicht mit Violet, sondern mit mir.

»Kannst du es dir denn nicht denken?«

Wie vorhin hörte man eine Weile nur Regentropfen. Sie waren größer geworden und das Platschen auf die Fensterscheibe lauter. Wegen des starken Windes, der an der Markise rüttelte, fielen sie fast waagerecht.

Marian erhob sich, ging zum Heizkörper und drehte ihn auf. Das Regenprasseln vermischte sich mit einem Tuckern in der Leitung.

Offenbar wartete sie darauf, dass ich die Wahrheit aussprach, aber mein Kopf fühlte sich so an, als wäre er aus Watte. Ich konnte absolut keinen vernünftigen Gedanken fassen.

»Violet und ich – wir waren die allerbesten Freundinnen«, sagte Marian leise. »Gerade weil ihr Vater das nicht gerne gesehen hat, haben wir viel gemeinsam unternommen. Jeden Sommer sind wir ins Meer baden gegangen und war es auch noch so kalt.«

Ihr Blick wurde sehnsüchtig. »Nur in dem Sommer, als sie sich in Nino verliebte, war ich nicht für sie da…«

Erst jetzt fiel mir auf, dass Violet ihre Freundin kein einziges Mal im Tagebuch erwähnt hatte.

»Warum nicht?«, fragte ich.

»Kurz zuvor habe ich mich selbst verliebt. Meine Gefühle waren nicht ganz so stürmisch und leidenschaftlich wie ihre für Nino, aber Caleb war ein guter Mann, ich habe mich prächtig mit ihm verstanden. Er hat auch auf Clifton Manor gearbeitet, jedoch davon geträumt, eine kleine Pension zu eröffnen.«

Ihr Blick schien in weite Ferne gerichtet.

»Und Sie haben Ihren Traum realisiert und diese Pension eröffnet«, murmelte ich.

Marian lächelte wehmütig. »Ja«, sagte sie, »ja, wir haben es geschafft, und wir können darauf stolz sein. Aber wir hatten noch mehr Träume und die sind leider nicht in Erfüllung gegangen …« Sie räusperte sich. »Caleb war als junger Mann im Krieg und ist damals schwer verwundet worden. Deswegen war er nicht fähig, Kinder zu zeugen. Vor unserer Hochzeit hat er es mir gestanden, und obwohl ich ihn trotzdem geheiratet und ihm stets beteuert habe, dass ich ihn genauso liebe, habe ich mich natürlich nach Kindern gesehnt.«

Ich rieb meine Schläfen, konnte mich gegenüber der Wahrheit nun nicht länger blind stellen. »Und da ist Violet schwanger geworden und hat ein Kind bekommen, dem sie keine Familie bieten konnte. Es war also eine naheliegende Lösung, dass Sie … dass Sie …«

»Sie hat mir ihr Kind anvertraut, ja.«

Jetzt verstand ich auch, warum die Freundschaft der beiden Frauen zerbrochen war: Für Violet wäre es zu schmerzhaft gewesen, in Kontakt mit der Frau zu bleiben, die ihr Kind aufzog. Sie hatte sich für einen klaren Schnitt entschieden, und obwohl Marian darunter gewiss gelitten hatte, war sie vielleicht auch ein wenig erleichtert gewesen. Auf diese Weise konnte sie sich viel leichter vormachen, Violets Kind wäre ihres.

»Toby ist also Violets und Ninos Sohn. Und Eric ihr Enkelsohn«, brachte ich gepresst hervor.

Marian nickte. »Ich habe ihn geliebt wie mein eigenes Kind und ich habe ihm nie die Wahrheit gesagt … leider. Denn als er sie erfuhr, war er völlig verzweifelt.«

Die Séancen … Mum hatte angedeutet, dass etwas Schreckliches passiert war … Vielleicht verbarg sich noch mehr dahinter, aber in jedem Fall war es so, dass Toby damals wohl die Wahrheit erfahren hatte. Violet hatte sich ihm zu erkennen gegeben, hatte alles aufgeklärt …

»Ich hatte immer Angst vor den Cliftons«, sagte Marian. »Horace habe ich zwar schon zuvor nie gemocht, aber seit ich Toby bei mir aufgenommen habe, bin ich beim Gedanken an sie regelrecht in Panik ausgebrochen. Was, wenn sie die Wahrheit erführen? Was, wenn Horace oder später Charles mir Toby wegnehmen würden? Ich habe Toby immer eingebläut, dass er sich von den Cliftons fernhalten solle.«

»Aber dann hat er sich in meine Mum verliebt.«

Ich dachte an Kate und ihre Andeutung, dass Toby sich von Ellen getrennt hatte, nicht umgekehrt, und jetzt verstand ich auch, warum. Er hatte nicht nur damit fertigwerden müssen, dass die Frau, die er immer dafür gehalten hatte, gar nicht seine Mutter war und er mit Ellen, seiner großen Liebe, ziemlich nahe verwandt war, sondern auch, dass sein Vater ermordet wurde … von den Cliftons.

»Caleb ist früh gestorben«, fuhr Marian fort, »Toby war damals erst fünf Jahre alt. Und als er die Wahrheit erfuhr, hatte er das Gefühl, seinen Vater ein zweites Mal zu verlieren. Seine Verzweiflung hat sich in Hass gewandelt.«

Darum hatte er so wütend auf mich reagiert! Ich erinnerte ihn daran, was meine Familie angerichtet hatte! Und darum hatte er auch nicht gewollt, dass Eric mit mir zusammen war! Mum wiederum hatte ihrer Familie die Schuld daran gegeben, dass ihre erste große Liebe in die Brüche gegangen war, und hatte ihren Eltern nie verziehen.

Marian hob ihre Hand und legte sie auf meine. »Du trägst an alldem keine Schuld, Dora, genauso wenig wie Ellen … Und dennoch: Als du aufgetaucht bist, sind alte Wunden aufgerissen …«

Etwas, was Eric seinem Vater nicht länger zumuten wollte. Auch wenn es ihm schwergefallen war, hatte er sich da lieber von mir getrennt. Und auch wenn das einen Teil von mir empörte – ein anderer verstand ihn. Verzweifelt war ich so oder so.

Ich erhob mich. »Ich glaube, es ist besser, wenn ich jetzt gehe.«

Marian widersprach nicht, obwohl der Regen noch lauter gegen die Fensterscheiben schlug.

Der Regen prasselte in mein Gesicht, aber ich spürte ihn kaum. Gedankenverloren zog ich meine Kapuze über den Kopf, doch einzelne Tropfen bahnten sich ihren Weg von den Schläfen zum Nacken und rannen mir kalt den Rücken herunter.

Ich zitterte im heftigen Wind, aber ich machte keine Anstalten, zurück zum Clifton-Resort zu kehren. Stattdessen nahm ich die entgegengesetzte Richtung zu den Needles. Von den Klippen war kaum etwas zu sehen, alles verlief in Grau. Durch ein Niemandsland schien ich zu stapfen, unbewohnt, ohne Farben, kalt, trostlos.

Ich musste an Violet denken und wie sie sich gefühlt haben musste, nachdem sie ihr Baby geboren und es ihrer besten Freundin Marian übergeben hatte. Tief drinnen hatte sie gewusst, dass sie die richtige Entscheidung getroffen hatte, aber zugleich hatte es ihr das Herz gebrochen – nach Ninos Tod ein zweites Mal.

Sie war damals der einsamste Mensch auf Erden.

So wie ich heute.

Ich hatte Mum verloren, meinen Dad nie kennengelernt, und alle Menschen, denen ich hier auf der Insel begegnet war, hatten mich entweder verraten, oder ich wurde nicht warm mit ihnen.

Wenn ich mich in diesem grauen Labyrinth verlaufen und nicht wieder heimkehren würde, würde mich niemand vermissen. Onkel Julian wäre erleichtert, dass er sich nicht länger um mich kümmern müsste, und Toby und Marian bestimmt auch, weil so niemand mehr in der Vergangenheit graben und ihre Geheimnisse aufdecken würde. Eric wäre vielleicht traurig, aber das änderte nichts daran, dass er sich für seinen Vater entschieden hatte. Kate würde zwar ein schlechtes Gewissen haben, aber mal ehrlich: In all den Jahren hatte sie nie den Kontakt zu meiner Mutter gesucht; sie würde auch an mich nicht ewig ihre Gedanken verschwenden.

Ich beschleunigte meinen Schritt. Inmitten der Nebelwand ragte eine Bank vor mir auf, von der aus man an sonnigen Tagen wahrscheinlich die beste Sicht auf die Klippen hatte. Obwohl das Holz völlig durchweicht war, setzte ich mich. Ich zog die Beine hoch und stützte mein Kinn auf die Knie. Die Tränen, die mir über die Wangen liefen, waren heiß, aber kühlten rasch ab.

Ich dachte an Mum und an ein Gespräch, das wir geführt hatten, ehe sie mal für zwei Wochen auf Geschäftsreise ging.

»Was soll ich tun, wenn ich dich vermisse?«, hatte ich gefragt.

»Dann schließt du einfach die Augen und denkst an was Schönes!«

»An was?«

Sie dachte eine Weile nach. »Erinnere dich an unseren Kreta-Urlaub im letzten Sommer und wie wir am Strand Beachvolleyball gespielt haben.«

Ganz deutlich konnte ich es vor mir sehen. Das kleine Häuschen, das wir gemietet hatten, das Restaurant, in dem wir zu Abend aßen und wo es immer das Gleiche gegeben hatte: Moussaka, Oliven, Schafskäse. Eigentlich war das nichts, was mir sonderlich schmeckte – und trotzdem, ich konnte das Essen förmlich riechen, genauso wie den süßlich-würzigen Geruch des Pinienwaldes, durch den wir gehen mussten, um die malerische Bucht zu erreichen. Wenn wir uns nicht gerade Beachvolleyballmatches geliefert hatten, waren wir in der Sonne gelegen und hatten stundenlang »Stadt-Land-Fluss« gespielt.

Einmal war die Wahl auf den Buchstaben Y gefallen.

»Es gibt kein Land, das mit Y beginnt«, hatte ich gesagt.

»Dann einigen wir uns auf Zypern. Das kommt der Sache am nächsten.«

»Aber das ist geschwindelt!«

»Was soll ich denn machen, wenn es nun mal kein Land mit Y gibt?«

»Wie wär's denn mit Yemen?«

»Wird das nicht eigentlich Jemen geschrieben?«

Wir hatten lange diskutiert, aber am Ende hatte ich natürlich gewonnen.

Ich weinte immer heftiger.

Vielleicht gab es ein Land mit Y. Aber es gab kein Land, in dem ich jemals wieder gemeinsam mit Mum am Strand liegen würde. Kein Land, in dem ich jemals wieder glücklich sein und mich nicht einsam fühlen würde.

Mindestens eine Stunde lang musste ich auf der Bank gesessen sein. Die Zeit floss vorüber wie ein träger, grauer Fluss. Es machte keinen Unterschied, ob ein Augenblick oder eine Ewigkeit verging. Als ich mich irgendwann erhob, konnte ich weder meine Hände noch Füße spüren. Immer noch dachte ich nicht an den Heimweg, sondern ging weiter Richtung Meer. Der Sturm heulte nicht mehr so laut, aber als er über die Insel gebraust war, schien er sämtliches Licht gestohlen zu haben. In der Ferne, wo sich Meer und Himmel trafen, war noch ein schmaler, gelblicher Streifen zu erahnen, aber der Boden vor mir war fast schwarz.

Wie ferngesteuert ging ich auf die Klippen zu. Kaum zu glauben, dass der Stein bei Sonne strahlend weiß wie Schnee war oder bronzen funkelte wie in der Alum Bay. Einem dunklen Loch schien ich mich zu nähern, in dem alles versickerte, Trauer, Einsamkeit, aber auch Hoffnung, Lebensfreude.

Immer näher kam ich jener kaum sichtbaren Grenze zwischen Land und Meer – und zugleich zwischen Leben und Tod.

Ich erinnerte mich, dass Violet in ihrem Tagebuch die starke Erosion erwähnt hatte und dass manchmal ganze Klippenabschnitte ins Meer stürzten, doch der Gedanke machte mir keine Angst. Und wenn schon, das Meer war nicht bedrohlich, sondern ein stilles, gnädiges Reich. Es würde mich willkommen heißen, mich umarmen, alles Elend fortspülen, mich vergessen lassen, wer ich war.

Ich machte noch mehr Schritte auf den Abgrund zu. In der Dunkelheit konnte ich nicht sehen, wo genau es in die Tiefe ging, spürte nur ein Kribbeln im Magen – ein instinktives Zeichen, dass ich in Gefahr war. Und doch hielt ich nicht inne – das tat ich erst, als ich an einer dornigen Ranke hängen blieb, stolperte und fiel. Durch die Wucht des Sturzes drehte ich mich einmal um die eigene Achse. Erdkrumen drangen in meine Augen, meinen Mund. Meine Hände krallten sich in den Boden, fühlten feuchte Erde und noch mehr dornige Ranken. Tief bohrten sich die Stacheln in meine Handinnenflächen, doch obwohl ich gequält aufschrie, ließ ich instinktiv nicht los, sondern versuchte mich vielmehr an den Ranken hochzuziehen. Ich schaffte es nicht. Mit den Füßen trat ich gegen den Boden, doch sie fanden keinen Widerstand. Der Stein, den ich zunächst spürte, löste sich, polterte in die Tiefe, und dann war da nichts mehr … nur Leere. Ich hing über dem Abgrund.

Eben noch hatte mir die Vorstellung, in die Tiefe

zu stürzen, keine Angst gemacht, war mir sogar verführerisch erschienen. Doch nun erwachte der nackte Überlebenstrieb. Panik überkam mich, ich strampelte verzweifelt, versuchte, festen Boden zu finden, nach vorne zu robben.

Unmöglich.

Blut lief mir über die Hände, und sobald ich mit meinem ganzen Gewicht daran zog, drohten die dürren Äste zu reißen.

Laut dröhnte der Herzschlag in meinem Kopf.

Ich will nicht sterben, ich will nicht sterben, ich will nicht sterben.

Nein, ich will leben! Weil es besser ist, Schmerz zu fühlen als gar nichts mehr!

Mit einem Ächzen versuchte ich erneut, mich nach oben zu kämpfen, erreichte jedoch nur, dass ich immer tiefer nach unten rutschte. Nein, so ging es nicht. Ich machte mich ganz steif, atmete tief durch. Ich musste mich an etwas anderem festhalten als den dünnen Ästchen, am besten an einer Wurzel. Doch das bedeutete, dass ich zumindest mit einer Hand loslassen musste.

Ich tat es ganz langsam, vorsichtig, hielt den Atem an. Gut so, ich rutschte nicht tiefer. Jetzt nach etwas tasten, wieder langsam, vorsichtig, etwas Kaltes, Hartes zu fassen kriegen, vielleicht einen Stein. Vom Regen nass, fühlte er sich glitschig an, aber an einer Ecke konnte ich mich gut festklammern.

Nun komm schon, du schaffst es!

Ich schloss unwillkürlich die Augen, als ich mich hochzog. Auch wenn meine Füße weiterhin ins Leere ragten, mit dem rechten Knie konnte ich mich auf dem feuchten Boden abstützen und mich etwas aufrichten. Doch in dem Augenblick, da ich auch das zweite Bein hochzog, gab der Stein nach und kullerte über den Abhang. Hätte ich mich mit der anderen Hand nicht immer noch an das Gebüsch geklammert, ich wäre nach hinten gekippt und in die Tiefe gefallen. Ich spürte, wie vor Schrecken und Panik sämtliches Blut aus meinem Gesicht schwand. Meine Lippen und die Nasenspitze wurden so taub wie meine Glieder.

Vergebens tastete ich nach einem weiteren Stein; da war nur Gras, nasses, hartes, rutschiges Gras, dessen Halme mir schmerzhaft in die Handinnenflächen schnitten, die jedoch sofort abrissen, wenn ich mich an ihnen festzuhalten versuchte. Meine Kräfte schwanden, ich spürte nicht einmal mehr die schmerzhaften Dornen. Nur leben, leben wollte ich immer noch.

»Hilfe!«, schrie ich. Ich brachte kaum mehr hervor als ein Krächzen.

»Hilfe!«, schrie ich wieder, diesmal so laut, dass es in der Kehle schmerzte. Doch es nützte nichts. Ich kam nicht gegen das Tosen des Sturms an.

Siebzehntes Kapitel

In weiter Ferne erklang das Echo meines Schreis. Zumindest dachte ich das im ersten Moment. Dann spitzte ich meine Ohren. Da! Wieder ein Schrei! Obwohl ich diesmal doch ganz stumm geblieben war!

Das war kein Echo … das war ein anderer Mensch, der nach mir rief, eine Frau. Der Schrei verstummte, dann hörte ich Schritte. Auch wenn ich nicht erkannte, wer auf mich zugeeilt kam – die Hand, die mir die Frau reichte, fühlte ich ganz deutlich, eine warme Hand.

»Halt dich fest! Ich zieh dich hoch!«

Die Hand war klein und wirkte nicht sehr kräftig.

»Das … das schaffen Sie nie! Ich muss mich an etwas anderem festhalten.«

»Warte!«

Es war mir unerträglich, die Hand loszulassen, doch ich wusste, ich hatte keine andere Chance, und wenig später reichte sie mir etwas Dickes, Schweres.

»Ein Ast … der Sturm muss ihn hierhergefegt haben. Wenn ich ihn festhalte und mich auf den Boden lege, dann schaffst du es vielleicht …«

Wenn die Stimme voller Panik geklungen hätte, hätte ich wohl gleich aufgegeben. Doch die Frau sprach ruhig und bestimmt, gab mir Mut und vor allem Kraft. Eben hatte ich vermeint, meine Hände nicht mehr zu spüren, jetzt fühlte ich ein Kribbeln.

Energisch packte ich den Ast und zog mich behutsam daran hoch. Dass sich die Frau in eine Mulde gelegt hatte, half ihr dabei, sämtliches Gewicht auf das andere Ende des Astes zu legen, sodass ich ihn ihr nicht aus den Händen riss.

Ich spürte erst unter dem einen Knie festen Boden, dann unter dem anderen, robbte weiter, zog mein Bein an, stieß auf Widerstand. Nun noch das zweite, dann war es geschafft.

Eine Weile blieb ich mit geschlossenen Augen liegen und keuchte. Als ich mich aufrappelte, sah ich, dass die Frau bereits aufgestanden war. Ihr Mantel war schwarz vor Dreck, aber das Haar glänzte im schwachen Licht silbrig.

Erst jetzt erkannte ich sie: Es war die alte Dame, die in der Pension Parker Urlaub machte und die ich dort schon zweimal gesehen habe.

»Was machen Sie denn hier bei diesem Wetter?«, fragte ich.

»Gleiches könnte ich dich fragen. Ich hatte etwas Kopfschmerzen, und als der Regen nachließ, habe ich ein paar Schritte an der frischen Luft gemacht. Und da habe ich dich rufen gehört …«

»Gott sei Dank …«, brach es aus mir heraus. Ein Zittern überlief meinen Körper.

»Du musst schleunigst nach Hause!«, rief sie. »Du musst dir etwas Warmes anziehen, am besten ein heißes Bad nehmen, und deine Hände … du brauchst ein Pflaster.«

So geschwächt wie ich mich fühlte, war ich nicht sicher, ob ich es bis zum Clifton-Resort schaffen würde.

»Jetzt kommst du einfach mal mit zur Pension und dort rufe ich dir ein Taxi. Komm, stütz dich auf mich, nach ein paar Schritten wird dir etwas wärmer werden.«

Meine Füße fühlten sich wieder taub an, und in meinen Handinnenflächen pochte es, aber es gelang mir, Schritt vor Schritt zu setzen.

»Danke, Mrs …?«

»Sag Veronica zu mir. Und du musst dich nicht bedanken. Ich bin so froh, dass ich noch rechtzeitig gekommen bin. So kalt wie du dich anfühlst, bist du stundenlang im Freien gewesen, und das bei diesem Wetter! Aber warum denn nur?«

Ich biss mir auf die Lippen. »Es ist alles so schrecklich.«

Ich sagte nicht mehr, und sie bedrängte mich nicht mit Fragen, sah mich nur nachdenklich an und erklärte schließlich: »Schau dir die Klippen an. Wie unheimlich sie jetzt bei Nacht sind und wie feindselig das Tosen des Meeres klingt. Aber wenn morgen die Sonne aufgeht, werden sie ein sanftes Rosa annehmen, und die Schaumkronen werden diesen Farbton spiegeln, sodass es aussieht, als würden Rosen darauf schwimmen. Nie ist die Küste so schön wie am frühen Morgen. Manchmal … manchmal muss man einfach nur darauf warten, dass die Nacht vorübergeht, und alles sieht anders aus.«

Ich brachte kein Wort mehr hervor, konnte nur nicken und konzentrierte mich auf die nächsten Schritte.

Wir waren weiter von der Pension entfernt als gedacht. Nach zehn Minuten war immer noch kein Haus zu sehen, nur die Straße, wo dann und wann Scheinwerfer von vorbeifahrenden Autos aufblitzten. Ich fühlte mich so erschöpft, dass ich kaum mehr gerade stehen, geschweige denn noch weitergehen konnte, aber als ich Veronica schon bitten wollte, eine kurze Pause zu machen, hörte ich Stimmen.

Jemand rief meinen Namen. Und dann sah ich, wie er auf mich zugelaufen kam: Eric, nur mit Jeans und T-Shirt bekleidet und vor Kälte schlotternd. Seine Haare standen wild nach allen Seiten ab, was ziemlich verwegen wirkte.

»Dora, mein Gott, Dora, ich habe mir solche Sorgen gemacht! Ich suche schon seit einer Stunde nach dir!«

Obwohl ich mich eben so kraftlos gefühlt hatte, begann ich zu rennen, und auch er beschleunigte das

Tempo. Nach wenigen Schritten lag ich in seinen Armen. Die Dunkelheit, die Kälte, der Schock über das Erlebte… alles spielte keine Rolle mehr. Ein Bannkreis war um uns gezogen, innerhalb dessen Grenzen die Vergangenheit und ihre Geheimnisse keine Macht hatten.

»Eric…«, stammelte ich.

Viel zu schnell kehrten wir wieder in die Wirklichkeit zurück. Da waren weitere Stimmen zu hören und bald erkannte ich in der Ferne Onkel Julian und Kate. Als sie mich erblickten, schienen sie ebenso erleichtert zu sein wie vorhin Eric.

»Was ist denn passiert?«, fragte ich und verstand nicht, warum die beiden hier waren.

»Das fragst du noch?«, rief Eric. »Du bist seit Stunden unauffindbar gewesen! Dein Onkel hat sich große Sorgen gemacht und Kate auch… Dein Onkel hat sich sogar überwunden, zur Pension zu kommen und nach dir zu fragen. Grandma hat erzählt, dass du hier warst und dass du alles weißt… Du… du warst wie vom Erdboden verschluckt.«

Er zog mich noch fester an sich und ich versenkte mein Gesicht in seine Brust.

»Ich wusste doch nicht, wohin…«

»Sogar mein Vater hat ein schlechtes Gewissen bekommen und ich… ich habe solche Angst um dich gehabt.«

Diese Angst stand immer noch in seinem Blick,

aber da war noch etwas anderes – Sehnsucht. Sie überkam auch mich. Es genügte nicht, ihn zu umarmen, seinen Herzschlag zu spüren, ich wollte über seine Wange streicheln, über sein Haar, ich wollte ihn küssen.

Doch so wie uns vorhin ein Bannkreis von der restlichen Welt geschützt hatte, so unvermittelt schien da plötzlich diese Mauer zwischen uns zu stehen.

Nur weil er sich Sorgen gemacht hatte, hatte sich nichts geändert.

»Dora…«, sagte er heiser.

Nein, nicht noch einmal wollte ich ertragen, dass er mich von sich wies. Entschlossen löste ich mich von ihm und trat selber einen Schritt zurück.

»Ist schon gut.«

Und dann hatten uns Onkel Julian und Kate erreicht. Beide hielten Taschenlampen und leuchteten mir grell ins Gesicht.

»Oh, Gott sei Dank!«, rief Onkel Julian. Kate zog mich wieder mal stürmisch an sich und drohte mich mit ihrem großen Busen zu ersticken. »Ach, Dora, ich habe ja so ein schlechtes Gewissen. Ich hätte mit dir offen reden sollen, aber… Ellen… Ellen wollte doch nicht…«

Sie trug Federn am Kragen ihrer Jacke, und auch wenn man im fahlen Licht ihre wahrscheinlich schrille Farbe nicht erkennen konnte, kitzelten sie meine Nase.

Ich musste niesen.

»Jetzt aber schnell ins Warme!«, rief Onkel Julian. »Nicht, dass du uns noch krank wirst.«

Seine Umarmung fiel natürlich flüchtiger als die von Kate aus, aber es war das erste Mal, dass er mich überhaupt an sich zog, und die Erleichterung in seinem Gesicht war tief und echt.

»Wir sind mit dem Auto hier, komm mit …«

Als ich mich umdrehte, lächelte mir Veronica zu. Eric hingegen war schon zurück zur Pension gegangen.

Wenig später servierte Molly heißen Tee, dazu ein paar Sandwiches und Kekse. Julian und Kate redeten wild durcheinander, während ich den Tee schlürfte, wiederholten immer wieder, wie leid es ihnen täte, dass sie sich Sorgen um mich gemacht hätten, dass ich nie wieder einfach abhauen dürfe …

Die Worte erreichten mich nicht wirklich. Ich schien in einem Kokon zu stecken, wo es warm und gemütlich war und wo die Erinnerung an Erics Umarmung nicht wehtat. Irgendwo wartete natürlich der Schmerz. Irgendwann würde ich mich entscheiden müssen, ob ich mich von ihm fernhalten oder mit aller Macht um ihn kämpfen sollte. Aber nicht hier und jetzt.

Ich blickte hoch. »Ich verstehe einfach nicht, warum ihr beide so versessen wart, das Geheimnis zu wahren. Dass Violet gar nicht gestorben ist… dass sie Tobys Mutter ist… was habt ihr beide denn damit zu tun?«

Wieder redeten sie so wild durcheinander, dass kaum ein Wort zu verstehen war. Onkel Julian sah das bald ein und überließ Kate den Vortritt.

»Ich habe es deiner Mutter doch versprochen!«, rief sie verzweifelt.

»Aber was denn? Was genau ist während der letzten Séance passiert? Ich weiß, du warst damals nicht dabei, aber Ellen hat dir doch sicher davon erzählt.«

Sie nickte. »Ellens Eltern, deine Großeltern, sind zum Pavillon gekommen. Offenbar hat Mr Crumbley sie informiert, du weißt schon, der ehemalige Butler. Er hat Licht gesehen und ist misstrauisch geworden. Als sie Ellen zur Rede stellten, eskalierte die Situation. Orphelia gab sich als Violet zu erkennen und begann, ihrem Bruder die schlimmsten Vorwürfe zu machen. Das Ganze endete in einem Riesenstreit.«

»Und dann?«

Kate hob hilflos die Hände. »Ich weiß es nicht. Ellen war völlig durcheinander, als sie mich am nächsten Tag besucht hat. Sie hat geweint und ständig gesagt, dass sie nicht mit Toby zusammen sein dürfe…«

»Hast du auch mit Toby gesprochen?«

»Nein, er hat sich völlig zurückgezogen. Vor allem nachdem deine Mutter die Insel verlassen hat.«

»Aber warum hat sie das denn getan? Nur wegen Violet?«

Kate überkreuzte ihre Arme auf der Schulter, als wolle sie sich vor etwas schützen. »Charles, ihr Vater, hat gestanden, dass er Nino ermordet hat. Und Lauren, ihre Mutter, hat das gewusst und ihn gedeckt. Ellen war so empört über ihre Eltern, dass sie beschlossen hat, nie wieder einen Schritt nach Clifton Manor zu setzen. Und mich hat sie beschworen, mit niemandem darüber zu reden. Ich dachte, es sei in ihrem Sinne, wenn ich dir die Wahrheit verschweige. Und ehrlich gesagt verstehe ich auch nicht, warum du so versessen auf die Vergangenheit bist.«

Irgendeine Stimme in mir sagte, dass Kate die Wahrheit sagte. Und dennoch, da passte etwas nicht zusammen, ein entscheidendes Mosaiksteinchen fehlte …

Ich nahm einen weiteren Schluck Tee und plötzlich war mir nicht nur warm, sondern regelrecht heiß. Hastig zog ich den Anorak aus und nutzte diese Augenblicke, um mich zu fassen.

»Und du?«, fragte ich Onkel Julian. »Was wusstest du von alledem?«

Er putzte erst mal umständlich die Brille. »Genauso viel wie Kate … Ich war damals erst vierzehn Jahre alt und habe den Krach nur am Rande mitbekommen. Jahrelang hat man mich im Dunkeln gelassen, warum Ellen abgehauen ist. Erst als ich erwachsen war, hat mir mein Vater alles erzählt, aber wenn ich ehrlich bin, halte ich ihre Reaktion bis heute für ziemlich überzogen.«

»Und wie deinem Vater war es auch dir ein großes Anliegen, den Mord zu vertuschen, damit der Ruf der Familie gewahrt bleibt.« Ich klang giftiger, als ich bezweckte.

»Ach, Dora«, seufzte Onkel Julian, »du tust so, als wäre die ganze Welt dein Feind, aber so ist es nicht ... Ich will doch nur dein Bestes, und dass ich nicht immer weiß, was das Beste ist – das musst du mir nachsehen. Ich habe nun mal keine Übung im Umgang mit Mädchen deines Alters ...«

Er zuckte verzweifelt die Schultern.

»Das weiß ich ja«, lenkte ich ein, »aber dennoch: Hast du denn nicht bemerkt, dass dieses Schweigen und Vertuschen alles vergiftet hat?«

»Ich glaube, in einer Sache irrst du dich. Du denkst, dass Vater und ich wegen des guten Rufs der Familie geschwiegen haben. Aber so ist es nicht. Violet selbst hat es gewollt.«

Mit einem lauten Klirren stellte ich die Tasse ab.

»Aber das kann doch nicht sein!«, rief ich. »Violet ging so weit, Orphelias Identität anzunehmen, um die Wahrheit aufzudecken. Warum sollte ausgerechnet sie diese Wahrheit hinterher vertuschen wollen?«

»Vater hat das immer wieder bekräftigt.«

»Dann hat er gelogen!«

»Das stimmt nicht.« Onkel Julian zögerte kurz. »Ich kann dir das sogar beweisen. Kurze Zeit nach den Séancen hat Violet meinem Vater geschrieben und dieser Brief ist immer noch in meinem Besitz. Da steht alles schwarz auf weiß, du kannst ihn gerne lesen.«

Es fiel mir schwer, ihm zu vertrauen. Stirnrunzelnd starrte ich ihn an, woraufhin Onkel Julian ohne ein weiteres Wort den Raum verließ, um den Brief zu holen.

Wenig später überreichte er mir das Schreiben und ich erkannte die Schrift sofort wieder. Es war dieselbe wie die aus Marians Briefen – also ohne Zweifel Violets.

»Und sie hat wirklich …?«

»Lies selbst.«

Und so vertiefte ich mich in das Schreiben.

Lieber Charles,
ich weiß gar nicht, wie ich beginnen soll. Wahrscheinlich kannst Du immer noch nicht fassen, dass ich überhaupt noch lebe und dass ich als Orphelia verkleidet zurückgekommen bin. Nach dieser unseligen Nacht dachtest Du wahrscheinlich, nie wieder von mir zu hören, aber ich kann es nicht dabei belassen.

All die Jahre hat es mich zerfressen, dass ich nicht wusste, wer Nino getötet hat und wie er starb, ob Du dahintergesteckt hast, Vater oder einer der Dienstboten, vielleicht gar unser treuer Butler Crumbley. Doch nun, da ich die Wahrheit kenne, fühle ich mich einfach nur leer.

Es war schäbig, Deine Tochter für meine Pläne einzuspannen, und das bereue ich zutiefst. Ich wollte doch nie, dass sie darunter zu leiden hat!

Ich weiß, Du wirst weiterhin schweigen, um die Familie zu schützen – und hiermit versichere ich Dir: Ich werde das auch tun. Nie wieder werde ich irgendjemandem gegenüber die Vergangenheit erwähnen.

Vielleicht glaubst Du mir nicht, vielleicht hasst Du mich sogar, aber lass mich Dir sagen: Ich habe mich lange genug von meinen dunklen Gefühlen zerfressen lassen, mach nicht den gleichen Fehler!

Wenn ich heute auf unser Leben zurückblicke, auf unsere gemeinsame Kindheit, versuche ich, vor allem das Schöne zu sehen und daran zu denken, dass wir uns als Kinder doch so nahgestanden haben. Erinnerst Du Dich, dass wir fast am gleichen Tag Geburtstag haben, ich am 20. August und du am 21.? Wir waren ein Jahr auseinander, aber das sah man uns kaum an, und deswegen hast Du immer darauf bestanden, dass wir gemeinsam feiern – einmal an meinem, einmal an deinem Tag. Wir haben uns einen Spaß daraus gemacht, die Gäste unseres Vaters glauben zu lassen, dass wir Zwillinge wären!

Wie unschuldig wir damals waren und wie gut wir uns verstanden haben!

Warum ich das alles schreibe? Ach, Charles, bitte

glaube mir! Ich will den Cliftons nicht länger schaden. Ich habe eingesehen, dass alle Gedanken an Rache nur in eine Sackgasse führen.

Nach allem, was passiert ist, ist eine Versöhnung unmöglich, aber ich hoffe von Herzen, dass Deine Familie ihren Frieden findet, und ich werde das Meinige dazu beitragen, indem ich Stillschweigen bewahre und mich von Euch fernhalte.

Deine Violet

Julian starrte mich gebannt an, als ich den Brief zu Ende gelesen hatte. »Verstehst du nun, warum ich immer geschwiegen habe?«

Meine Verwirrung war zu groß, um zu antworten. Ich blickte auf Violets Zeilen und wieder huschte mir ein Gedanke durch den Kopf.

Irgendetwas stimmte nicht ... irgendetwas passte nicht zusammen ...

Aber ich konnte diese vage Ahnung nicht fassen, fühlte nur unendliche Erschöpfung und den Wunsch, vor alldem zu fliehen. Weder wollte ich Kates Beteuerungen, dass sie sich meiner Mum verpflichtet gefühlt hatte, zuhören noch Onkel Julians ängstlicher Frage, ob ich die Vergangenheit denn jetzt endlich ruhen lassen könne.

»Ja, ja«, sagte ich schließlich gequält. »Ich verstehe dich ... und auch Kate ... Ich bin euch nicht böse ... aber ... aber ...«

»Denkst du, wir können noch einmal ganz neu anfangen?«, fragte Julian. Er klang nahezu flehentlich.

Ich nickte. »Aber jetzt«, murmelte ich, »jetzt bin ich einfach nur müde…«

Ich stand auf und Gott sei Dank hielt mich keiner von ihnen auf. Als ich den Raum schon verlassen wollte, fiel mir noch etwas ein.

»Was ich nicht verstehe: Irgendjemand hat Violets altes Tagebuch in mein Zimmer gelegt. Es war doch keiner von euch beiden, oder?«

Kate schüttelte den Kopf. »Ich wusste nicht einmal, dass es ein Tagebuch gab.«

»Ich auch nicht«, pflichtete Onkel Julian ihr bei. »Was steht denn drin?«

»Ihre Liebesgeschichte mit Nino. Allerdings sind die letzten Seiten herausgerissen worden.«

»Von wem denn?«

»Das wüsste ich auch gerne. Und noch mehr interessiert mich, wer denn gewollt hat, dass ich es lese.«

Onkel Julian zuckte die Schultern. »Wir können das Tagebuch morgen noch mal gemeinsam lesen. Aber jetzt ruhst du dich erst mal aus. Am besten, du lässt dir ein heißes Bad ein.«

Wie herrlich das heiße Bad war!

Ich hatte das Wasser bis zu meinem Kinn eingelassen und so viel von dem Schaumbad hineingeschüttet, dass winzige Seifenblasen meine Nase kitzelten. Wohlig streckte ich mich aus und schloss die Augen. Beinahe wäre ich in der Badewanne eingeschlafen, doch als ich etwa zwanzig Minuten später aus der Wanne stieg, mir ein warmes Handtuch um meinen Körper schlang, einen Bademantel darüber anzog und mich ins Bett kuschelte, fühlte ich mich so frisch, dass an Schlaf nicht zu denken war. Ich hatte das Licht schon ausgemacht, knipste es nun aber wieder an.

Meine Gedanken schienen Karussell zu fahren. Immer wieder gingen mir die Ereignisse des Tages durch den Kopf. Meine waghalsige Kletteraktion, mein Sturz bei den Klippen, meine Rettung dank Veronicas Hilfe, Erics Umarmung …

Vorhin war es mir irgendwie gelungen, die Erinnerungen daran zu verdrängen, doch jetzt flackerte der Schmerz wieder auf.

Dass er sich um mich gesorgt und mich gesucht hatte, war ein Beweis, dass er mich liebte. Doch manchmal war Liebe nicht genug. So wie bei Violet und Nino …

Vorhin hatte es sich angefühlt, als hätte ich einen Knoten in meiner Brust, nun glich mein Herz eher einem dunklen Loch, das alles, was Trost und Hoffnung schenkte, verschluckte. Dass Kate mir nicht böswillig in den Rücken gefallen war, dass Onkel Julian über seinen Schatten gesprungen war und mir den Brief gegeben hatte … es änderte nichts daran, dass ich mich wieder so einsam fühlte wie im Sturm auf den Klippen. Mein Liebeskummer glich dem Nebel: Wie ein grauer Schleier legte er sich über alles und erstickte meine Lebensfreude. Ich blieb starr liegen, als würde jede abrupte Bewegung den Schmerz verstärken, und wusste zugleich, dass ich ihm dadurch noch hilfloser ausgeliefert war.

Schließlich setzte ich mich auf und griff nach dem Tagebuch.

Plötzlich war ich mir sicher, dass es mich trösten würde, wenn ich die Einträge erneut las. So viele Zeilen verrieten einen ähnlichen Schmerz. Wie ich hatte auch Violet damals oft vermeint, in einer ausweglosen Situation festzustecken. Auch ihre Liebe hatten die Umstände unmöglich gemacht.

Doch als ich das Tagebuch aufschlug, stutzte ich. Ganz deutlich fiel mir auf, was mir schon die ganze Zeit über durch den Kopf gegangen war, genau genommen seit dem Moment, als Marian mir Violets Briefe gezeigt hatte.

Diese Schrift …

»Mein Gott!«, stieß ich aus.

Ich blätterte zur ersten Seite zurück, las noch einmal nach und fand bestätigt, woran ich mich vage erinnern konnte: Das Tagebuch war ein Geburtstagsgeschenk gewesen. Und dieser Geburtstag war im Januar gefeiert worden, nicht etwa im August.

Wie Schuppen fiel es mir von den Augen.

Ja, Violets und Ninos Liebe war verboten gewesen …

Doch Violet war nicht die Einzige, die ihn geliebt hatte.

Achtzehntes Kapitel

Ich überlegte lange, ob ich Onkel Julian oder Kate einweihen sollte, aber entschied, erst einen Beweis für meinen Verdacht zu erbringen. Nach dem Frühstück machte ich mich allein auf den Weg zu meiner Großmutter Lauren.

Zu meiner Überraschung war das Zimmer gelüftet worden. Der Himmel hatte sich geklärt, und auch wenn durch die Wolkendecke keine Sonne drang, war diese doch reinlich weiß. Das Meer, das von dieser Höhe aus gut zu sehen war, hatte die Farbe von Quecksilber und war so glatt wie ein frisch gespanntes Bettlaken.

Lauren Clifton saß aufrecht im Bett und blickte wie ich hinaus, doch so leer wie ihre Augen blickten, schien sie nichts wahrzunehmen.

Von Mrs Donovan war nichts zu sehen, doch neben dem Bett stand ein Tablett mit Kaffee, den sie entweder eben erst selber getrunken oder meiner Großmutter eingeflößt hatte.

Ich musterte sie und versuchte, in dem faltigen Gesicht der alten Frau das Mädchen von einst zu erkennen. Das Gemälde, das da draußen im Gang hing, traf sie überhaupt nicht – dessen war ich mir plötzlich sicher. Die Haare waren auf dem Bild streng zurückgekämmt und hochgesteckt, obwohl sie sie doch am liebsten offen getragen hatte, und der Zug um den Mund war etwas verkniffen, obwohl sie doch so gerne gelacht hatte … zumindest vor der Tragödie.

Die Frau auf dem Gemälde wirkte so, als wäre sie immer schon alt gewesen. Doch das stimmte nicht. Es hatte Tage gegeben, da hatte Lauren Clifton ihre Jugend ausgekostet, war voller Hoffnung gewesen, voller Liebe, bereit, mit allen Konventionen zu brechen und eine Ehe zu beenden, die sie nicht glücklich gemacht, sich vielmehr als Gefängnis entpuppt hatte.

Diesmal scheute ich mich nicht, mich an ihr Bett zu setzen.

»Ich hätte es gleich wissen müssen«, begann ich zu sprechen.

Auch wenn ich mit keiner Reaktion rechnen durfte – vielleicht gelang es mir doch, sie aus der Reserve zu locken, wenn ich nur lange genug auf sie einredete.

»Die Handschrift von Violets Briefen, die sie Marian aus London geschrieben hat, unterscheidet sich von der des Tagebuchs.« Ich zögerte kurz. »Es ist mir nicht aufgefallen, weil sich das Schriftbild durchaus ähnlich ist. Und klar, manchmal verändert sich die Handschrift nach einem einschneidenden Ereignis. Doch es gibt noch einen anderen Beweis, dass das Tagebuch nicht von Violet ist. In ihrem Brief an Charles hat sie erwähnt, dass sie im August geboren wurde, während es im Tagebuch ausdrücklich heißt, dass sie es zu ihrem Geburtstag im Januar geschenkt bekommen hat.«

Immer noch reagierte sie nicht. Nur ihre Lippen verzogen sich kaum merklich, schienen verträumt zu lächeln. Ob sie an die Vergangenheit dachte?

»Du hast dich so eingeengt gefühlt, so gelangweilt, du musstest so viele Pflichten als Hausherrin erfüllen, deinem Mann Charles ebenso gehorchen wie deinem Schwiegervater Horace, den du Vater nanntest. Ich verstehe, dass du dich danach gesehnt hast, alles hinter dir zu lassen, dich fortzustehlen, ganz alleine auszureiten. Und als du es tatsächlich gewagt hast, hast du Nino kennengelernt und dich in ihn verliebt. Er selber verbrachte auch gerne Zeit mit dir, sah das wilde Mädchen in dir, nicht die feine Lady, aber er hat sich nicht in dich verliebt, zumindest nicht so wie du dich in ihn. Darum hat er dich auch nur einmal geküsst, und das war wohl auch nur freundschaftlich gemeint. Sein Herz gehörte einer anderen. Violet.«

Das Lächeln blieb, aber wurde schmerzlich. Ich hätte schwören können, dass tief in ihr drinnen das Mädchen von einst noch lebte und mir ganz genau zuhörte.

»Deinem Tagebuch, Grandma, hast du alles anvertraut. Jahrelang hat es dein Geheimnis gehütet.

Nur verstehe ich nicht ...« Ich stockte kurz, denn an dieser Stelle war meine Theorie nicht auf festem Boden gebaut: »Nur verstehe ich nicht, wie du zustande gebracht hast, das Tagebuch zu mir zu bringen.«

Lauren sagte kein Wort, doch von der Tür her ertönte eine Stimme.

»Das war auch nicht sie. Ich habe das getan.«

Ich drehte mich um.

Mrs Donovan kam herein. Beatrice Donovan.

Ich starrte sie an. »Natürlich!«, rief ich. »Sie waren als Einzige eingeweiht ... Sie haben alles gewusst.«

»Nicht alles, etliches habe ich nur geahnt«, erwiderte Mrs Donovan und trat näher. »Auf jeden Fall wusste ich, wie sehr die damaligen Ereignisse auf ihrer Seele lasteten. Irgendwie ist es ihr gelungen, ihr Herz zu verschließen, den Schmerz zu verdrängen und wieder ihre Rolle zu erfüllen. Sie hat sich ihrem Schicksal ergeben, an ihrer Ehe mit Charles festgehalten, schließlich auch ihre beiden Kinder bekommen. Julian und Ellen haben sie sehr glücklich gemacht, zumindest für ein paar Jahre ...«

»Aber dann hat Ellen die Wahrheit erfahren und mit ihr gebrochen.«

»Sie hat sich so aufgeregt, dass sie den ersten Schlaganfall erlitten hat. Ich war damals dabei, ich rechnete damit, dass sie sterben würde, aber das konnte sie nicht ... kann sie immer noch nicht ...

nicht, solange ihre Schuld sie quält. Ihr Körper wurde zu ihrem Gefängnis, doch ihre Erinnerungen kann sie nicht immer aussperren. Wann immer sie wache Momente erlebt, holt sie die Verzweiflung ein. Sie … sie findet einfach keinen Frieden.«

»Und darum haben Sie das Tagebuch in mein Zimmer gelegt. Sie haben gehofft, dass ich die Wahrheit enthülle und sie dazu zwinge, sich damit auseinanderzusetzen.«

Mrs Donovan nickte. »Schon am ersten Abend ist es dir gelungen, zu ihr durchzudringen. Ich dachte, wer, wenn nicht du, ein wissbegieriges, energisches Mädchen kann die Mauern einreißen, die sie um sich gebaut hat.«

Sie nahm meine Hand und drückte sie, ehe sie hastig wieder zurücktrat.

»Aber beim letzten Mal, als ich hier war … da haben Sie mich wie einen Eindringling behandelt!«

»Doch nur weil ich Angst hatte, du könntest zu schnell zu viel wollen und würdest damit nur erreichen, dass sie sich in ihr Schneckenhaus zurückzieht.«

»Und die letzten Seiten?«, rief ich. »Die Seiten, die verraten, was wirklich passiert ist – warum haben Sie die herausgerissen?«

Mrs Donovan zuckte die Schultern. »Das war nicht ich. Lauren selbst hat das seinerzeit getan. Sie hat sich alles von der Seele geschrieben, aber dann hatte sie wohl Angst davor, dass alle Welt die Wahrheit erfahren könnte.«

Ich sah ihr deutlich die Enttäuschung an. Wahrscheinlich hatte sie schon oft vergeblich danach gesucht. Natürlich konnte ich ahnen, was auf diesen Seiten stand, doch ehe ich es aussprach, ertönte plötzlich ein vertrautes Ächzen.

Ich hatte mich so auf Mrs Donovan konzentriert, dass ich gar nicht gesehen hatte, was hinter meinem Rücken vor sich ging. Nun fuhr ich herum, sah die Tränen, die über die faltigen Wangen meiner Großmutter liefen und die bebenden Lippen erreichten. Ihre Augen starrten nicht mehr blicklos vor sich hin, sondern richteten sich flehentlich auf mich. Sie hob ihre Hand, ergriff meine, klammerte sich förmlich an mich.

»Geliebt«, murmelte sie, »ich … ich habe ihn so sehr geliebt.«

»Wo, Grandma, wo sind denn die letzten Seiten des Tagebuchs?«

»Es hat mich fast umgebracht … als ich erfuhr, dass Violet …«

Auch Mrs Donovan eilte nun zu ihrem Bett. »Sagen Sie es uns doch! Sagen Sie uns alles! Wir werden Ihnen ganz bestimmt keine Vorwürfe machen, wir wollen doch nur …«

Ein Schluchzen schüttelte den alten Körper, doch als es verebbte, stand nicht länger Verzweiflung in ihrer Miene, sondern Entschlossenheit. Jetzt konnte ich ganz deutlich das junge Mädchen in ihr erkennen, das sie einst war.

»Das Bild …«, murmelte sie.

»Welches Bild?«, fragte Mrs Donovan verwirrt.

Ich hingegen wusste sofort, was sie meinte. »Ich glaube, sie meint ihr Gemälde im Gang. Vielleicht hat sie die letzten Seiten des Tagebuchs im Rahmen versteckt.«

Grandma sank kraftlos auf ihr Kissen zurück.

Ich irrte mich nicht. Wenig später hielt ich die fehlenden Seiten in den Händen.

8. Juli 1962

In den letzten Monaten hatte ich oft das Gefühl, ich müsse aufschreiben, was ich erlebt habe, da ich ansonsten verrückt werde. Jetzt frage ich mich, ob ich nicht längst verrückt bin und das Tagebuch der beste Beweis dafür ist. Und ich bin nicht nur verrückt: auch dumm, blind, naiv.

Immer wieder denke ich: Es kann nicht sein, es kann nicht sein, es kann nicht sein.

Aber im Innersten weiß ich, dass ich es nicht leugnen darf, und auch wenn es mir unendlich schwerfällt, schreibe ich die Wahrheit nieder.

Nino liebt Violet.

Nino ist tot.

Ich weiß nicht, was mir mehr das Herz zerreißt.

Vor ein paar Tagen hatte ich nichts anderes im Sinn, als mit meiner Vergangenheit zu brechen. Ich ging durch Clifton Manor, nahm von jedem Raum Abschied, dachte an jene Tage, als ich zum ersten Mal hierherkam und mir mein Vater Charles Clifton vorgestellt hatte. Er schien damals für alles zu stehen, was mir fehlte: Eleganz, Kultiviertheit, Bildung.

Mein Vater drängte mich zur Verlobung, genauso wie Horace Clifton viel an der Verbindung unserer Familien lag und er das Seine getan hatte, seinen Sohn dazu zu überreden. Von Liebe auf den ersten Blick konnte keine Rede sein, aber es war auch nicht so, dass wir uns nicht mochten, im Gegenteil. Ich dachte, ich könnte auf Clifton Manor glücklich werden.

Aber genug von Charles. Erst mit Nino erfuhr ich, was wahres Glück ist, doch es war ein Irrtum zu glauben, dass er Gleiches bei mir fand. Ich war wohl nur eine nette Ablenkung, während er ungeduldig auf die Treffen mit einer anderen wartete.

Er nennt sie Violetta.

VIOLETTA.

Jeder einzelne Buchstabe erscheint mir scharf wie eine Waffe, ebenso grausam wie tödlich. Sie treffen mich mitten ins Herz, sie … sie lassen nichts von mir übrig.

Wobei ich noch lebe ... Nino hingegen nicht. Da ist Genugtuung in mir und unendliche Trauer, unendliches Entsetzen und Scham. Ich weiß nicht, was genau Letztere verursacht: dass ich ihn getötet habe? Oder dass ich die Wahrheit zu spät erkannte?

Beatrice hat mir alles gesagt. Am Abend vor meiner geplanten Flucht kam sie zu mir ins Zimmer und meinte, ich solle mir genau überlegen, ob ich meinen Plan durchziehen wolle.

Natürlich wollte ich!

»Aber ... aber wissen Sie, dass auch Violet mit diesem Nino befreundet ist? Ich habe sie gemeinsam gesehen.«

Ich wusste es natürlich nicht. Gewiss, mir war nicht entgangen, dass sich Violet auf Clifton Manor genauso langweilte und gefangen fühlte wie ich. Als Charles' Ehefrau hatte ich fast noch mehr Freiheiten als sie. Einmal hat sie mir anvertraut, dass sie von weiten Reisen träume und davon, Fotografin zu werden, aber wir haben danach nie wieder darüber gesprochen, vielleicht weil wir nicht die eigene Ohnmacht und Resignation im Gesicht der jeweils anderen lesen wollten. Manchmal habe ich gesehen, wie sie Fotos schoss, aber nicht weiter darüber nachgedacht. Erst jetzt ging mir auf, dass sie sicher auch viele Fotos von ... ihm gemacht hat.

Ich glaubte Beatrice nicht, ich wollte ihr nicht glauben. Aber nach einer schlaflosen Nacht war mein Misstrauen so groß, dass ich heimlich zum Zirkus schlich und durch das Fenster von Ninos Wohnwagen lugte. Ich hörte Violets Lachen schon von Weitem. Es war hell und klar, auf Clifton Manor hat sie nie so gelacht. Und auf Clifton Manor hatte sie nie so schön ausgesehen wie in Ninos Armen.

Ihr Name hatte stets gut zu ihr gepasst: Sie war eher ein Veilchen als eine Rose. Gewiss, ihre Züge waren ebenmäßig, die Haut glatt, die Haare lockig und kräftig, aber da war nichts Besonderes, Einzigartiges … zumindest bis jetzt nicht. Als Violetta erblühte sie. Ihre Haare schimmerten im Morgenlicht fast golden – Haare, die ihr offen über den Rücken fielen und über die Nino zärtlich strich. Jetzt küsste er sie auch, küsste sie viel länger, als er jemals mich geküsst hatte.

Spät, viel zu spät begriff ich auch, warum. Diese leise Distanz, die er nie ganz abgelegt hat, habe ich stets darauf geschoben, dass er keine Zukunft für uns sah. Doch dass er das nicht tut, liegt nicht daran, weil ich eine Clifton bin, sondern, weil er mich nicht liebt – zumindest nicht so wie Violetta. Er hat gerne Zeit mit mir verbracht, hat es genossen, mit mir zu flirten, hat mich – mehr aus Spiel denn aus echter Leidenschaft heraus – geküsst, aber er hat sich nie nach mir verzehrt … nicht so wie nach Violet … nicht so wie ich mich nach ihm.

War ich jemals von Bedeutung für ihn? War ich von Anfang an nur eine Freundin, nie eine Geliebte? Hat er mich gar benutzt, um Violet eifersüchtig zu machen?

Ich dachte, dass nichts mir noch mehr wehtun

könnte, als Violet in seinen Armen zu sehen, doch seine nächsten Worte töteten all die warmen Gefühle zu ihm, derer ich noch fähig war.

Vor wenigen Tagen hatte ich – mehr im Spaß als im Ernst – angedeutet, wie ich Clifton Manor verlassen könnte, ohne dass meine Familie nach mir suchte. Ich müsste bloß einen stürmischen Tag abwarten, zu einem Spaziergang aufbrechen, irgendwo über den steilen Klippen ein Stück Stoff meines Kleides oder eine Haarspange zurücklassen und darauf setzen, dass alle vermuten würden, ich sei ins Meer gefallen.

Genau das schlug Nino Violet nun zwischen mehreren Küssen vor: »Wenn du wirklich mitkommen willst, darf es keiner je wissen … am besten, es sieht wie ein Unfall aus.«

»Ein Unfall?«

»An einem stürmischen Abend, ja.«

Nino hatte mich nie offen angelogen, mir nie seine Liebe gestanden, mich nicht dazu aufgefordert, mit ihm zu gehen. Und dennoch fühlte ich mich nie zuvor so betrogen und verraten wie in dem Augenblick, da ich ihn und Violet belauschte.

Ich höre Schritte, jemand steht vor meiner Tür, klopft … ich muss Schluss machen …

Später

Mitternacht ist lang vorbei, draußen graut der Morgen, die längste Nacht meines Lebens liegt hinter mir.

Aber der Reihe nach: Gestern Abend ging ich zur Höhle, wo Nino auf Violet wartete. Ich habe Charles' Pistole mitgenommen ... ich wusste nicht, ob sie überhaupt geladen war ... und selbst wenn, ob ich sie abfeuern könnte ...

Wenn es nicht so dunkel gewesen wäre in der Höhle, wenn ich von Nino mehr erkannt hätte als die Konturen, oh, ich bin mir sicher, ich hätte es nicht getan ...

Obwohl das alles nur wenige Stunden her ist, fühlt es sich an, als wären seitdem Jahre vergangen. Ich bin nicht nur gealtert, ich bin eine andere geworden, denn die Frau, die Nino getötet hat – ich will sie nie wieder sein. Eine verletzte, rasende, eifersüchtige Frau.

Selbst wenn ich mir sage, dass ich ihn nicht erschießen wollte, ihn nur zur Rede stellen, ihm ein wenig Angst einjagen, ihm heimzahlen, dass er mich zum Narren gehalten hat, weiß ich insgeheim, dass ich von Anfang an zum Äußersten bereit war, und dachte, ich hätte nichts mehr zu verlieren. Erst jetzt wird mir bewusst, dass das nicht stimmt. Mein Leben, das mir oft so grau erschien, so langweilig, so öde, ist nun mal das einzige, das ich habe, und ich will es nicht verlieren.

Charles ... Charles war vorhin hier. Natürlich war

es Unsinn zu glauben, ich könnte meine Tat vertuschen. Nachdem … es geschehen war, war ich kurz völlig erstarrt. Ich konnte mich erst rühren, als Violet in der Höhle auftauchte. Den Augenblick, als sie schreiend neben Nino auf die Knie sackte, habe ich genutzt, um zu fliehen. Sie hat mich, glaube ich, nicht erkannt, und sie ist bis jetzt auch nicht nach Clifton Manor zurückgekehrt. Wahrscheinlich vermutet sie, dass Charles oder Horace dahinterstecken. Niemals würde sie auf die Idee kommen, dass ich …

Wie auch immer – jemand anderer würde den Toten finden, wenn man ihn nicht rechtzeitig im Meer verschwinden ließ, man würde seinen Tod untersuchen und herausfinden, dass er durch eine Kugel aus Charles' Pistole starb. Und ich konnte doch nicht zulassen, dass man ihn verdächtigt!

Also habe ich ihm alles gestanden. Er war nicht einmal überrascht – oder zumindest zeigte er es nicht, genauso wenig wie Entsetzen oder Verachtung.

»Ich kümmere mich darum«, erklärte er ganz ruhig.

Ruhig, vernünftig und stark.

Ich war seiner Gesellschaft oft so überdrüssig, aber in dieser Nacht war ich dankbar, dass er bei mir war … dankbar, dass er nicht mehr Fragen stellte … dankbar, dass er mir half.

Nach einer Stunde kehrte er zurück.

»Es … es ist alles erledigt. Mr Crumbley hat mir geholfen.«

Erledigt.

Das klang so, als hätte er einen Brief aufgegeben oder den Menüplan für die nächste Woche abgesegnet.

Dabei ist doch ein Mensch tot. Meinetwegen.

»Wirst du die Polizei informieren?«

»Bist du verrückt?«, entfuhr es ihm. »Warum hätte ich den Leichnam verschwinden lassen sollen, wenn ich es hinterher der Polizei melden würde?«

Er hatte recht. Diese Angst in mir entbehrte jeglicher Logik. Die Angst, verhaftet zu werden, angeklagt… die Angst, nie wieder Clifton Manor betreten zu dürfen. Erst gestern noch wollte ich für immer von hier fliehen. Doch jetzt möchte ich es am liebsten gar nicht mehr verlassen, möchte ewig im Bett liegen bleiben, mich hier verstecken.

»Die Familie«, murmelte er, »die Familie würde sich nie wieder von so einem Skandal erholen.«

Natürlich, es ging ihm um die Familienehre, um nichts anderes. Allerdings – wenn es nur das wäre, wäre er nicht in meinem Zimmer geblieben, langsam auf das Bett zugetreten, hätte sich nicht zu mir gesetzt, meine Hand ergriffen. Sein Blick… er war nicht vorwurfsvoll, vielmehr besorgt. Und diese Sorge galt nicht nur der Familienehre. Sondern auch mir.

»Warum?«, fragte er leise.

Ich konnte ihm kaum ins Gesicht schauen. »Es war ein Fehler«, flüsterte ich.

»Wenn du es vergessen kannst, kann ich es auch.«

Kann ich es vergessen? Unmöglich! Es wird mich den Rest meines Lebens verfolgen! Dennoch nickte ich.

»Violet ist fort«, sagte er. »Nach allem, was passiert ist, wird sie nicht zurückkehren … aber wir beide … wir beide können neu beginnen. Ich habe auch Fehler gemacht, ich habe mich zu wenig um dich gekümmert, ich dachte, du wärst glücklich …«

Er umarmte mich und ich begann zu weinen. Ich bin mir nicht sicher, um wen ich weinte. Um mich oder Nino oder Violet oder Charles oder um uns alle zusammen.

Morgens

Ich bin noch mal eingenickt, und als ich erwachte, hat Beatrice mir das Frühstück ans Bett gebracht. Ich brachte keinen Bissen herunter, aber der Tee tat mir gut. Mit ausdrucksloser Stimme erzählte mir Beatrice, dass Violet verschwunden sei, dass Horace sie überall suchen lasse und dass man das Schlimmste befürchte. Mr Crumbley habe gesehen, wie sie, noch während der Sturm losbrach, zu einem Spaziergang aufgebrochen ist.

Ich sah sie nicht an. »Sag … sag allen, dass ich mich nicht wohlfühle und im Bett bleibe.«

Beatrice nickte und verließ den Raum.

Wenn das alles vorüber ist, will ich Violets Namen nie wieder hören. Und ich will sie nie wieder sehen, auf keinem Bild und keinem Foto. Ich will ihren Namen nicht auf dem Stammbaum lesen und nie wieder ihr einstiges Zimmer betreten …

Der Tee wurde kalt, ich trank ihn dennoch aus, und danach griff ich zum Tagebuch. Ich weiß, es ist das letzte Mal, dass ich darin schreiben werde.

Mit welchen Worten soll ich es beenden? Dass ich mich leer fühle, wie gelähmt, dass sich zugleich eine eigentümliche Ruhe in mir breitgemacht hat? Die Ruhe, wie sie in einer Gruft herrscht?

Nein, ich will nicht von mir schreiben, sondern von Nino.

Nino, der freudig auf mich zustürzte, als ich in der Höhle auftauchte. Als er mich erkannte, war er verwirrt und ein klein wenig bestürzt. Er wich zurück.

»Was … was machst du hier?«

»Warum?«, gab ich zurück. »Warum hast du mir das angetan?«

Die Stimme, die von den feuchten Wänden hallte, klang kläglich. Ich umkrampfte die Pistole, die ich noch in meiner Jackentasche verborgen hielt.

»Ich wollte doch nie …«, setzte er hilflos an.

»Du hast so viel Zeit mit mir verbracht, du hast mir beigebracht, wie man stehend auf einem Pferd reitet, du hast mich angelächelt!«

»Was soll ich sagen? Du warst so unglücklich, als ich dich zum ersten Mal getroffen habe. Und zugleich spürte ich, dass doch so viel Energie in dir steckte, so

viel Lebensfreude und -lust. Ich wollte die Fee Morgana so gerne aus ihrem Gefängnis befreien …«

»Aber geliebt hast du die Fee Morgana nicht.«

»Du bist doch verheiratet. Selbst wenn ich mein Herz an dich verloren hätte – es … es hätte ja doch keine Zukunft gehabt!«

»Für dich hätte ich alles aufgegeben.«

»Lauren, versteh doch …«

Zum ersten Mal sprach er meinen richtigen Namen aus, einen Namen, den ich hasste.

»Warum hast du es mir nicht einfach gesagt, dass du Violet kennengelernt hast?«, schrie ich. »Dass du sie liebst? Dass du mit ihr, nicht mit mir zusammen sein willst?«

Langsam zog ich die Pistole. Er sah sie im Dunkeln nicht – genauso wenig wie ich sein Gesicht.

Lange schwieg er. Wenn er jetzt das Richtige sagt, dachte ich, werde ich nicht schießen. Wenn er beteuert, dass er auch mich ein bisschen liebt, dass er mich zumindest bewundert hat, wie ich da vor ihm auf dem Pferd stand, dass er mich nie vergessen wird.

Doch stattdessen sagte er nur: »Du hast mir eben leidgetan.«

Er meinte es ernst.

Ich schoss.

Vielleicht werde ich lange genug leben, um zu vergessen, dass ich einst Morgana, die Fee, war. Aber ich werde nie vergessen, dass ich eine Mörderin bin.

Ich hatte die letzten Seiten des Tagebuchs laut vorgelesen. Nichts störte mich, nur das Ticken einer Uhr war zu hören und manchmal Laurens rasselnder Atem. Es schien ihr immer schwerer zu fallen, nach Luft zu schöpfen, doch ihr Blick blieb wach. Als ich endlich verstummt war, kämpfte sie darum, sich wieder aufzusetzen.

»So schuldig gefühlt …«, presste sie über ihre Lippen. »Später bereute ich es, dass ich mich nicht gestellt habe … aber das konnte ich Charles doch nicht antun … er hat mir verziehen, dass ich einen anderen Mann liebte … wenigstens das Stillschweigen war ich ihm schuldig.«

Ein Schweigen, das sie von Innen her aufgefressen haben musste. Und das vielleicht auch ein Grund war, warum Mum überstürzt aus ihrem Elternhaus geflohen war. Nicht nur weil sie die Wahrheit über ihre Mutter herausgefunden hatte, sondern weil sich diese schon zuvor oft distanziert und kalt verhalten hatte. Was meine Mutter vielleicht als mangelnde Liebe ausgelegt hatte, war in Wahrheit ein Netz aus Lügen gewesen, das ihre Kindheit vergiftet hatte.

Auch Onkel Julian musste, ohne davon zu wissen, unter dem Schatten, der auf seiner Familie lag, gelitten haben. Dass er so unfähig war, seine Gefühle zu zeigen, ein Einzelgänger geblieben war und nie geheiratet hatte – vielleicht lag es daran, dass seine Mutter stets ihr Innerstes vor ihm abgeschottet hatte.

Ich nahm ihre Hand. »Violet hat dir verziehen, nicht wahr?«, sagte ich leise. »Als damals bei den Séancen die ganze Wahrheit ans Licht gekommen ist, war sie zutiefst bestürzt. Nun wusste sie, dass Nino nicht wegen des Standesdünkels ihres Bruders und Vaters sterben musste, sondern aus Liebe … *deiner* Liebe. Trotz aller Empörung hatte sie ein schlechtes Gewissen, weil sie damals nicht gemerkt hat, dass auch du dein Herz an ihn verloren hast, dich von ihm und ihr betrogen fühltest.«

Lauren sah mich traurig an. »Kann man eine Tat wie diese denn überhaupt verzeihen? Violet war bereit, zu schweigen, aber ich … ich kann mir selber nicht vergeben.«

»Auch wenn das nichts an der Vergangenheit ändert – Nino lebt in Toby weiter und auch in dessen Sohn, Eric.«

»Du kennst Eric, nicht wahr?«

»Ja … und ich mag ihn. Sehr sogar!«

»Dann werdet glücklich, wenigstens ihr …«

Die Worte waren kaum mehr zu hören. Ich konnte förmlich spüren, wie ihre Kräfte schwanden und mit ihnen die Erinnerungen. Ihr Blick, eben noch wach und klar, wurde wieder ausdruckslos, als würde sich ein grauer Schleier darüberlegen. Sie sank zurück auf das Kopfpolster und ließ meine Hand los.

Einige Atemzüge später war sie eingeschlafen.

Beatrice Donovan trat zu ihr und deckte sie fürsorglich zu. »Ich glaube, es hat ihr sehr gutgetan, dir alles anzuvertrauen.«

Ich betrachtete meine schlafende Großmutter und gab Mrs Donovan recht. Die Seelenqual war gänzlich aus ihren Zügen geschwunden, stattdessen breitete sich ein gewisser Friede aus.

Neunzehntes Kapitel

Eine Woche war seit Laurens Geständnis vergangen, als ich mit dem Bus nach Yarmouth fuhr. Gemischte Gefühle begleiteten mich, als ich einstieg. Ich war mit Eric dort verabredet, doch sosehr ich mich darauf freute, ihn wiederzusehen, hatte ich zugleich wahnsinnige Angst davor.

Seit der Sturmnacht waren wir uns nicht wieder begegnet. Ich hatte lediglich mit ihm telefoniert, um ihm alles über die vergangenen Ereignisse zu erzählen. Er hatte ziemlich überrascht reagiert, Nachfragen gestellt, ansonsten geschwiegen, doch noch ehe er das Gespräch auf uns lenken konnte, hatte ich einfach aufgelegt. Zugegeben, insgeheim hatte ich gehofft, er würde sofort zurückrufen, doch das hatte er nicht getan – zumindest nicht bis gestern Abend. Da hatte er unvermittelt vorgeschlagen, uns an der Alum Bay zu treffen.

Wie gerne ich zugesagt hätte! Aber wie schmerzlich es gewesen wäre, gemeinsam mit ihm einen Ort aufzusuchen, an dem ich mit ihm so glückliche Stunden verbracht hatte!

»Wie wär's dann mit Yarmouth? Morgen Nachmittag?«, schlug er vor, als er mein Zögern merkte. »In der Nähe des Fährhafens gibt es ein Café, wo man superleckeren Apfelkuchen essen kann.«

Eigentlich liebe ich Apfelkuchen, aber als ich zusagte, war ich mir sicher, dass ich in Erics Gegenwart keinen Bissen runterbringen würde.

Zumindest beim Abendessen mit Onkel Julian schlug ich kräftig zu. Es wäre übertrieben zu sagen, dass alles anders und ich endgültig warm mit ihm geworden wäre, aber seit der Sturmnacht verhielt er sich nicht mehr ganz so steif und verlegen. Er fragte viel nach Mum und ich erzählte ihm gerne von ihrem Leben. Natürlich tat das auch weh, und einmal weinte ich sogar, aber als sich auch Julians Augen mit Tränen füllten, fühlte ich mich ihm nah wie nie. Verspätet begriff ich, wie sehr er seine große Schwester vermisst haben musste, die so unerwartet sein Leben verlassen hatte.

Außerdem hatte er zweimal Kate zum Essen eingeladen. Mit ihr kam schon mal gar keine Verlegenheit auf, und auch wenn sie ziemlich nah am Wasser gebaut war, war sie niemand, der allzu lange Trübsal blies. Sie erzählte skurrile Geschichten von Gästen, so von einer Frau, die eine Gesichtscreme mit einem Peeling verwechselt und sich über ihre trockene Haut beschwert hatte, oder von einer anderen Dame, die eine regelrechte Whirpool-Phobie hatte, glaubte sie doch, dass die Düsen nicht nur das Wasser blubbern ließen, sondern auch eine Saugwirkung entfalten und ihr den Bikini vom Leib zerren könnten.

Ich musste laut und herzlich lachen, und der Druck auf der Brust, der mich auf Schritt und Tritt begleitete, ließ etwas nach, doch Erics Anruf brachte meinen Liebeskummer wieder zurück.

Onkel Julian war natürlich zu diskret, um nachzufragen, als ich wissen wollte, wie ich am besten nach Yarmouth kam. Er bot lediglich an, mich dorthin zu fahren, aber ich bestand darauf, den Bus zu nehmen.

»Es wird Zeit, mich allein auf der Insel zurechtzufinden.«

Jetzt im Sommer herrschte rege Betriebsamkeit in dem Städtchen. Der Hafen war voller Boote und Jachten, am Pier gingen Touristen entlang. Sämtliche Galerien hatten Bilder – die meisten von den Needles – im Freien aufgestellt. Das Café war bis zum letzten Platz besetzt, als ich es betrat, doch Eric, der mich schon erwartete, hatte noch einen Tisch gefunden und winkte mich zu sich.

So braun gebrannt wie er war, hatte er die letzten Tage wohl vor allem im Freien verbracht, und ich erinnerte mich daran, dass er mal erwähnt hatte, Segelunterricht zu geben. Seine blauen Augen wirkten noch strahlender, obwohl sein Blick, als er mich sah, etwas traurig war.

Er hatte schon Kuchen mit einem großen Berg

Sahne bestellt, doch obwohl mir bei diesem Anblick zunächst das Wasser im Mund zusammenlief, wurde meine Kehle ganz eng, als ich mich zu ihm setzte. Ich schob den Teller beiseite und spielte mit der Speisekarte herum. Sie steckte in einem Behälter, der wie die Needles aussah.

»Danke, dass du gekommen bist.«

Ich zuckte die Schultern. »Klar.«

Ich hatte erwartet, dass es wehtun würde, ihn zu sehen, dass mein Herz schneller pochen und sich mein Magen verkrampfen würde. All das war auch der Fall, aber es kam ein Gefühl hinzu, mit dem ich nicht gerechnet hatte: Ärger.

Ja, ich war sauer auf ihn – und ihm schien das nicht zu entgehen.

»Mein Dad war ziemlich betroffen, als er erfuhr, dass Lauren Nino getötet hat«, sagte er schnell. »Er hat immer den alten Horace Clifton dafür verantwortlich gehalten oder Charles … aber dass es Mord aus Liebe war … es fällt ihm schwer, sie dafür zu hassen …«

Er räusperte sich, wurde immer verlegener.

Ich ging nicht auf seine Worte ein, denn das hätte das Gespräch unweigerlich auf die Frage gelenkt, wie es mit uns weiterging, und noch war ich nicht so weit. »Was ist eigentlich aus Violet geworden?«, fragte ich. »Damals hat sie doch deinem Dad gesagt, dass sie seine Mutter ist … hat er jemals versucht, Kontakt mit ihr aufzunehmen?«

»Nicht, dass ich wüsste. Scheinbar konnte er ihr nicht verzeihen, dass sie ihn damals Marian überlassen hatte. Klar, er wusste, dass es zu seinem Besten war, aber dennoch fühlte er sich im Stich gelassen. Als deine Grandma damals den Schlaganfall erlitten hat, ist Violet überstürzt abgereist. Sie war betroffen, dass sie so viel Schaden angerichtet hatte, und hatte wohl entschlossen, endgültig mit ihrer Vergangenheit zu brechen.«

»Sie muss ein sehr trauriges Leben geführt haben.«

»Vielleicht ist sie mittlerweile schon gestorben. Meinem Vater tut es übrigens wahnsinnig leid, dass er sich dir gegenüber so unfreundlich verhalten hat. Er hat nun eingesehen, dass er unserer Beziehung nicht mehr im Weg stehen darf.«

Noch vor einer Woche hätte ich mich so sehr über diese Worte gefreut, doch nun ließen sie meinen Ärger wachsen. »Wie gnädig!«, entfuhr es mir schnippisch.

Eric zuckte zusammen. »Du verstehst doch, warum er … warum ich …«

Ich beugte mich etwas vor. »Vielleicht verstehe ich es, aber deswegen ist es noch lange nicht in Ordnung. Dass meine Mum damals ihre Heimat verlassen und mit ihrer Familie gebrochen hat, war schwer genug für sie. Letztlich hatte es auch schlimme Konsequenzen für mein Leben, weil ich auf diese Weise niemanden außer ihr hatte. Und jetzt wurde ich obendrein noch in Sippenhaft genommen! Klar, dein Vater war wütend auf meinen Großvater und meinen Urgroßvater. Aber wie verbohrt muss man sein, mich für die Taten meiner Familie verantwortlich zu machen und seinen eigenen Sohn unter Druck zu setzen!«

»Du verstehst das falsch!«, rief er flehentlich. »Nicht der mutmaßliche Mord von Charles oder Horace war das Problem … sondern … sondern seine Mutter. Meine Grandma hat alles getan, um sie zu ersetzen, und er liebt sie ja auch von Herzen, aber als er die Wahrheit herausgefunden hat, hat er sich unendlich betrogen gefühlt – auch von ihr. Es hat lange gedauert, bis er ihr wieder vertraut hat. Und dann … dann war da die Sache mit meiner Mum. Ich habe dir nur sehr wenig von ihr erzählt. Dass sie psychisch labil ist, weißt du ja, aber das ist bei Weitem nicht alles … Sie war nie richtig glücklich, als sie mit meinem Vater zusammen war, sie hat ihn oft betrogen. Es waren schwere Jahre … für uns alle. Er hat sie geliebt und gehasst zugleich. Ich glaube, mir ging es ähnlich. Ziemlich kompliziert das Ganze. Viel einfacher war es da für meinen Vater, die Cliftons zu hassen. Für seine schlechte Ehe konnten sie zwar nichts … und dennoch … ach, ich weiß auch nicht. Ich weiß nur, dass mein Dad durch eine ziemlich harte Zeit ging. Und als er mich gebeten hat, zu schweigen, die Vergangenheit ruhen zu lassen und mich weiterhin von den Cliftons fernzuhalten – auch von dir –, da konnte ich nicht anders. Ich wollte dich doch nicht verletzen! Ich … ich war es ihm einfach schuldig!«

Mit jedem Wort, das er sagte, schwand mein Ärger, aber trotzdem: Meinen Stolz konnte ich nicht so leicht schlucken. Als er sich vorbeugte und versuchte, meine Hand zu nehmen, entzog ich sie ihm.

»Du hättest mir wenigstens sagen können, was du weißt. Dann hätten wir gemeinsam entscheiden können, was wir tun sollen. Vielleicht wären wir tatsächlich zu dem Schluss gekommen, dass es besser ist, uns zu trennen, vielleicht hätten wir uns heimlich getroffen. Aber in jedem Fall hättest du mir gezeigt, dass du mich ernst nimmst. Stattdessen hast du einfach Schluss gemacht. Du hast vorhin von Vertrauen gesprochen. Wie soll ich dir denn jemals wieder welches entgegenbringen? Was, wenn du morgen wieder auf die Idee kommst, dass es für uns keine Zukunft gibt – aus welchem Grund auch immer? Triffst du dann wieder eine einsame Entscheidung? Nein, das mache ich nicht noch mal mit.«

Ich war immer lauter geworden, die Gäste drehten sich bereits nach uns um. Doch ich konnte mich einfach nicht beherrschen, sondern stand abrupt auf.

»Dora, bitte, setz dich!«

Ich machte keine Anstalten dazu, blieb allerdings stehen.

»Ich weiß ja, dass du mir nicht einfach verzeihen kannst … es würde mir doch schon genügen, wenn wir befreundet bleiben. Hast du je bedacht, dass wir entfernt miteinander verwandt sind? Unsere Großeltern waren Geschwister, also sind wir Großcousins.«

Darüber hatte ich tatsächlich noch nicht nachgedacht, aber es stimmte mich nicht versöhnlicher.

»Ach, weißt du, ich habe nie Verwandtschaft gehabt. Fürs Erste genügt mir Onkel Julian vollkommen.«

Und mit diesen Worten verließ ich das Café.

Meine Wut verrauchte schnell, und bald bedauerte ich es, Eric so abgefertigt zu haben. Allerdings konnte ich mir das nicht eingestehen – und schon gar nicht ihm. Und darauf, ins Clifton-Resort zurückzukehren, hatte ich erst recht keine Lust. Also erforschte ich ein paar Klamottenläden, probierte Hosen und T-Shirts an und verstand nun endlich, warum Molly vom Shoppen in London träumte.

Als ich den Laden verließ, lief ich beinahe in eine ältere Frau. Ich entschuldigte mich flüchtig und sah ihr kaum ins Gesicht, doch als ich weitergehen wollte, rief sie: »Dora! Was für eine Überraschung.«

Erst jetzt erkannte ich, dass es Veronica war, meine Retterin.

Sie musterte mich unauffällig. »Ist alles in Ordnung mit dir?«

Meine erste Regung war zu nicken, doch der Blick ihrer Augen war so mitfühlend und verständnisvoll, dass es plötzlich aus mir herausplatzte: »Ich habe mich gerade mit Eric getroffen.«

Auch wenn sie nicht wissen konnte, was genau mich mit ihm verband, wurde ihr Blick mitleidig. Sie wies mit der Hand auf eine kleine Bank in der Nähe des Piers. »Wenn du Lust hast, dann setz dich doch eine Weile zu mir. Ich habe gerade ein paar Einkäufe gemacht. Kurz vor Ende des Urlaubs packt mich immer die Kauflust, wobei ich zugeben muss, dass natürlich wieder jede Menge unnützes Zeugs dabei ist. Aber ich kann mich jedes Mal so schwer von der Isle of Wight trennen, und irgendwie wird es leichter, wenn ich so viel Andenken wie möglich von hier mitnehme. Ein Bild von den Needles hätte ich auch gerne gehabt, aber die sind alle so kitschig.« Sie lachte, wurde aber rasch wieder ernst. »Zwischen dir und Eric steht es nicht zum Besten, oder?«, fragte sie feinfühlig.

War mir mein Liebeskummer so deutlich anzusehen?

Na ja, immerhin wusste sie davon, dass er mich damals in der Sturmnacht gesucht und umarmt hatte, dass er danach aber sofort verschwunden und ich tagelang nicht in der Pension aufgetaucht war. Da konnte sie sich schon einiges zusammenreimen.

Ich zögerte, aber dass sie mich in jener Nacht gerettet hatte, machte es plötzlich ganz leicht, den Mund zu öffnen und mir alles von der Seele zu reden.

Ich erzählte zwar nichts von der Vergangenheit und Violet, aber deutete an, dass er wegen seines Vaters mit mir Schluss gemacht und mir nicht ausreichend vertraut hatte und dass ich seine Entscheidung zwar verstehen, aber jetzt nicht einfach so weitermachen konnte.

»Er muss nun mit den Konsequenzen seines Verhaltens leben und ich auch«, schloss ich trotzig.

Wenn es nur nicht so schwer wäre!

Veronica hatte verständnisvoll zugehört. Ich wartete auf irgendeine Phrase, von wegen, das Leben geht weiter, kein Kummer währt ewig, morgen scheint wieder die Sonne, aber stattdessen versank sie in Schweigen.

»Sie sagen ja gar nichts. Denken Sie, dass ich einen Fehler mache?«

»Ich denke, dass man in deinem Alter die Welt oft schwarz oder weiß sieht – und nicht die vielen Grautöne dazwischen.«

»So ist es nicht! Wie gesagt, ich verstehe ihn ja, und dennoch …«

»Dennoch bist du tief verletzt und dazu hast du alles Recht der Welt. Es ist auch völlig in Ordnung, dass man sich und den anderen offen eingesteht, wann immer man gekränkt worden ist. Und ich kann mir gut vorstellen, dass du nicht gleich zur Tagesordnung übergehen willst. Trotzdem: Auf mich wirkt das alles so, als wärst du nicht nur verletzt, sondern als wolltest du Eric dafür bestrafen. Und dabei scheinst du gar nicht zu bemerken, dass du dich selbst am meisten damit triffst.«

Natürlich merkte ich es – würde sonst meine Kehle immer enger werden?

»Soll ich einfach so tun, als wäre nichts gewesen?«, rief ich empört.

»Ganz sicher nicht. Du sollst es nicht vergessen und nicht einfach ignorieren ... du sollst einfach nur verzeihen. Wir machen alle Fehler. Und es macht nur einsam und verbittert, wenn man anderen Menschen diese Fehler ständig vorhält, anstatt sie trotz dieser Fehler zu lieben.«

Ich zuckte die Schultern. Eine Stimme in mir sagte, dass es ziemlich vernünftig klang, was sie sagte. Aber irgendwo hockte dieser Trotzteufel, den ich einfach nicht zum Schweigen bringen konnte.

Veronica sah ein, dass sie mich nicht weiter bedrängen sollte. »Ich glaube, ich gebe die Suche nach einem passenden Bild auf und nehme mir ein Taxi. Mit den vielen Einkäufen ist mir eine Busfahrt viel zu mühselig. Soll ich dich vielleicht mitnehmen und beim Clifton-Resort rauslassen?«

Ich schüttelte den Kopf. »Ich gehe lieber noch eine Weile hier spazieren.«

Erst als ich allein war, konnte ich mir eingestehen, dass es nicht das war, was ich im Sinn hatte. Unwillkürlich zog es mich zum Café, wo ich mich mit Eric getroffen hatte. Ich hoffte, ihn noch anzutreffen, aber als ich in die Gaststube lugte, war nichts von ihm zu sehen. An unserem Tisch saßen längst andere Leute.

Gerade wurde ein Teller mit Apfelkuchen und Schlagsahne an mir vorbeigetragen, und ich bereute, ihn nicht wenigstens probiert zu haben … und noch viel mehr tat es mir leid, dass ich zu Eric so abweisend gewesen war.

Ich wollte schon in den Bus steigen, als ich es vor einer der vielen Galerien sah: ein Bild von der Küste, klassisch, aber nicht kitschig, eine Fotografie, aber keine banale Ansichtskarte. Es zeigte nicht die Needles, sondern die schroffen, rötlichen Felsen von China Brook, die sich vom unruhigen, tiefblauen Meer und den grünen Wiesen abhoben, und kostete nur zwei Pfund – einen Preis, den ich gerne bezahlte.

Ich war mir sicher, dass das Bild Veronica gefallen würde, und wenn ich es recht bedachte, hatte ich mich noch gar nicht richtig dafür bedankt, dass sie mich in der Sturmnacht gerettet hatte.

Ehrlich gesagt steckte auch ein ziemlich egoistisches Motiv dahinter, ihr dieses Geschenk zu machen. So hatte ich nämlich einen guten Vorwand, zur Pension Parker fahren zu können.

Etwa zwanzig Minuten später stieg ich an der Haltestelle aus und legte die letzten Meter zur Pension zurück. Von Eric war leider nichts zu sehen, und an der Rezeption saß eine junge Frau, die ich noch nie gesehen hatte – offenbar eine Aushilfskraft.

Es lag mir schon auf der Zunge, nach Eric zu fragen, doch ich verkniff es mir. Erst mal wollte ich Veronica das Bild bringen.

»Zimmer 25, im zweiten Stock ganz hinten. Sie ist gerade heimgekommen.«

Wenig später klopfte ich an die Tür, aber erhielt keine Antwort. Auch nachdem ich ihren Namen gerufen hatte, kam keine Reaktion. Vielleicht war sie in den Garten gegangen, um noch ein wenig in der Sonne zu sitzen, oder spazieren. Kurz überlegte ich, das Bild einfach vor der Tür abzustellen, hatte aber Angst, dass sie es dann womöglich nicht beachten würde. Also drückte ich schließlich die Klinke herunter und stellte fest, dass das Zimmer unversperrt war.

Auf der Schwelle verharrte ich und rief noch einmal ihren Namen. Das Zimmer war leer, doch gleich neben der Tür standen ihre Einkaufstüten, sie musste also eben noch hier gewesen sein.

Ich trat ein und sah mich um. Veronica hatte schon mit dem Packen begonnen: Neben dem offenen Koffer lagen schon ein paar Stapel Klamotten. Gegenüber vom Bett standen ein kleines Tischchen und zwei Stühle. Dort könnte ich das Bild hinlegen. Am besten, ich schrieb noch ein paar Zeilen dazu.

Einen Notizblock entdeckte ich nirgendwo, aber

der Tisch hatte eine Schublade. Vielleicht würde ich dort Briefpapier finden.

Als ich die Schublade aufzog, entfuhr mir ein überraschter Schrei.

Ja, da war eine lederne Mappe mit Briefumschlägen, Papier, Kugelschreiber und einem Heftchen mit allgemeinen Infos über die Unterkunft und die Insel.

Aber nicht nur das.

Das war ja unglaublich!

Zwanzigstes Kapitel

»Dora? Dora, bist du da?«

Das war Erics Stimme.

Er musste von der Rezeptionistin erfahren haben, dass ich hier war, und kam eben den Gang entlang. Ich starrte immer noch fassungslos auf den Inhalt der Schublade.

»Schau dir das mal an!«

Er kam näher. Wie ich zögerte er auf der Schwelle kurz, trat dann aber in den Raum. »Ich bin so froh, dass du hier bist. Bitte, Dora, lass uns doch noch mal reden. Ich will wirklich …«

»Nicht jetzt! Schau dir lieber mal an, was ich hier gefunden habe.«

Endlich trat er näher und warf einen Blick in die Schublade.

»Fotos«, murmelte er, »so viele Fotos.«

Erst hatte ich sie nur angestarrt, nun zog ich einen Stapel hervor. Scheinbar hatte Veronica sie alle in diesem Sommer gemacht. Einige wenige waren Landschaftsaufnahmen von der Insel, aber die meisten zeigten Menschen: Touristen, Einheimische … und vor allem die Familie Parker. Marian, Toby, Eric waren auf den Aufnahmen zu sehen, auf einigen wenigen sogar ich. Die Kamera musste ziemlich gut sein, wenn es Veronica gelungen war, teilweise aus großer Entfernung so scharfe Bilder zu schießen.

»Was soll denn das?«, fragte Eric verwirrt.

»Ja verstehst du es denn nicht?«, rief ich aufgeregt.

Er schüttelte den Kopf.

»Violet … Violet wollte doch unbedingt Fotografin werden! In London hat sie eine entsprechende Stelle gefunden!«

»Aber Fotos machen doch alle Touristen.«

»Auch von deiner Familie?«

Eric war nun nicht mehr ganz so skeptisch. »Du meinst …«, setzte er fassungslos an.

»Ich meine, dass Veronica Violet ist. Und dass sie jedes Jahr hierherkommt, um ihrem Sohn und ihrem Enkel nahe zu sein.«

Eric zuckte etwas unschlüssig die Schultern, doch in dem Augenblick ertönte eine Stimme. Sie klang etwas gepresst, aber zugleich war nur allzu deutlich die Erleichterung herauszuhören, nicht länger ein Geheimnis wahren zu müssen.

»Dora hat recht.«

Veronica alias Violet stand im Türrahmen. Ich war ihr zwar schon oft begegnet, aber musterte sie nun doch so eingehend, als würde ich ihr zum ersten Mal gegenüberstehen. Zugegeben, auf den ersten Blick gab es nicht viel Ähnlichkeiten mit der jungen Violet, und ungeschminkt wie sie war, konnte man auch die schrille »Orphelia« kaum in ihr erkennen. Klar, es war ja auch viele Jahre her, dass sie deren Identität angenommen hatte und nach Clifton Manor gekommen war. Aber da ich nun wusste, dass diese Frau mit mir verwandt war, fielen mir durchaus ein paar Ähnlichkeiten auf, vor allem die breiten Backenknochen und die großen Augen. Die Haare waren sehr kurz geschnitten, aber kräftig. Ich konnte mir durchaus die lockige Mähne vorstellen, die ihr einst über den Rücken gefallen war. Und sie war groß und schlank – wie Orphelia.

Als sie auf uns zutrat, zog sie den Kopf etwas ein. Ihre Lippen bebten.

Eric wiederum starrte sie fassungslos an. »Wie … warum …?«

Er brachte keinen ganzen Satz hervor und auch ich war plötzlich verlegen.

»Wir … wir wollten nicht in Ihren Sachen schnüffeln. Ich habe dieses Bild gekauft und dachte …«

»Du musst dich nicht entschuldigen. Eigentlich habe ich mir genau das gewünscht … dass nämlich irgendwann das Geheimnis auffliegt.«

Eric hatte seine Fassung wiedergefunden. »Aber Grandma … Marian … sie war doch Ihre beste Freundin, wenigstens sie …«

Veronica nickte nachdenklich. »Manchmal könnte

ich schwören, dass sie genau weiß, wer ich bin. Aber sie hat es niemals offen angesprochen – das wollte sie wohl mir überlassen. Anfangs habe ich tatsächlich überlegt, reinen Tisch zu machen, aber dann … Solange niemand wusste, wer ich bin, konnte ich jeden Sommer wiederkommen und euch nahe sein.«

Sie machte eine Pause und trat zum Fenster. Vielleicht wollte sie vermeiden, dass wir die widersprüchlichen Gefühle sahen, die sich in ihrer Miene spiegelten.

»Zum ersten Mal bin ich als Orphelia zurückgekehrt, um den Mord an Nino aufzuklären. Aber das war bei Weitem nicht der einzige Beweggrund, hierherzukommen. Vor allem hat mich die Sehnsucht getrieben. Sehnsucht nach meiner Familie … nach Toby.«

Wie einsam sie sich jahrelang gefühlt haben musste, wie isoliert und von aller Welt verlassen! Und wie gut ich es ihr nachfühlen konnte! In der Sturmnacht hatte ich auch vermeint, ganz allein auf der Welt zu sein.

»Sie haben nie geheiratet«, stellte ich fest.

Sie nickte. »Ich habe mir in London eine berufliche Existenz aufgebaut und darauf bin ich bis heute stolz. Am Ende hatte ich ein eigenes, erfolgreiches Fotostudio. Aber du hast recht, ich hatte nie eine Familie. Ich weiß gar nicht genau, warum nicht: weil ich Nino über seinen Tod hinaus treu sein wollte. Oder weil ich solche Schuldgefühle gegenüber Toby hatte …«

»Haben Sie bereut, dass Sie ihn Marian überlassen haben?«

Sie zuckte die Schultern und wandte sich uns wieder zu. In ihren Augen glänzten Tränen. »Mein Verstand sagt mir bis heute, dass es richtig war. Aber mein Herz …« Ihre Stimme klang immer erstickter. »Ich hatte so gehofft, dass wir uns damals nach den Seáncen besser kennenlernen würden. Aber nachdem er alles erfahren hat, hat sich Toby strikt geweigert, mich wiederzusehen.«

»Mein Dad kann ganz schön stur sein«, warf Eric ein.

Eine Erfahrung, die ich selbst auch gemacht hatte.

Violet atmete tief durch. »Als ich damals herausgefunden habe, dass auch Lauren Nino geliebt hat, war ich tief erschüttert. Mein ganzes Weltbild geriet ins Wanken. Ich hatte immer gedacht, ich könnte die Vergangenheit hinter mir lassen, wenn endlich die ganze Wahrheit ans Licht käme. Stattdessen habe ich es später oft bereut, dass ich mich nicht von Clifton Manor ferngehalten habe …«

Ich lauschte betroffen. Sie machte einen so verzweifelten Eindruck, dass ich kurz überlegte, zu ihr zu gehen, sie zu umarmen. Aber irgendwie wäre mir das anmaßend vorgekommen, deswegen sagte ich nur: »Ich denke, Toby hatte das Recht, die Wahrheit zu erfahren, auch wenn er lange gebraucht hat, damit umzugehen.«

»Ich fürchte, das kann er bis heute nicht. Damals wollte ich ihn nicht weiter bedrängen. Ich bin abgereist, habe mich regelrecht in die Arbeit gestürzt. Aber vor acht Jahren habe ich mein Fotostudio verkauft und mich zur Ruhe gesetzt. Ich hatte viel Zeit, zu viel Zeit, um sie sinnvoll auszufüllen, und da kam ich auf die Idee, ein paar Wochen im Jahr hier zu verbringen. Beim ersten Mal war ich schrecklich aufgeregt. Ich hatte Angst, dass Marian mich erkennen würde – und vielleicht hat sie das ja auch –, doch das änderte nichts daran, dass sie mich wie einen Gast behandelte. Genauso wie Toby. Diese wenigen Wochen im Jahr … sie sind der Höhepunkt meines Lebens. Ich bin so glücklich, wenn ich hier bin. Aber zugleich ist es eine Qual, weil ich ständig lügen muss. Es beginnt ja schon bei meinem Namen …«

»Und deswegen«, schaltete sich Eric energisch ein, »wird es Zeit, endlich mit den Lügen aufzuhören. Mein Vater hat ein schlechtes Gewissen, weil er sich Dora gegenüber so abweisend verhalten hat. Und er kennt jetzt auch die ganze Wahrheit, weiß, wie sinnlos es war, all die Jahre die Cliftons zu hassen. Wann, wenn nicht jetzt, ist der perfekte Zeitpunkt, um sich ihm zu erkennen zu geben?«

Violets Augen leuchteten auf, und ich glaubte kurz, die junge Frau in ihr zu erkennen, voller Sehnsucht, Abenteuerlust, Energie. Aber dann schüttelte sie den Kopf. »Ich kann doch nicht …«

»Natürlich können Sie!«, rief ich.

»Aber …«

»Bitte!«

Violet versteifte sich.

Da fiel mir etwas ein. »Erinnern Sie sich noch daran, was Sie vor ein paar Stunden zu mir in Yarmouth gesagt haben? Dass man nicht aus falschem Stolz handeln sollte, dass es wichtig ist, zu verzeihen. Und das bedeutet auch, darauf zu hoffen, dass andere einem verzeihen.«

Ihr Widerstand brach. »Ich … ich habe solche Angst«, sagte sie lediglich.

Ich lächelte sie an. »Die Violet, die gegen ihren Vater aufbegehrt, sich heimlich mit Nino getroffen und von einer Karriere als Fotografin geträumt hat, anstatt die richtige Partie zu heiraten, die Violet schließlich, die bereit dazu war, ihren eigenen Tod vorzutäuschen, um mit ihrem Liebsten glücklich zu werden … diese Violet hatte vor nichts und niemandem Angst.«

Als Violet endlich bereit war, sich Toby zu erkennen zu geben, konnte es mir gar nicht schnell genug gehen. Am liebsten hätte ich Toby sofort geholt und ihm selber die Wahrheit regelrecht ins Gesicht geschleudert. Aber Eric gab zu bedenken, dass wir die ganze Sache etwas gründlicher vorbereiten und uns nicht zu sehr einmischen sollten. Der erste Schritt war, mit Marian zu sprechen.

Wie Violet richtig vermutet hatte: Insgeheim hatte sie all die Jahre geahnt, wer Veronica in Wahrheit war. Doch dass wir es nun offen aussprachen, dass Violet selbst mit bebenden Lippen auf sie zuschritt und ausstieß: »Ich bin es, ich bin es wirklich!«, raubte ihr die Fassung. Sie sank auf einen Stuhl und konnte minutenlang nichts anderes tun, als Violet anzustarren.

»Manchmal …«, stieß sie endlich hervor, »manchmal wollte ich dich darauf ansprechen … aber irgendwie habe ich immer den richtigen Augenblick verpasst. Und nach ein paar Jahren schien es zu spät zu sein. Ich dachte, ich würde mir nur etwas einbilden. Aber wenn ich ehrlich bin, habe ich dich oft heimlich beobachtet, auf Gesten gewartet, die für Violet typisch waren …«

»Und ich habe alles versucht, genau die zu vermeiden!«

Marian erhob sich. Ein Zittern überlief ihren Körper, aber sie machte entschlossen einen Schritt auf Violet zu, und im nächsten Augenblick lagen sich die beiden Freundinnen in den Armen.

Eric wollte mich hinausziehen, um ihnen ein paar Minuten allein zu gönnen, doch es gab etwas, was ich wissen wollte.

»Aber die Blumen!«, entfuhr es mir.

Marian löste sich von Violet. »Welche Blumen?«

»Beim Gedenkstein von Violet haben wir Blumen gefunden«, sagte Eric, »du weißt schon, deine Hortensien. Das war für uns schließlich auch der Beweis, dass du Violet gekannt hast.«

»Warum«, fragte ich, »haben Sie die Blumen dort hingebracht, wenn Sie doch wussten, dass Violet gar nicht tot war? Ja wenn Sie sogar vermuteten, dass sie einmal im Jahr auf die Insel zurückkehrte?«

Marian blickte uns überrascht an. »Blumen?«, fragte sie verständnislos.

»Das waren ja gar nicht Sie!«, erkannte ich. »Sondern … sondern …«

»Sondern ich«, sagte Violet. »Ich bin jeden Sommer zu dem Gedenkstein gegangen. Ich hatte ja keinen anderen Ort, um zu trauern. Um Nino, um das Kind, das ich aufgegeben habe, um mein altes Leben. Nur diesen Gedenkstein …«

Ihre Stimme klang wieder gepresst.

Mir kam jedoch eine Idee. »Ich glaube, das wäre der beste Ort, um Toby die Wahrheit zu sagen.«

»Aber wie sollen wir ihn dorthin locken?«

Ich lächelte. »Oh, da fällt mir schon was ein.«

Etwa zwei Stunden später waren wir wieder zur Pension zurückgekehrt. Eigentlich wollte ich in der Nähe der Kirche warten, genau genommen wäre es mir sogar noch lieber gewesen, wenn wir die beiden hätten belauschen können, aber Eric meinte, dass dieser Moment nur ihnen gehören würde.

Und immerhin war mein Plan aufgegangen.

Zunächst war es mir ja etwas unangenehm, Toby ins Gewissen zu reden. Eric hatte mich zu ihm gebracht und von seinem Vater verlangt, sich bei mir für seine Feindseligkeit zu entschuldigen, und obwohl ich wusste, dass er mir gegenüber ein schlechtes Gewissen hatte, wappnete ich mich instinktiv gegen einen neuen Angriff. Doch der blieb aus. Mit gesenktem Blick presste er kleinlaut zwischen den Lippen hervor: »Es war unfair, dich so schlecht zu behandeln, Dora.«

Natürlich war ich erleichtert, aber das wollte ich ihm nicht zeigen. Ich holte tief Luft. »Genau genommen war es auch unfair, dass Sie damals mit meiner Mutter Schluss gemacht haben.«

Seine Kiefer mahlten. »Ich war noch so jung … unbeherrscht …«

Na, dachte ich, so sehr haben Sie sich seit damals nicht verändert. Aber das sagte ich nicht laut. »Ich glaube, sie hätte sich später gerne mit Ihnen ausgesprochen. Und sicher hat sie Sie manchmal genauso vermisst wie ihre Familie und die Insel.«

Sein Blick wurde plötzlich sehr traurig. »Und jetzt ist es zu spät … Dass sie so früh gestorben ist …« Er räusperte sich. »Es tut mir so unendlich leid, es muss schrecklich für dich gewesen sein.«

Ich blinzelte meine Tränen weg. Es war nicht die Zeit, mich meiner Trauer hinzugeben – jetzt, wo ich ihn genau dort hatte, wo ich ihn hatte haben wollen.

»Ich habe mir überlegt, zur Kirche zu fahren und eine Kerze anzuzünden«, sagte ich leise. »Mum liegt zwar nicht dort begraben, aber alle anderen Cliftons. Als Kind ist sie wahrscheinlich manchmal dort gewesen, und ich denke, es ist ein guter Ort, um ihr nahe zu sein. Vielleicht … vielleicht wollen Sie mich begleiten?«

Toby sah mich ziemlich überrascht an. »Meinst du wirklich …?«

»Ich denke, das ist eine wunderbare Idee!«, sagte Eric energisch.

Und so fuhren wir wenig später mit Toby zur Kirche, während Marian mit Violet dorthin aufbrach. Nachdem wir das Gotteshaus wieder verlassen hatten, war es ein Leichtes, Toby in Richtung Gedenkstein zu lenken, wo Violet bereits wartete. Ich hörte noch, wie er sie überrascht fragte, was sie hier mache, doch ehe Violet antwortete, hatte mich Eric schon mit sich gezogen.

Angespannt warteten wir in der Pension.

»Und wenn er sich weiterhin unversöhnlich gibt?«, fragte ich bang. »Die arme Violet würde das schrecklich treffen! Es würde bedeuten, dass sie nicht einmal mehr ihren Sommerurlaub hier verbringen kann.«

Eric schüttelte den Kopf. »Das kann ich mir nicht vorstellen. Er hat aus den Ereignissen der letzten Tage sicher etwas gelernt.«

So ganz konnte er meine Zweifel nicht zerstreuen.

Ich wurde immer ungeduldiger, aufgeregter, und das Schweigen, das sich plötzlich über uns senkte, machte es nicht leichter. Nicht nur die Aussprache von Toby und Violet war längst überfällig – auch Eric und ich hatten uns so viel zu sagen. Aber irgendwie konnte ich mich nicht dazu aufraffen, den letzten Schritt zu machen, und Eric schien es ähnlich zu gehen.

»Soll ich uns eine heiße Schokolade machen?«, fragte er lediglich.

Das war gar keine schlechte Idee. Wenn ich jetzt an den Apfelkuchen mit Sahne dachte, knurrte mir regelrecht der Magen. Doch kaum hatten wir uns vom Fenster abgewandt, hörten wir ein Auto kommen.

»Ich glaube, das sind sie!«, rief ich und stürzte nach draußen.

Fehlanzeige. Wer da vorgefahren kam, war Onkel Julian. Er war ziemlich bleich im Gesicht, als er aus dem Auto stieg, und mich packte das schlechte Gewissen, weil ich meine Rückkehr für viel früher angekündigt und er sich sicher schon Sorgen gemacht hatte.

»Es tut mir leid«, sagte ich schnell, »ich hätte dich anrufen sollen.«

»Du musst sofort nach Hause kommen.«

»Aber ich kann jetzt nicht weg!« Es lag mir auf den Lippen, alles zu sagen: dass Violet, seine Tante, hier war. Dass sie, sobald sie sich mit Toby ausgesprochen hatte, sicher auch ihn näher kennenlernen wollte. Dass das doch die perfekte Möglichkeit war, um die beiden Familien zu versöhnen. In meiner Fantasie sah ich uns schon alle um den Tisch sitzen.

Doch ehe ich etwas sagen konnte, wiederholte Onkel Julian seine Worte, und jetzt begriff ich, dass er nicht meinetwegen so blass war.

»Wir müssen los! Deine Großmutter … sie hat einen weiteren Schlaganfall erlitten. Ich fürchte, es geht endgültig zu Ende mit ihr.«

Einundzwanzigstes Kapitel

An dem Tag, an dem Lauren Clifton beerdigt wurde, heulte ein heftiger Wind über die Insel. Der Himmel war klar, doch die Wolken wurden hin und her geschoben wie Staubflocken. Das schwarze Kleid, das ich trug, blähte sich. Lange hatte ich überlegt, ob ich es überhaupt anziehen sollte, schließlich hatte ich es das letzte Mal bei Mums Beerdigung getragen, und die Erinnerungen daran taten unendlich weh. Aber sobald ich hineingeschlüpft war, ging mir auf, dass ich auf diese Weise nicht nur Lauren würdigen, sondern erneut Abschied von Mum nehmen konnte, nicht betäubt vom Schock diesmal, sondern viel bewusster.

Meine Trauer war immer noch tief, aber der Schmerz zerriss mich nicht mehr, und tief in mir drinnen regte sich die Hoffnung, dass Mum und Lauren sich irgendwo genauso aussprechen und versöhnen würden wie Toby und Violet.

Bis heute weiß ich nicht, was genau an dem Gedenkstein passiert ist. In jedem Fall hatten sie sich ausgesprochen, und selbst wenn es noch dauern würde, bis sie die letzte Distanz aufgeben und ein

Herz und eine Seele sein würden, war ich mir sicher, dass Violet in naher Zukunft ihren Platz in der Familie Parker finden würde.

Auch mit Lauren konnte Violet ihren Frieden schließen: Sie begleitete mich, als mich Onkel Julian nach Clifton Manor brachte, und obwohl Lauren bereits zu schwach war, um noch ein Wort zu sagen, war der Blick ihrer Augen erstaunlich wach. Erst ruhte er lange auf mir, dann ging er zu Violet. Sie schien sie sofort zu erkennen, denn ihre Mundwinkel begannen so heftig zu zucken, als würde sie weinen. Violet nahm ihre Hände und drückte sie.

»Ruhig«, sagte sie, »ganz ruhig. Ich habe dir längst vergeben. Und ich bin mir sicher, Nino hat es auch. Du … du kannst endlich gehen … endlich loslassen.«

Und nur wenige Minuten später schlief Lauren friedlich ein. Violet ließ ihre Hände auch dann nicht los und blieb noch bei der Toten, als ich mich aus dem Sterbezimmer zurückzog.

Apropos Versöhnung: Auch Onkel Julian war viel an einer solchen gelegen, nachdem ich ihm erst einmal ausführlich erklärt hatte, wer Violet war. Am Tag nach Laurens Tod fuhr er zu den Parkers, um sie persönlich zur Beerdigung einzuladen.

»Wie sich nun herausgestellt hat, sind wir doch eine Familie, und ich würde mich freuen, wenn wir uns alle besser kennenlernen. Ich weiß, meine Mutter hat viel Schmerz über Sie gebracht, weil sie schuld an

Ninos Tod ist. Aber gerade darum halte ich es für wichtig, Abschied zu nehmen, Frieden zu schließen und nach vorne zu sehen.«

Toby hatte die Einladung ebenso angenommen wie Marian und Violet, und auch Eric war da, wenngleich er während der Beerdigung Abstand zu mir hielt.

Es waren nicht viele Gäste gekommen, ein paar Bekannte der Familie Clifton, die ich noch nicht kennengelernt hatte, und etliche Angestellte des Hotels, darunter auch Molly und Kate. Wie ich schien auch Kate an Mum zu denken, denn sie brach plötzlich in Tränen aus, obwohl sie mit Lauren Clifton nichts verbunden hatte. Onkel Julian reichte ihr ein Taschentuch, woraufhin sie sich geräuschvoll schnäuzte, und obwohl er bis jetzt eine stoische Miene aufgesetzt hatte, huschte plötzlich ein Lächeln über Onkel Julians Gesicht.

Bis jetzt war mir gar nicht aufgefallen, dass die beiden so dicht nebeneinanderstanden. So unterschiedlich sie auch waren – Kate schrill, Onkel Julian steif –, passten sie gar nicht mal so schlecht zusammen. Klar, Kate hatte ihn bei unserem Treffen als komischen Kauz bezeichnet. Allerdings hatte sie das vielleicht nur getan, um die notwendige Distanz zu ihrem Chef zu wahren und mein Vertrauen zu erringen. Als ich später mit meinen Nachforschungen begonnen hatte, war sie schließlich sofort zu ihm gerannt, anstatt mit mir zu sprechen.

Ich versuchte, mir die beiden als Paar vorzustellen, und auch wenn Onkel Julian sicher keiner war, der begeistert ihre Katzen streicheln würde – Kate konnte ihn vielleicht aus der Reserve locken, und auch sie sehnte sich wohl insgeheim danach, nicht länger nur für sich alleine Kuchen zu backen.

Bei dieser Vorstellung musste ich lächeln, und der Knoten in meiner Kehle, der sich beim Anblick des offenen Grabs und der vielen Blumenkränze gebildet hatte, wurde etwas kleiner.

Beatrice Donovan entging das nicht. Sie trat zu mir und legte mir die Hand auf die Schultern. »Danke«, presste sie hervor.

Ich sah sie verwundert an. »Wofür denn?«

»Dass du nicht aufgegeben, sondern die Vergangenheit ans Licht gebracht hast. Du hättest das Tagebuch ja auch einfach ignorieren können, aber du hast dir die Mühe gemacht, es zu entziffern. Ich glaube, dass Lauren sich der Wahrheit gestellt hat, hat ihr erlaubt, endlich zu gehen. Sie ist sehr friedlich gestorben – mit einem Lächeln auf den Lippen.«

Nun saß mir doch wieder ein Kloß im Hals, wenn ich auch nicht sicher war, woher er rührte.

»Es tut mir leid, dass sie sich nicht mehr mit meiner Mum versöhnen konnte …«

»Nun, ich bin sicher, dass Ellen ihr verziehen hat … spätestens jetzt.«

Eine Träne lief mir über die Wange. Ich wischte sie

unauffällig weg, indem ich so tat, als würde ich mir meine Haare aus dem Gesicht streichen.

Der Wind wehte noch stärker, riss am Blumenkranz auf dem Sarg. Kurz erschien ganz deutlich das Bild von einer jungen Frau vor mir, die an einem ähnlich stürmischen Tag die Küste entlanggeritten war. Ich war mir nicht sicher, ob es Violet oder Lauren war. Nur konnte ich plötzlich ihre Energie fühlen, ihre Neugierde aufs Leben, ihre Sehnsucht zu lieben. Und plötzlich schwor ich mir: Ich würde all diese Gefühle bis ins Letzte auskosten, ich würde mich nicht von Trauer bezwingen lassen, und am Ende würde ich das Glück finden, das Lauren, Violet und letztlich auch meiner Mum verwehrt geblieben war.

Onkel Julian lud nach dem Begräbnis zu einem kleinen Imbiss ein. Man konnte sich am Büfett bedienen und hinterher an kleinen Tischchen Platz nehmen. Anfangs standen alle etwas steif herum, und keiner schien so recht zu wissen, mit wem er worüber reden wollte, aber dann trat Molly zu Violet und fragte sie über London aus, und als Violet wenig später von ihren Fotoshootings mit einem bekannten Model der 80er-Jahre berichtete, war Molly restlos begeistert. Kate unterhielt sich wiederum bald intensiv mit Toby. Als Jugendliche waren sie eng befreundet, doch nachdem Ellen die Insel verlassen hatte, hatten auch sie sich aus den Augen verloren und jahrelang nicht mehr miteinander gesprochen. Jetzt ließen sie die alten Zeiten wieder aufleben und lästerten über irgendwelche unmöglichen Lehrer. Marian fragte mich wiederum nach dem Internat aus, in das ich ab dem Herbst gehen würde, und erwähnte augenzwinkernd, dass Eric wohl bald das gleiche besuchen würde.

Ich hielt einen Teller mit kleinen Hackfleischbällchen, Gurkensalat und Garnelenspießen in der Hand, aber hatte auf nichts wirklich Appetit. Wo war eigentlich Eric? Vorhin hatte ich ihn bei der Saftbar gesehen, doch mittlerweile war er zu meiner Enttäuschung verschwunden und auch nach zehn Minuten immer noch nicht wieder zurückgekehrt.

Violet gesellte sich zu mir. Auch wenn sie als Fotografin viel Spannendes erlebt hatte – brauchbare Shoppingtipps hatte sie Molly wahrscheinlich nicht geben können.

»Na, habt ihr euch endlich wieder versöhnt?«

Ich zuckte die Schultern. »Ich weiß nicht.«

»Aber ich schon.«

»Was?«

Sie lächelte vielsagend. »Eric wartet im Gartenpavillon auf dich. Er hat mich gebeten, dir auszurichten, dass du doch nachkommen sollst.«

Mein Herz tat einen freudigen Sprung, aber dennoch zögerte ich.

»Was hast du denn jetzt eigentlich vor?«, fragte ich.

»Erst mal geht es wie geplant zurück nach London … schließlich habe ich dort viele Freunde und eine gemütliche Wohnung. Aber ich werde mehr Zeit als früher auf der Insel verbringen … nicht mehr als Gast in der Pension Parker, sondern als Familienmitglied.«

Ihre Augen leuchteten. »Du kannst mich gerne in London besuchen, wahrscheinlich hast du auch viele Freunde dort. Schließlich bist du meine Großnichte, so wie Eric mein Großneffe ist. Willst du … willst du ihn wirklich noch zappeln lassen?«

Ihr Lächeln wurde breiter, und ich konnte gar nicht anders, als es zu erwidern.

»Nein«, sagte ich, »eigentlich nicht.«

Eric ging vor dem Pavillon auf und ab. Der süße Blumenduft von den vielen Rabatten vermischte sich mit dem salzigen Meerwind. Er wehte nicht mehr so beißend, spielte eher neckisch mit meinen und Erics Haaren.

Wie gut er aussah in seiner dunklen Hose und dem schwarzen Hemd!

Etwa fünf Schritte vor ihm war ich stehen geblieben. Mein Mund wurde mir trocken, ich brachte kein Wort hervor.

Schließlich deutete er auf den Pavillon: »Was wohl damit passiert? Eigentlich ist es schade, so ein Gebäude einfach verfallen zu lassen.«

Das war wie eine kalte Dusche – eigentlich hatte ich doch glühende Liebesschwüre erwartet!

Ich zuckte meine Schultern. »Ich weiß nicht. Vielleicht lässt ihn Onkel Julian ja doch noch irgendwann renovieren ...«

»Man könnte Fotos ausstellen... von Violet... oder von anderen Fotografen der Insel ...«

Meine Enttäuschung, dass er ein derart neutrales Thema angesprochen hatte, war mir wohl deutlich anzusehen, denn plötzlich musste er lachen. »Entschuldige!«, brach es aus ihm hervor. »Ich weiß einfach nicht, was ich sonst sagen soll. Ich meine... ich bin mir nicht sicher, wie es dir nach dem Tod deiner Großmutter geht. Du musstest sicher an deine Mum denken ... vielleicht kannst du nie verzeihen, dass ich mit dir Schluss gemacht habe und ...«

Er geriet immer mehr ins Stammeln. Ich überwand die letzte Distanz. »Dann sag doch am besten einfach gar nichts«, sagte ich lächelnd und nahm seine Hand.

»Aber was soll ich denn sonst tun?«, fragte er.

»Wie wär's damit, dass du mich einfach küsst?«

Kurz standen wir ganz steif voreinander, dann erwiderte er mein Lächeln, beugte sich zu mir herab, und wir küssten uns leidenschaftlich.

Epilog

Violet hatte uns genau beschrieben, wo sich die Höhle befand, in der Nino damals den Tod gefunden hatte: »Ihr müsst zur Freshwater Bay gehen, die liegt etwa drei Meilen östlich von den Needles. Dort seht ihr schon von Weitem das riesige Kreuz des Tennyson Monuments. Es wurde in Erinnerung an den berühmten Dichter aufgestellt, der auf der Insel viel Zeit verbracht hat.«

Ich hatte das Kreuz selbst schon von Weitem gesehen und konnte mich auch daran erinnern, dass dieser Ort in Laurens Tagebuch beschrieben war: Hier hatte sie Nino zum ersten Mal getroffen.

»Von dort aus müsst ihr Richtung der Needles gehen«, war Violet fortgefahren. »Der Abstieg zum Strand ist kaum zu finden und er ist sehr schmal und steil. Damals hat noch ein anderer Weg dorthin geführt, aber der wurde offenbar von der Erosion zerstört.«

Ihr Blick wurde immer abwesender, wahrscheinlich stiegen Erinnerungen vor ihr auf.

»Willst du uns nicht begleiten?«, fragte ich leise.

»Das ist nett gemeint von dir, aber… aber… ich

glaube, das bringe ich nicht fertig. Ich finde es jedoch großartig, was ihr vorhabt.«

Wir radelten los und wenig später machten wir uns an den Abstieg. Es war tatsächlich sehr steil, und dass der Weg von spitzen Steinen und Büschen übersät war, machte es nicht leichter, festen Tritt zu finden, aber Eric reichte mir die Hand und stützte mich, und so schafften wir es bald bis zum Strand.

Wir redeten nicht viel, sondern waren beide in einer feierlichen Stimmung, die wir durch Worte nicht zerstören wollten. Und außerdem hatten wir in den letzten Tagen genug besprochen und eifrig Zukunftspläne geschmiedet. Ab dem Herbst würden wir auf dasselbe Internat gehen, aber in den Wochen bis dahin hatten wir noch viel vor: Unter anderem hatte mir Eric versprochen, mit mir segeln zu gehen.

Ehe wir uns allerdings diversen Freizeitvergnügungen widmen wollten, gab es noch etwas anderes zu tun.

»Für Violet wurde damals dieser Gedenkstein aufgestellt, obwohl sie in Wahrheit noch gelebt hat. An Nino erinnert hingegen auf dieser Insel nichts ...«, hatte ich vor ein paar Tagen festgestellt.

»Für seine Familie muss es damals sehr schlimm gewesen sein, dass er spurlos verschwunden ist.«

»Wir haben leider keine Möglichkeit mehr, mit ihnen Kontakt aufzunehmen. Der Zirkus war schon seit Jahrzehnten nicht mehr auf der Insel und dennoch ...«

Dennoch wollten wir irgendwie ein Zeichen setzen.

Ich hielt einen Strauß jener lilafarbenen Hortensien in der Hand, die im Garten von Marian wuchsen. Der Strand war windgeschützt, doch in der Ferne donnerten Wellen gegen die Klippen und die Insel mit dem Leuchtturm. Große Schiffe zogen an der Küste vorbei, aber hier war weit und breit niemand zu sehen.

Der Eingang der Höhle lag etwas versteckt, und wir mussten über schroffe, teilweise mit glitschigem grünem Schlick bedeckte Steine klettern, um sie zu erreichen. Wieder reichte Eric mir die Hand, damit ich nicht ausrutschte, und er ließ sie auch nicht los, als wir die Höhle betraten. Das Donnern der Wellen klang hier nur mehr wie ein fernes Grummeln. Die Luft war kalt und irgendwie modrig. Feucht tropfte es auf uns herab.

»Hier ist es also geschehen …«

Jedes Wort hallte von den Wänden.

»Was genau Mr Crumbley wohl mit Ninos Leichnam gemacht hat?«

Der ehemalige Butler war seit vielen Jahren tot, sodass wir nie herausfinden würden, ob er ihn einfach ins Meer geworfen oder irgendwo an geheimer Stelle begraben hatte.

Wir gingen tiefer in die Höhle. Nichts erinnerte hier an die Schreckenstat, längst hatte das Meer das

Blut vom Stein gewaschen, und doch fühlte ich mich immer beklommener.

Nur mit Mühe widerstand ich der Regung, so schnell wie möglich nach draußen in die Sonne zu fliehen.

Wir blieben stehen, schlossen die Augen, dachten an Nino … Erics Großvater. Schließlich legte ich die Blumen auf einen der Felsen – inmitten des Graus ein Farbtupfer, der trotz allem irgendwie tröstlich wirkte.

Nicht lange, und sie würden verwelken, aber kurz waren sie der Beweis, dass in dieser Höhle nicht nur ein Verbrechen begangen wurde, sondern von ihren Wänden auch Ninos Stimme gehallt hatte, als er glücklich und voller Vorfreude hierhergekommen war und Violets Namen gerufen hatte. Oder vielmehr: »Violetta!«

Eric zog mich an sich, und ich war sicher, er konnte die Verheißung, die plötzlich in der Luft lag, auch spüren: dass Liebe nämlich nicht immer, aber manchmal eben doch das letzte Wort behält.

Wortlos traten wir wieder ins Freie, setzten uns in die Sonne, wärmten und küssten uns.

Nicht länger dachte ich an Violet, Nino und Lauren, stattdessen an meine Mum.

Es tat mir unendlich leid, dass sie nie die Chance bekommen hatte, mit Toby hierherzukommen, sich mit ihrer Familie auszusprechen und die alte Violet kennenzulernen. Aber als ich dem Rauschen des

Meeres lauschte, glaubte ich ihre Stimme herauszuhören, und plötzlich war ich mir sicher:

Wo immer Mum auch ist, sie hat ihren Frieden gefunden. Sie weiß, und sie spürt, dass ich endlich wieder glücklich bin.

© Matthias Tunger

Sophia Cronberg (geboren 1975 in Linz, Österreich) lebt als freie Autorin und Journalistin in Frankfurt am Main. Sie hat zahlreiche Bücher veröffentlicht: historische Mittelalterromane und Kinderbücher (als Julia Kröhn), Fantasyromane (als Leah Cohn) und exotische Familiensagas (als Carla Federico). Für ihren Bestseller »Im Land der Feuerblume« wurde sie 2012 mit dem internationalen Buchpreis CORINE in der Kategorie Publikumspreis ausgezeichnet. Im Mai 2013 ist ihr Erwachsenenroman »Das Efeuhaus« unter dem Namen Sophia Cronberg bei Fischer erschienen. »Sturmnacht« ist ihr erstes Jugendbuch.